TRANZLATY

Tá teanga ann do gach duin

Language is for everyone

Scéalta Béaloidis Bheangáil

Folk Tales of Bengal

Cuid a hAon
Part One

1 / 2

Lal Behari Day

Gaeilge / English

Published by Tranzlaty

ISBN: 978-1-80572-943-3

Original text by Reverend Lal Behari Day

Folk Tales of Bengal

First published in 1912

www.tranzlaty.com

Rún na Saoil
Life's Secret

Bhí rí ann fadó fadó.
Once upon a time there was a king.
Bhí an Rí seo pósta le dhá Bhanríon.
This King had married two Queens.
Duo agus Suo a tugadh ar an dá bhanríon.
The two queens were called Duo and Suo.
Bhí an bheirt bhanríon gan chlann.
Both of the queens were childless.
Lá amháin tháinig Faquir go geata an pháláis.
One day a Faquir came to the palace gate.
Bhí an Faquir tagtha chun déirce a iarraidh.
The Faquir had come to ask for alms.
Chuaigh an Bhanríon Suo go dtí an doras.
Queen Suo went to the door.
Agus thug sí dornán ríse dó.
And she gave him a handful of rice.
Chuir an bean tí ceist uirthi.
The mendicant asked her a question.
"An bhfuil aon pháistí agat?"
"Do you have any children?"
Ní raibh aon chlann ag an mbanríon.
The queen had no children.
"Ba mhaith liom go mbeadh páistí agam, ach níl aon cheann agam"
"I wish had children, but I have none"
Dhiúltaigh an fear naofa déirce a ghlacadh uaithi.
The holy man refused to take alms from her.
Sna hamanna seo bhí traidisiúin éagsúla ann.
In these times there were different traditions.
Agus chreid na daoine go leor rudaí éagsúla.
And the people believed many different things.
Ná glac carthanacht ó lámha mná gan chlann.
Don't take charity from the hands of a childless woman.
Bhí lámha den sórt sin neamhghlan go searmanais.

Such hands were ceremonially unclean.
Thairg an bean tí leigheas di.
The mendicant offered her a medicine.
Bhí an leigheas seo chun a neamhthorrachas a bhaint.
This medicine was to remove her barrenness.
Chuir sí in iúl go raibh sí sásta an leigheas a ghlacadh.
She expressed her willingness to take the medicine.
D'inis an bean tí di conas an leigheas a ghlacadh.
The mendicant told her how to take the medicine.
"Seo an deoch a chaithfidh tú a shlogadh"
"This is the potion you must swallow"
"Ullmhaigh sú bláth pomegranate"
"Prepare the juice of a pomegranate flower"
"Slog an leigheas leis an sú"
"Swallow the medicine with the juice"
"Má dhéanann tú é seo, beidh mac agat go luath"
"If you do this, you will soon have a son"
"Beidh do mhac thar a bheith dathúil"
"Your son will be exceedingly handsome"
"Beidh a chraiceann álainn"
"His complexion will be beautiful"
"Beidh dath bláthanna pomegranáite air"
"He will have the colour of pomegranate flowers"
"Agus glaofaidh tú Dalim Kumar air"
"And you shall call him Dalim Kumar"
"Ach beidh naimhde aige freisin"
"But he will also have enemies"
"Déanfaidh siad iarracht saol do mhic a thógáil"
"They will try to take your son's life"
"Ach tá rún ina shaol"
"But there is a secret to his life"
"Agus inseoidh mé an rún seo duit"
"And I will tell you this secret"
"Tá lochán os comhair do pháláis"
"In front of your palace is a pond"
"Sa lochán sin tá iasc mór Boal"
"In that pond there is a big Boal fish"

"Tá saol do mhic ceangailte leis an iasc sin"
"Your son's life is connected to that fish"
"I gcroílár an éisc tá bosca beag"
"In the heart of the fish is a small box"
"Tá an bosca beag seo déanta as adhmad"
"This small box is made of wood"
"Sa bhosca adhmaid tá muince óir"
"In the box of wood is a necklace of gold"
"Is í an muince sin saol do mhic"
"That necklace is the life of your son"
Thug an bean tí an leigheas di.
The mendicant gave her the medicine.
Agus dúirt siad slán.
And they said their farewells.

Go gairid bhí gach duine sa phálás ag cogarnaigh faoi oidhre.
Soon all in the palace whispered of an heir.
Ba mhór an lúcháir a bhí ar an Rí.
Great was the joy of the King.
Bhí físí aige faoi oidhre ar an ríchathaoir.
He had visions of an heir to the throne.
Sraith gan deireadh de mhonarcaigh chumhachtacha.
A never-ending succession of powerful monarchs.
Bhí sé ag brionglóid faoi mar a choinnigh siad a ríshliocht i bhfeidhm.
He dreamt of how they perpetuated his dynasty.
Shnámh na smaointe seo os a chomhair.
These ideas floated before his mind.
Rinne sé an sonas is mó a bhí sé riamh.
It made him the happiest he had ever been.
Reáchtáladh go leor searmanais don ócáid.
Many ceremonies were performed for the occasion.
Sheinn muintir na ríochta ceol ard.
The people of the kingdom played loud music.
Ba ócáid fhíor-speisialta breith prionsa.
The birth of a prince was a truly special event.

Go gairid ina dhiaidh sin rug an bhanríon Suo mac.
Soon queen Suo gave birth to a son.
Bhí sé níos áille ná mar a shamhlaigh aon duine.
He was more beautiful than anyone had imagined.
Chonaic an Rí aghaidh a mhic.
The King saw his son's face.
Agus léim a chroí le lúcháir.
And his heart leaped with joy.
Go gairid d'ith an páiste a chéad rís.
Soon the child ate his first rice.
Ceiliúradh Mukhe bhaat le mór-áthas.
Mukhe bhaat was celebrated with great joy.
Agus líonadh an ríocht ar fad le lúcháir.
And the whole kingdom was filled with gladness.

D'fhás Dalim Kumar aníos ina bhuachaill breá.
Dalim Kumar grew up to be a fine boy.
Bhí gníomhaíocht amháin ann a thaitin go mór leis.
There was one activity he particularly liked.
Bhí grá aige ag imirt leis na colúir.
He loved playing with the pigeons.
Mar sin féin, is minic a d'eitil na colúir chuig Queen Duo.
However, the pigeons often flew to Queen Duo.
Níl a fhios ag aon duine cén fáth ar dhein siad é seo.
Nobody knows why they did this.
Agus d'eitil siad isteach ina hárasán.
And they flew into her apartment.
Mar sin is minic a bhuail Dalim Kumar le Banríon Duo.
So Dalim Kumar often met Queen Duo.
Ar dtús, thug sí na colúir ar ais go sásta.
At first, she happily gave the pigeons back.
Ach ina dhiaidh sin ní raibh sí chomh sásta na colúir a thabhairt ar ais.
But later she wasn't as willing to return the pigeons.
Thug sí suas na colúir le beagán leisce.
She gave the pigeons up with some reluctance.
Bhraith sí go bhféadfadh sí leas a bhaint as seo.

She felt she could use this to her advantage.
Bhí fuath aici don leanbh go nádúrtha.
She naturally hated the child.
Ó rugadh Dalim bhí faillí déanta ag an rí inti.
Since Dalim's birth the king had neglected her.
Agus rinne an Rí adhradh do mháthair Dhalim.
And the King idolized the mother of Dalim.
Ar bhealach éigin, bhí sí tar éis cloisteáil faoin mbreithire.
Somehow, she had heard of the mendicant.
Chuala sí gur thug sé leigheas don bhanríon Suo.
She heard he had given queen Suo a medicine.
Bhí sí tar éis cloisteáil faoina raibh ráite aige freisin.
She had also heard about what he had said.
Bhí rún i saol an phrionsa.
There was a secret to the prince's life.
Bhí cloiste aici go raibh a shaol ceangailte le rud éigin.
She had heard his life was bound to something.
Ach ní raibh a fhios aici cad a bhí i ndán dá shaol.
But she did not know what his life was bound to.
Bhí sí diongbháilte an rún a fháil amach.
She was determined to get the secret.

Ar ndóigh, tháinig na colúir ar ais chuici.
Of course, the pigeons came back to her.
Agus d'eitil na colúir isteach ina seomra arís.
And the pigeons flew into her room again.
An uair seo dhiúltaigh sí na colúir a thabhairt ar ais.
This time she refused to give the pigeons back.
"Ní thabharfaidh mé do cholúr ar ais duit"
"I won't just give you your pigeon back"
"Ar dtús, caithfidh tú rud éigin a insint dom"
"First, you have to tell me something"
"Cad atá uait, a aintín?" d'fhiafraigh an buachaill.
"What do you want, aunty?" the boy asked.
"Ó, a ghrá geal, ná bíodh imní ort"
"Oh, my darling, do not worry"
"Níl ann ach rud beag atá uaim"

"It's just a small thing I want"
"Ba mhaith liom a fháil amach cá bhfuil do shaol i bhfolach"
"I want to know where your life is hidden"
Bhí an buachaill an-mearbhall faoi seo.
The boy was very confused by this.
"Cad é sin, a aintín?"
"What is that, aunty?"
"Cá bhféadfadh mo shaol a bheith, ach amháin ionamsa?"
"Where can my life be, except in me?"
"Ní hea, a leanbh, ní hé sin a bhí i gceist agam"
"No, child, that is not what I meant"
"D'inis bean naofa rún do do mháthair"
"A holy mendicant told your mother a secret"
"Tá do shaol ceangailte le rud éigin"
"Your life is bound up with something"
"Ba mhaith liom a fháil amach cad é an rud sin "
"I wish to know what that thing is"
Bhí mearbhall ar an mbuachaill faoin méid a dúirt sí.
The boy was confused by what she said.
"Níor chuala mé trácht ar a leithéid riamh"
"I never heard of any such thing"
Ach d'áitigh Queen Duo gur fíor é.
But Queen Duo insisted it was true.
"Geall go bhfaighidh tú amach ó do mháthair"
"Promise to find out from your mother"
"Fiafraigh di cá bhfuil do shaol i bhfolach"
"Ask her where your life is hidden"
"Ansin ligfidh mé na colúir duit"
"Then I will let you have the pigeons"
"Seachas sin, coinneoidh mé na colúir"
"Otherwise, I will keep the pigeons"
Bhí an buachaill ag iarraidh a chuid colmán ar ais.
The boy wanted his pigeons back.
Mar sin, d'aontaigh sé an fhaisnéis a fháil.
So he agreed to get the information.
Ach ar dtús thug sí gealltanas dó.
But first she made him promise.

"Geall dom nach n-inseoidh tú do do mháthair"
"Promise me you won't tell your mother"
Agus gheall an buachaill gan a rá léi.
And the boy promised not to tell her.
"Geallaim nach n-inseoidh mé do mo mham"
"I promise I won't tell my mum"
Shaor an Bhanríon Duo colúir an phrionsa.
Queen Duo freed the prince's pigeons.
Bhí áthas an domhain ar Dalim a chuid éin a bheith aige
arís.
Dalim was overjoyed to have his birds again.
Agus rinne sé dearmad ar an gcomhrá ar fad.
And he forgot the entire conversation.

An lá dár gcionn bhí Dalim ag imirt arís.
The next day Dalim was playing again.
Is féidir leat a shamhlú cad a tharla arís.
You can imagine what happened again.
D'eitil na colúir go dtí árasán na Banríona Duo.
The pigeons flew to Queen Duo's apartment.
Agus d'eitil siad isteach ina seomra arís.
And they flew into her room again.
Chuaigh Dalim isteach in árasán a leasmháthar.
Dalim went in to his stepmother's apartment.
Agus d'iarr sé na colúir uirthi.
And he asked her for the pigeons.
Ar ndóigh, d'iarr sí an fhaisnéis air.
Of course she asked him for the information.
Ní raibh Dalim in ann a insint di cá raibh a shaol i bhfolach.
Dalim could not tell her where his life was hidden.
"Geallaim go n-iarrfaidh mé uirthi inniu"
"I promise I will ask her today"
"Ach an féidir liom mo cholúir a fháil, le do thoil?"
"But please can I have my pigeons"
Níor thug sí na colúir ar ais chomh tapaidh sin.
She didn't give the pigeons back so quickly.
Ach, sa deireadh, fuair sé a chuid colmán arís.

But, in the end, he got his pigeons again.

**Tar éis dó a bheith ag imirt, chuaigh Dalim chuig a
mháthair.**
After playing, Dalim went to his mother.
**"A Mhamó, inis dom, le do thoil, cá bhfuil mo shaol i
bhfolach"**
"Mamma, please tell me where my life is hidden"
"Cad atá i gceist agat, a leanbh?" arsa an mháthair.
"What do you mean, child?" asked the mother.
Bhí ionadh uirthi faoin gceist.
She was astonished at the question.
Cén fáth a n-iarrfadh a leanbh seo uirthi?
Why would her child ask her this?
"Sea, a Mhamaí," fhreagair an páiste.
"Yes, mamma," replied the child.
"Chuala mé trácht ar mhangaire naofa"
"I have heard of a holy mendicant"
"Dúirt sé rud éigin leat faoi mo shaol"
"He told you something about my life"
"Dúirt sé go bhfuil mo shaol i bhfolach i rud éigin"
"He said my life is hidden in something"
"Inis dom cad é an rud sin"
"Tell me what that thing is"
"Mo leanbh, mo ghrá geal, mo stór"
"My child, my darling, my treasure"
"Mo ghealach órga," phléadáil a mháthair.
"My golden moon," his mother pleaded.
"Ná cuir ceist den sórt sin"
"Do not ask such a question"
"Clúdaigh béal mo naimhde le luaithreach"
"Cover my enemies' mouths with ashes"
"Go mairfidh mo Dalim go deo," a d'impigh sí.
"Let my Dalim live forever," she begged.
Ach d'áitigh an páiste ar an rún a bheith ar eolas aige.
But the child insisted on knowing the secret.
Dhiúltaigh sé ithe ná ól go dtí go mbeadh a fhios aige.

He refused to eat or drink until he knew.
Ní raibh aon rogha ag an mBanríon Suo ach a insint dó.
Queen Suo had no choice but to tell him.
Faoi dheireadh d'inis sí rún a shaoil dó.
Eventually she told him the secret of his life.

An lá dár gcionn bhí Dalim ag imirt arís.
The next day Dalim was playing again.
Is féidir leat a shamhlú cá ndeachaigh na colúir ag eitilt.
You can imagine where the pigeons flew.
Ruaig Dalim na héin isteach san árasán.
Dalim chased after the birds into the apartment.
Dúirt a leasmháthair go leor focal milis leis.
His stepmother told him many sweet words.
Agus faoi dheireadh, fuair sí a rún uaidh.
And finally, she got his secret from him.
Níor chuir sí am amú chun a plean olc a thosú.
She wasted no time to start her wicked plan.
Agus thug sí orduithe dá seirbhísigh.
And she gave orders to her servants.
"Faigh roinnt gas triomaithe ón bplanda cnáibe"
"Get some dried stalk from the hemp plant"
"Déan cinnte go bhfuil na gais an-bhriste"
"Make sure the stalks are very brittle"
Déanann gais cnáibe sobhriste fuaim scoilteadh.
Brittle hemp stalks make a cracking sound.
Tá an fhuaim cosúil le scoilteadh na n-alt.
The sound is similar to the cracking of joints.
Agus fuaimeann sé cosúil le cnámha seanóirí.
And it sounds like the bones of old people.
Chuir sí na gais cnáibe sobhriste faoina leaba.
She put the brittle hemp stalks under her bed.
Agus ansin luigh sí ar a leaba.
And then she lied on her bed.
Bhí sí ag iarraidh na gais cnáibe a thástáil.
She wanted to test the hemp stalks.
Bhris na gais díreach an oiread agus a theastaigh uaithi.

The stalks cracked just as much as she wanted.
Bhí sí sásta leis an gcaoi a raibh a plean ag dul.
She was satisfied with how her plan was going.
Thug sí tuilleadh orduithe dá seirbhísigh.
She gave more orders to her servants.
"Abair leis an Rí go bhfuil mé an-tinn"
"Tell the King I am very ill"
"Caithfidh sé teacht chun mé a fheiceáil láithreach"
"He must come to see me immediately"
Ní raibh grá ag an rí don bhanríon seo.
The king did not love this queen.
Ach bhí dualgas air fós aire a thabhairt di.
But he still had a duty to care for her.
Dá mbeadh sí tinn, b'éigean dó aire a thabhairt di.
If she was ill, he had to look after her.
Tháinig an Rí chuig a seomra leapa.
The King came to her bedroom.
Rolladh sí ar an leaba leis an bpian.
She rolled on the bed in pain.
Chuala an Rí scoilteadh a cnámha.
The King heard the cracking of her bones.
D'ordaigh sé dá dhochtúir is fearr freastal uirthi.
He ordered his best physician to attend her.
Ach bhí an bhanríon tar éis smaoineamh ar seo.
But the queen had thought of this.
Bhí sí tar éis labhairt leis an dochtúir cheana féin.
She had already spoken with the physician.
"Níl ach leigheas amháin ann," a dúirt sé leis an rí.
"There is only one remedy," he told the king.
"Tá lochán os comhair an pháláis"
"There's a pond in front of the palace"
"Sa lochán tá iasc mór Boal"
"In the pond there's a large Boal fish"
"Tá an leigheas san iasc sin"
"The remedy is in that fish"
Mar sin lig an rí don lia an t-iasc a ghabháil.
So the king let the physician catch the fish.

Idir an dá linn bhí Dalim gnóthach ag imirt.
Meanwhile Dalim was busy playing.
Ní raibh a fhios aige tada faoi ghalar a aintín.
He knew nothing of his aunt's illness.
Tógadh an t-iasc amach as an uisce.
The fish was taken out the water.
Thit Dalim ar an talamh láithreach .
Dalim fell to the ground immediately.
Phléasc sé thart ar an urlár.
He flopped around on the floor.
Agus ní raibh sé in ann anáil a tharraingt.
And he could not breathe.
Thug na gardaí faoi deara láithreach.
The guards immediately noticed.
Tugadh Dalim go seomra a mháthar.
Dalim was taken to his mother's room.
Agus cuireadh an Rí ar an eolas faoina mhac.
And the King was informed of his son.
Níorbh fhéidir leis a chreidiúint go raibh a mhac tinn.
He couldn't believe his son's illness.
Tugadh an t-iasc chuig Queen Duo.
The fish was taken to Queen Duo.
Bhí Queen Duo á shábháil.
Queen Duo was being saved.
Ag an am céanna bhí Dalim ag fáil bháis.
At the same time Dalim was dying.
Gearradh an t-iasc oscailte.
The fish was cut open.
Agus fuair siad an bosca adhmaid.
And they found the wooden box.
Sa bhosca bhí muince óir.
In the box lay a necklace of gold.
Chuir an Bhanríon Duo an muince uirthi.
Queen Duo put on the necklace.
Agus fuair Dalim bás ag an nóiméad céanna.
And Dalim died at the very same moment.

Shroich scéala na tragóide an rí.
News of the tragedy reached the king.
Tumadh é i bhfarraige bróin.
He was plunged into an ocean of grief.
Níor chuidigh an scéal faoi théarnamh Queen Duo.
News of Queen Duo's recovery did not help.
Ghuil sé deora pianmhara agus searbha.
He wept painful and bitter tears.
Níor cheap aon duine go dtiocfadh sé chucu féin.
No one thought he would recover.
Ní raibh sé in ann a mhac a adhlacadh.
He could not bear to bury his son.
Níor lig sé dá chorp a dhó ach an oiread.
Nor did he allow his body to be burned.
Ní fhéadfadh sé glacadh leis go raibh a mhac tar éis bháis.
He could not accept that his son had died.
Bhí a bhás chomh tobann agus gan chiall.
His death was so sudden and senseless.
Bhog sé an corp marbh go tithe gairdín.
He had the dead body moved to a garden-houses.
Bhí an teach gairdín seo sna bruachbhailte.
This garden-house was in the suburbs.
Cuireadh a mhac anseo i stát.
Here his son was laid in state.
Cuireadh gach sórt soláthairtí ann.
All sorts of provisions were put there.
Cé go raibh a fhios ag gach duine nach raibh gá leis.
Although everyone knew it was unnecessary.
Ní raibh bia ag teastáil ón mbuachaill óg a thuilleadh.
The young boy did not need food anymore.
Coinníodh an teach faoi ghlas i rith an lae agus na hoíche.
The house was kept locked day and night.
Bhí cara amháin an-dlúth ag Dalim.
Dalim had had one very close friend.
Ní raibh cead ach ag an gcara seo cuairt a thabhairt.
Only this friend was allowed to visit.
Ba é mac an phríomh-aire é.

He was the son of the prime minister.
Tugadh eochair an tí dó.
He was entrusted with the key of the house.
Uair amháin sa lá d'fhéadfadh sé cuairt a thabhairt ar a chara marbh.
Once a day he could visit his dead friend.

Chuaigh an Bhanríon Suo ar scor tar éis bhás a mic.
Queen Suo retired after the loss of her son.
Anois chaith an Rí na hoícheanta le Banríon Duo.
Now the King spent the nights with Queen Duo.
Bhí an Bhanríon ag iarraidh amhras a sheachaint.
The Queen wanted to avoid suspicion.
Mar sin bhain sí an muince di san oíche.
So she took the necklace off at night.
Ach bhí saol Dalim ceangailte leis an muince.
But Dalim's life was tied to the necklace.
Agus ní raibh a bhás chomh simplí sin.
And his death was not so simple.
Bhí sé marbh nuair a chaith an bhanríon an muince.
He was dead when the queen wore the necklace.
Ach nuair a bhain sí an muince di, d'fhill sé ar an saol.
But when she took the necklace off, he returned to life.
Agus mar sin d'fhill sé ar an saol gach oíche.
And so he returned to life every night.
Gach maidin chuir sí an muince uirthi arís.
Every morning she put the necklace on again.
Agus mar sin, fuair sé bás arís gach maidin.
And so, he died again every morning.
San oíche d'ith sé cibé bia a thaitin leis.
At night he ate whatever food he liked.
Mar bhí neart bia ann dó.
Because there was plenty of food for him.
Shiúil sé timpeall san áitreabh.
He walked around in the premises.
Agus machnaigh sé ar aisteachas a shaoil.
And he meditated on the strangeness of his life.

Ní thug cara Dalim cuairt air ach i rith an lae.
Dalim's friend only visited him during the day.
Mar sin, chonaic sé i gcónaí é mar chorp gan bheatha.
So he always saw him as a lifeless corpse.
Ach níor chosúil go raibh athrú ar a chorp riamh.
But his body never seemed to change.
Ní raibh aon chomhartha lofa ann.
There was no sign of putrefaction.
Bhí an corp gan bheatha agus bán.
The body was lifeless and pale.
Ach ní raibh aon chomharthaí báis ann.
But there were no symptoms of death.
Bhí an chuma air go raibh sé ar fad ró-aisteach dó.
It all seemed too strange for him.
Mar sin shocraigh sé faire níos géire ar an gcorp.
So he decided to watch the corpse more closely.
Agus thug sé cuairt ar a chara san oíche.
And he visited his friend at night.
Bhí ionadh air faoin méid a chonaic sé an oíche sin.
He was astonished at what he saw that night.
Bhí a chara marbh ag siúl thart sa ghairdín.
His dead friend was walking about in the garden.
Ar dtús, cheap sé gur taibhse a bhí i nDalim.
At first, he thought Dalim might be a ghost.
Mar sin chuaigh sé féachaint an bhféadfadh sé teagmháil a dhéanamh leis.
So he went to see if he could touch him.
Agus ansin chonaic sé gurbh é a chara é i ndáiríre.
And then he saw it was really his friend.
D'inis Dalim dá chara gach a tharla.
Dalim told his friend everything that had happened.
D'inis sé dó gach aon imthosca a bhain lena bhás.
He told him all the circumstances of his death.
Agus go luath réitigh siad an rúndiamhair.
And soon they solved the mystery.
Thuig siad cén fáth nár athbheoigh sé ach san oíche.
They understood why he revived only at night.

Gach oíche thagadh an rí chun an Bhanríon Duo a fheiceáil.

Every night the king came to see Queen Duo.

Nuair a thug an Rí cuairt, bhain sí a muince di.

When the King visited, she took off her necklace.

Bhí saol an phrionsa ag brath ar an muince.

The life of the prince depended on the necklace.

Mar sin d'oibrigh an bheirt chairde ar phlean.

So the two friends worked on a plan.

Oíche i ndiaidh oíche chuaigh siad i gcomhairle le chéile.

Night after night they consulted together.

Ach ní raibh siad in ann smaoineamh ar aon scéim indéanta.

But they could not think of any feasible scheme.

Sa deireadh thiar thall, is cinnte gur ghlac na Déithe trua dó.

Eventually the Gods must have taken pity.

Agus shocraigh siad Dalim a shaoradh.

And they decided to free Dalim.

Ach ní mór dúinn tuiscint a fháil ar an gcaoi a n-oibríonn na Déithe.

But we must understand how the Gods work.

Tá na rudaí seo pleanáilte i bhfad roimh ré.

These things are planned long before.

Bhí iníon ag deirfiúr Thaata-Purusha.

The sister of Bidhata-Purusha had had a daughter.

Ba dhuine iontach é Bidhata-Purusha.

Bidhata-Purusha was a great fortune teller.

Bhí rud éigin scríofa aige ar éadan an linbh.

He had written something on the child's forehead.

"Pósfaidh an leanbh seo an fear nuaphósta marbh"

"This child will marry the dead bridegroom"

Bhí a máthair an-bhrónach faoi seo.

Her mother was very saddened by this.

Níor theastaigh uaithi an cinniúint seo dá hiníon.

She did not want this destiny for her daughter.

Ach ní fhéadfadh sí argóint a dhéanamh leis.

But she could not argue with him.

Níor athraigh sé riamh a raibh scríofa aige.

He never changed what he had written.
D'éirigh an leanbh thar a bheith álainn.
The child became exceedingly beautiful.
Ach ní raibh an mháthair in ann aon sásamh a bhaint as seo.
But the mother could not take any pleasure in this.
Mar bhí a fhios aici cad a bheadh i ndán dá leanbh.
Because she knew the destiny of her child.
Faoi dheireadh shroich an cailín aois phósta.
Eventually the girl came to marriageable age.
B'éigean di bealach a aimsiú chun a cinniúint a sheachaint.
She had to find a way to avoid her fate.
Mar sin theith an mháthair as an tír lena leanbh.
So the mother fled the country with her child.
B'fhéidir go bhféadfadh sí a cinniúint uafásach a sheachaint.
Perhaps she could avoid her dreadful destiny.
Ach an rud a scríobhadh, scríobhadh é.
But what was written was written.
Agus ní féidir an chinniúint a chur ar neamhní mar seo.
And fate cannot be overruled like this.
Le chéile thaistil siad tríd an tír.
Together they journeyed through the land.
Is féidir leat a shamhlú conas a bhí an chinniúint ag obair.
You can imagine how fate was working.
Shiúil siad thar áit scíthe Dalim.
They wandered past Dalim's resting place.
Bhí scáth an tráthnóna ag druidim.
The shade of the evening was approaching.
"A Mháthair, tá tart orm," a dúirt a leanbh.
"Mother, I am thirsty," said her child.
"Suigh ag an ngeata seo," fhreagair a máthair.
"Sit at this gate," replied her mother.
"Cuardóidh mé uisce sa sráidbhaile"
"I will search for water in the village"
Bhí an cailín fiosrach faoin ngairdín.
The girl was curious about the garden.
Agus sa ghairdín chonaic sí teach aisteach.
And in the garden she saw strange house.

Bhrúigh sí an geata, a d'oscail leis féin.
She pushed the gate, which opened itself.
Nuair a chuaigh sí isteach, chonaic sí pálás álainn.
When she went in, she saw a beautiful palace.
Ach bhí mothú míshuaimhneach aici faoin bpálás.
But she had an uneasy feeling about the palace.
Mar sin féin, bhí an doras dúnta leis féin.
However, the door had shut itself.
Mar sin ní raibh aon bhealach aici éalú.
So she had no way of getting out.

Nuair a tháinig an oíche, tháinig beocht sa phrionsa.
When night came the prince revived.
Mar is gnách, shiúil sé timpeall sa ghairdín.
As usual, he walked around in the garden.
Ach an uair seo chonaic sé figiúr baineann.
But this time he saw a female figure.
Bhí an figiúr ina sheasamh in aice leis an ngeata.
The figure was standing near the gate.
Go gairid chonaic sé gur cailín a bhí ann.
Soon he saw that it was a girl.
Agus chonaic sé go raibh áilleacht gan sárú aici.
And he saw she was of unsurpassed beauty.
"Cé thusa?" a d'fhiafraigh sé di.
"Who are you?" he asked her.
D'inis sí do Dalim gach a tharla.
She told Dalim everything that had happened.
Gach mionsonra dá stair bheag.
All the details of her little history.
"Is é m'uncail an Bidhata-Purusha dhiaga"
"My uncle is the divine Bidhata-Purusha"
"Scríobh sé ar mo mhullach nuair a rugadh mé"
"He wrote on my forehead at birth"
"Pósfaidh an leanbh seo an fear nuaphósta marbh"
"This child will marry the dead bridegroom"
"Níor theastaigh an saol sin uaimse ó mo mháthair"
"My mother did not want that life for me"

"Mar sin d'fhágamar ár dteach agus ár gcathair"
"So we left our house and city"
"Agus shiúil muid tríd an tír"
"And we wandered through the country"
"Bhíomar tagtha go geata do pháláis"
"We had come to the gate of your palace"
"Tar éis ár dturais bhí tart orm"
"After our journey I was thirsty"
"Mar sin chuaigh mo mháthair ag lorg uisce"
"So my mother went to look for water"
"Agus anois táim i mo sheasamh anseo os bhur gcomhair"
"And now I am standing here before you"
Bhí a fhios ag Dalim Kumar brí an scéil.
Dalim Kumar knew the meaning of the story.
"Is mise an fear nuaphósta marbh," a dúirt sé leis an gcailín.
"I am the dead bridegroom," he told the girl.
"Is mise a phósfaidh tú"
"It is me who you will marry"
"Tar liom go dtí an teach," ar seisean léi.
"Come with me to the house," he asked of her.
Ach ní raibh an cailín chomh héasca sin a chur ina luí.
But the girl wasn't so easily persuaded.
"Tá tú i do sheasamh agus ag labhairt liom"
"You are standing and speaking to me"
"Conas is féidir leat a bheith i do fhear nuaphósta marbh?"
"How can you be the dead bridegroom?"
Thuig an prionsa a hagóid.
The prince understood her objection.
"Tuigfidh tú é ina dhiaidh sin"
"You will understand it afterwards"
Lean an cailín an prionsa isteach sa teach.
The girl followed the prince into the house.
Bhí sí ag troscadh an lá ar fad.
She had been fasting the whole day.
Mar sin thug an prionsa bia iontach di.
So the prince gave her wonderful food.
Idir an dá linn, bhí máthair an chailín tar éis filleadh.

Meanwhile, the girl's mother had come back.

Bhí sí ina seasamh ag geataí an ghairdín.

She was standing at the gates of the garden.

Ach ní raibh a hiníon ann níos mó.

But her daughter was not there anymore.

Ghlaoigh sí amach ar a hiníon.

She cried out for her daughter.

Ach ní bhfuair sí freagra óna hiníon.

But she got no reply from her daughter.

Mar sin chuaigh sí ag cuardach í sa sráidbhaile.

So she went looking for her in the village.

Mar is gnách, tháinig cara Dalim an oíche sin.

As usual, Dalim's friend came that night.

Bhí Dalim fós ag cur siamsaíochta ar fáil dá aoi.

Dalim was still entertaining his guest.

Ní raibh sé ag súil le strainséir a fheiceáil.

He was not expecting to see a stranger.

Agus d'inis an cailín a scéal dó arís.

And the girl retold him her story.

Is féidir leat a shamhlú a iontas nuair a d'inis sí dó.

You can imagine his surprise when she told him.

Bhí sé in ann scéal Dalim a dheimhniú.

He was able to confirm Dalim's story.

Go gairid bhí glactha acu go léir leis an gcinniúint.

Soon they had all accepted destiny.

An oíche sin chomhlíon siad a gcinniúint.

That night they fulfilled their fates.

Shocraigh siad an lánúin a aontú i bpósadh.

They decided to unite the couple in matrimony.

Bheadh sé dodhéanta sagart a fháil.

It was going to be impossible to get a priest.

Mar sin, rinne cara Dalim na deasghnátha himéineacha.

So Dalim's friend performed the hymeneal rites.

D'fhág cara an fhir nuaphósta an pálás.

The friend of the bridegroom left the palace.

Bhí an pálás ag na lánúineacha nua-phósta dóibh féin.

The newly-weds had the palace to themselves.
Níor chodail an lánúin sona mórán an oíche sin.
The happy couple did not sleep much that night.
Mar sin, i bhfad i ndiaidh éirí na gréine a dhúisigh siad.
So it was long after sunrise that they woke up.
Ar ndóigh, níor dhúisigh ach an bhean óg.
Of course it was only the young wife that woke up.
Bhí an prionsa ina chorp fuar arís.
The prince had become a cold corpse again.
Bhí a muince curtha ag an mbanríon.
The queen had put on her necklace.
Agus bhí an bheatha imithe uaidh arís.
And life had departed from him again.
Is féidir leat a shamhlú conas a mhothaigh an bhean óg.
You can imagine how the young wife felt.
Chroith sí a fear céile le hiarracht a dhéanamh é a dhúiseacht.
She shook her husband to try and wake him.
Phóg sí é ar a liopaí fuara.
She kissed him on his cold lips.
Ach bhí a cuid iarrachtaí go léir in aisce.
But all her efforts were in vain.
Bhí sé chomh gan anam le dealbh marmair.
He was as lifeless as a marble statue.
Bhuail uafás an bhean óg.
The young wife was stricken with horror.
Bhuail sí a cíoch lena dorn.
She smote her breast with her fists.
Bhuail sí a héadan le bosa a láimhe.
She struck her forehead with her palms.
Agus stróic sí a cuid gruaige dá ceann.
And she tore her hair from her head.
Rith sí tríd an ngairdín cosúil le bean ar mire.
She ran through the garden like a mad woman.
Níor tháinig cara Dalim i rith an lae.
Dalim's friend did not come during the day.

Ní raibh sé ag iarraidh a chara a fheiceáil ar an mbealach seo.

He did not want to see his friend this way.

Ní raibh a fhios ag an gcailín bocht cad a dhéanfadh sí.

The poor girl did not know what to do.

Ní fhéadfadh an t-am dul thart go tapa go leor.

Time could not pass quickly enough.

Bhraith an lá chomh fada le bliain.

The day seemed as long as a year.

Ach tá deireadh leis an lá is faide fiú.

But the even longest day has its end.

Bhí scáileanna na tráthnóna ag titim.

The shades of evening were descending.

Dúisíodh a fear céile marbh ina chomhfhios.

Her dead husband was awakened into consciousness.

D'éirigh sé as a leaba arís.

He rose up from his bed again.

Agus chuir sé a bhean chéile nua ina barróg.

And he embraced his new wife.

D'ith agus d'ól siad arís, agus bhí siad ag déanamh lúcháire.

Again they ate, drank, and became merry.

Rinne a chara a chuma mar is gnách.

His friend made his usual appearance.

Agus caitheadh an oíche ar fad ag ceiliúradh.

And the whole night was spent celebrating.

Chaith siad na seacht mbliana ina dhiaidh sin ar an mbealach seo.

They spent the next seven years this way.

I rith an lae bhí Dalim gan bheatha.

During the day Dalim was lifeless.

Ach san oíche tháinig sé beo.

But at night he came to life.

Agus bhí a saol sách gnáth.

And their life was quite usual.

Thug an banphrionsa beirt bhuachaillí áille dá fear céile.

The princess gave her husband two lovely boys.

Ba iad íomhá chruinn a n-athar.

They were the exact image of their father.

Ar ndóigh, ní raibh a fhios ag an rí ná ag na Banríona.

Of course the king and Queens did not know.

Ní raibh a fhios acu gur seantuismitheoirí iad.

They did not know they were grandparents.

Agus ní raibh a fhios acu go raibh Dalim beo.

And they did not know Dalim was alive.

Le bheith beacht, ba chóir dom a rá go raibh sé beo san oíche.

To be precise I should say he was alive at night.

Shíl siad go léir go raibh sé marbh le fada.

They all thought he had long been dead.

Shíl siad go mbeadh a chorp imithe anois.

They assumed his corpse would now be gone.

Ach bhí croí bhean chéile Dalim ag tnúth.

But the heart of Dalim s wife was yearning.

Ní raibh uaithi aon rud níos mó ná a máthair chéile.

She wanted nothing more than her mother-in-law.

Thar na blianta bhí plean ceaptha aici.

Over the years she had come up with a plan.

B'fhéidir go bhféadfadh sí a máthair chéile a fheiceáil.

Perhaps she could see her mother-in-law.

B'fhéidir go bhféadfaidís greim a fháil ar an muince.

Maybe they could get hold of the necklace.

D'iarr sí toiliú a fir chéile.

She asked for the consent of her husband.

Agus lig sé di í féin a cheilt.

And he allowed her to disguise herself.

Ghlac sí cuma bearbóra mná.

She took on the appearance of a female barber.

Cosúil le gach bearbóir baineann, bhí trealamh ag teastáil uaithi.

Like every female barber, she needed equipment.

Thóg sí na huirlisí seo a leanas;

She took the following tools;

Uirlis iarainn chun tairní méire a ullmhú.

An iron instrument for preparing finger nails.
Uirlis iarainn eile chun na cosa a scríobadh.
Another iron instrument for scraping the feet.
Píosa bríce jhama dóite.
A piece of burnt jhama brick.
Chun boinn na gcos a chuimilt.
For rubbing the soles of the feet.
Agus péinteáil do imill na gcosa.
And paint for the edges of the feet.
Thug sí a huirlisí go léir léi.
She took all her tools with her.
Agus sheas sí ag geata phálás an Rí.
And she stood at the gate of the King's palace.
Dhearmad mé rud eile a thug sí léi.
I forgot something else she brought.
Bhí sí tagtha lena beirt mhac.
She had come with her two sons.
Labhair sí leis na gardaí.
She spoke with the guards.
"Oibrím mar bhearbóir"
"I work as a barber"
"Tháinig mé chun mo sheirbhísí a thairiscint"
"I have come to offer my services"
"Tá fonn orm an Bhanríon Suo a fheiceáil"
"I desire to see Queen Suo"
Thug an Bhanríon Suo agallamh di go tapaidh.
Queen Suo quickly gave her an interview.
Bhí an-chion ag an mbanríon ar an mbeirt bhuachaillí beaga.
The queen was quite fond of the two little boys.
Chuir siad a mac féin i gcuimhne di ar bhealach aisteach.
They strangely reminded her of her own son.
Agus chuimhnigh sí ar a stór caillte.
And she remembered her lost treasure.
Thit deora go flúirseach óna súile.
Tears fell profusely from her eyes.
Ní raibh an tuairim is faide aici cé hiad.
She had not the remotest idea who they were.

Ar ndóigh, tá a fhios againn cé hiad.

Of course we know who they are.

Is iad an bheirt bhuachaillí beaga a garmhic.

The two little boys are her grandsons.

Labhair sí leis an bearbóir.

She spoke to the barber.

"Fuair mo mhac bás nuair a bhí sé óg"

"My son died when he was young"

"Tá na vanitys seo tréigthe agam"

"I have given up these vanities"

"Stop mé ag fáil ruaimniú searmanais ar mo chosa"

"I stopped having my feet ceremoniously dyed"

"Ach bheadh áthas orm do bheirt bhuachaillí breátha a fheiceáil"

"But I would be glad to see your two fine boys"

D'aontaigh an bearbóir ligean don Bhanríon Suo a buachaillí a fheiceáil.

The barber agreed to let Queen Suo see her boys.

Ach bhí ceist amháin aici sular imigh sí.

But she had one question before she went.

"An bhfuil mná eile sa phálás?"

"Are there other ladies in the palace?

"Duine eile a bhféadfainn mo sheirbhís a sholáthar dó"

"Someone else I could provide my service to"

Dúradh léi go raibh banríon eile ann.

She was told there was another queen.

Agus ceadaíodh di dul chuig an mbanríon sin freisin.

And she was also allowed to go to that queen.

Lig Queen Duo di a tairní a ullmhú.

Queen Duo allowed her to prepare her nails.

Agus tugadh cead di a cosa a scríobadh.

And she was allowed to scrape her feet.

Phéinteáil sí a cosa le alakta.

She painted her feet with alakta.

Agus bhí an bhanríon an-sásta lena scileanna.

And the queen was very pleased with her skill.

Bhain sí taitneamh as binneas a meoin freisin.

She also enjoyed the sweetness of her disposition.
Mar sin rinne sí áirithint chun níos mó dá seirbhísí a fháil.
So she booked to have more of her services.
Bhí an bearbóir baineann tagtha le haghaidh rud éigin eile.
The female barber had come for something else.
Agus thug sí faoi deara an muince go gasta.
And she quickly noticed the necklace.
Bhí an muince timpeall mhuineál na Banríona.
The necklace was around the Queen's neck.

Bhí lá a dara cuairte tagtha.
The day of her second visit had come.
Thug sí na treoracha dá mac ba shine.
She gave her eldest son the instructions.
"Táimid ag dul isteach sa phálás arís"
"We are going into the palace again"
"Nuair a bhíonn tú sa phálás caithfidh tú caoineadh"
"When in the palace you have to cry"
"Abair gur mhaith leat muince na banríona"
"Say you would like the queen's necklace"
"Ná stop ag caoineadh go dtí go mbeidh a muince agat"
"Don't stop crying until you have her necklace"
Chuaigh an bearbóir baineann go dtí árasán na Banríona Duo.
The female barber went to queen Duo's apartment.
Go gairid ina dhiaidh sin thosaigh an buachaill níos sine ag caoineadh.
Soon the elder boy started to cry.
Rinne an buachaill a ról go maith.
The boy acted his role well.
Ní thabharfadh aon rud sólás don bhuachaill.
Nothing would console the boy.
"Cad atá cearr ?" d'fhiafraigh an Bhanríon Duo.
"What is wrong?" Queen Duo asked.
Is ar éigean a bhí an buachaill in ann labhairt.
They boy could hardly speak.
"Tá do mhuince chomh hálainn"

"Your necklace is so beautiful"
Agus lean sé air ag gol.
And he continued to sob.
"An féidir liom an muince a shealbhú, le do thoil?"
"Can I please hold the necklace?"
Ní raibh Banríon Duo ag iarraidh ligean dó.
Queen Duo did not want to let him.
"Ní féidir liom scaradh le mo mhuince"
"I cannot part with my necklace"
"Is í mo sheod is luachmhaire í"
"It is my most valuable jewel"
Ach níor stop an buachaill ag caoineadh.
But the boy did not stop crying.
Mar sin bhain sí an muince dá muineál.
So she took the necklace off her neck.
Agus chuir sí an muince i lámh an bhuachalla.
And she put the necklace into the boy's hand.
Stop an buachaill go tapaidh ag caoineadh.
The boy quickly stopped crying.
Agus bhí an muince ina láimh aige.
And he held the necklace in his hand.
Bhí an bearbóir baineann críochnaithe lena cuid oibre.
The female barber had finished her work.
Bhí sí ag pacáil a huirlisí.
She was packing up her tools.
Agus bhí sí ar tí an pálás a fhágáil.
And she was about to leave the palace.
Mar sin, theastaigh ón mbanríon an muince ar ais.
So the queen wanted the necklace back.
Ach ní ligfeadh an buachaill di an muince a bheith aici.
But the boy would not let her have the necklace.
Rinne a mháthair iarracht an muince a sciobadh uaidh.
His mother attempted to snatch the necklace from him.
Ach ghuil sé go searbh nuair a rinne sí iarracht.
But he wept bitterly when she tried.
Agus ghlaodh sé amhail is dá mbrisfeadh a chroí.
And he cried as if his heart would break.

D'fhiafraigh an bearbóir baineann go béasach den bhanríon;
The female barber politely asked the queen;
"Lig don bhuachaill an muince a thabhairt abhaile, le do thoil."
"Please let the boy take the necklace home"
"Titfidh sé ina chodladh tar éis dó a bhainne a ól"
"He will fall asleep after drinking his milk"
"Agus ansin tabharfaidh mé do mhuince ar ais"
"And then I will bring your necklace back"
D'fhéadfadh sí a fheiceáil nach raibh aon rogha aici.
She could see she had no choice.
Ní ligfeadh an buachaill di an muince a thógáil.
The boy would not allow her to take the necklace.
Mar sin d'aontaigh sí leis an togra.
So she agreed to the proposal.
"Is dócha go bhfuil Dalim marbh le fada an lá," a cheap sí.
"Dalim must now be long dead," she thought.
Agus ní raibh aon rud le bheith buartha faoi aici.
And she had nothing to worry about.

Bhí an muince luachmhar ag an banphrionsa.
The princess had the prized necklace.
An seoda atá ceangailte le saol a fir chéile.
The treasure bound to her husband's life.
Rith sí ar ais go dtí an teach gairdín.
She rushed back to the garden-house.
Agus thug sí an muince do Dalim.
And she gave the necklace to Dalim.
Bhí Dalim beo ar feadh na maidine.
Dalim had been alive all morning.
Ba é an chéad uair a chonaic sé an ghrian arís.
It was the first time he saw the sun again.
Ní raibh aon teorainn le lúcháir a shaoil.
Their joy of his life knew no bounds.
Chomhairligh a gcara dóibh dul go dtí an pálás.
Their friend advised them to go to the palace.
"Téigh go dtí an pálás amárach"

"Go to the palace tomorrow"
"Tabhair sibh féin i láthair an Rí agus na Banríona"
"Present yourselves to the King and Queen"
"Cuir in iúl dóibh go bhfuil tú beo agus slán"
"Let them know you're alive and well"
Ghlac an lánúin le comhairle a gcara.
The couple accepted their friend's advice.
Agus d'ullmhaigh siad gach rud dá dteacht.
And they prepared everything for their arrival.
Tugadh eilifint don phrionsa.
An elephant was brought for the prince.
Tugadh péire capaillíní do na buachaillí.
A pair of ponies were brought for the boys.
Agus bhí chaturdala mór ann.
And there was a grand chaturdala.
Bhí cuirtíní lása óir air.
It was furnished with curtains of gold lace.
Cuireadh scéala chuig an rí agus an Bhanríon Suo.
Word was sent to the king and Queen Suo.
"Tá an Prionsa Dalim Kumar beo agus slán"
"Prince Dalim Kumar is alive and well"
"Agus tá sé ag teacht chun cuairt a thabhairt ort"
"And he is coming to visit you"
"Tá bean chéile agus beirt mhac aige anois "
"Now he has a wife and two sons"
Is ar éigean a chreidfeadh an Rí agus an Bhanríon Suo é.
The King and Queen Suo could hardly believe it.
Ach dearbhaíodh dóibh go raibh sé seo ar fad fíor.
But they were assured that it was all true.
Thuig an Bhanríon Duo a cruachás go gasta.
Queen Duo quickly realized her predicament.
Agus tháinig brón uirthi.
And she became overwhelmed with grief.
Lean grúpa ceoltóirí an prionsa.
A band of musicians followed the prince.
Chuaigh an Prionsa Dalim Kumar i dtreo gheata an pháláis.
Prince Dalim Kumar approached the palace-gate.

Chuaigh an Rí agus an Bhanríon Suo go dtí na geataí.
The King and Queen Suo went to the gates.
Agus chuir siad fáilte roimh a mac a bhí caillte le fada.
And they welcomed their long-lost son.
Is féidir leat a shamhlú cé chomh sásta is a bhí siad.
You can imagine how happy they were.
D'inis Dalim dá thuismitheoirí faoina bhás.
Dalim told his parents of his death.
D'inis sé dóibh faoin lochán ag an bpálás.
He told them of the pond by the palace.
Agus d'inis sé dóibh faoi na héisc sa lochán.
And he told them of the fish in the pond.
D'inis sé dóibh faoin mbosca adhmaid san iasc.
He told them of the wooden box in the fish.
D'inis sé dóibh faoin muince sa bhosca adhmaid.
He told them of the necklace in the wooden box.
Agus d'inis sé rún a shaoil dóibh.
And he told them the secret of his life.
D'inis sé dóibh conas a fuair sé bás gach oíche.
He told them how he died each night.
Ar ndóigh, luaigh sé a bhean chéile nua freisin.
Of course he also mentioned his new wife.
Bhí an rí ag lasadh le fearg nuair a chuala sé an scéal.
The king was inflamed with rage at the news.
D'ordaigh sé don Bhanríon Duo teacht ina láthair.
He ordered Queen Duo into his presence.
Tochlaíodh poll mór sa talamh.
A large hole was dug in the ground.
Bhí an poll chomh domhain le hairde fir.
The hole was as deep as the height of a man.
Cuireadh Queen Duo i leataobh sa pholl.
Queen Duo was made to stand in the hole.
Bhí dealga carntha timpeall uirthi.
Prickly thorns were heaped around her.
Chuaigh na dealga suas go dtí barr a cinn.
The thorns went up to the crown of her head.
Agus ar an mbealach seo cuireadh beo í.

And in this manner she was buried alive.

Phakir Chand
Phakir Chand

Bhí rí ann tráth, a raibh mac aige.
There was once a king, who had a son.
Bhí mac ag aire an rí chomh maith.
The king's minister also had a son.
Bhí grá mór ag an mbeirt mhac dá chéile.
The two sons loved each other dearly.
Agus rinne siad gach rud le chéile.
And they did everything together.
Shuigh an bheirt mhac agus sheas siad suas le chéile.
The two sons sat and stood up together.
Shiúil siad le chéile go dtí na háiteanna céanna.
They walked together to the same places.
D'ith siad a gcuid béilí le chéile.
They ate their meals together.
Chodail siad agus d'éirigh siad le chéile.
They slept and got up together.
Chaith siad blianta i gcuideachta a chéile.
They spent years in each other's company.
Lá amháin bhraith siad beirt fonn nua.
One day they both felt a new desire.
Bhí siad ag iarraidh tíortha iasachta a fheiceáil.
They wanted to see foreign lands.
Agus mar sin a chuir siad rompu ar a n-aistear.
And so they set out on their journey.
Ba mhac rí duine acu.
One of them was the son of a king.
Ba mhac a phríomh-aire duine acu.
One of them was the son of his chief minister.

Mar sin ar ndóigh bhí an bheirt acu sách saibhir.
So of course they were both quite rich.
Ach níor thug siad aon seirbhísigh leo.
But they did not take any servants with them.
Chuaigh siad leo féin, ar muin capaill.
They went by themselves, on horseback.
Bhí na capaill álainn le breathnú orthu.
The horses were beautiful to look at.
Capaill Pakshirajes a bhí iontu.
They were Pakshirajes horses.
Tugtar ríthe na n-éan ar na capaill sin.
Such horses are known as the kings of birds.
Chuaigh an bheirt mhac ag marcaíocht le chéile ar feadh laethanta fada.
The two sons rode together for many days.
Chuaigh siad trí mhachairí fairsinge.
They passed through extensive plains.
Agus bhí na machairí clúdaithe le réimh.
And the plains were covered with paddy.
Agus chuaigh siad trí chathracha aisteacha.
And they passed through strange cities.
Agus chuaigh siad trí bhailte agus trí shráidbhailte.
And they passed through towns, and villages.
Chuaigh siad trí fhásaigh gan chrainn.
They passed through treeless deserts.
Agus chuaigh siad trí fhoraoisí.
And they passed through forests.
Agus bhí na foraoisí dlúth le crainn.
And the forests were dense with trees.
Ba iad na foraoisí seo áit chónaithe an tíogar.
These forests were the abode of the tiger.
Agus bhí an béar ina chónaí sna foraoisí seo freisin.
And the bear also lived in these forests.
Oíche amháin ghabh an oíche an ruaig orthu.
One evening they were overtaken by the night.
Ní raibh aon áitribh dhaonna feicthe acu.
They had not seen any human habitations.

Ach bhí sé ag éirí níos dorcha agus níos dorcha.
But it was getting darker and darker.
Mar sin, d'éirigh siad anuas den chapall faoi chrann ard.
So they dismounted beneath a lofty tree.
Cheangail siad a gcapaill leis an gcrann.
They tied their horses to the tree.
Agus ansin dhreap siad suas an crann.
And then they climbed up the tree.
Chlúdaigh siad na craobhacha le duilliúr tiubh.
They covered the branches with thick foliage.
Ionas go bhféadfaidís suí ar na craobhacha.
So that they could sit on the branches.
Bhí an crann ag fás in aice le corp mór uisce.
The tree had grown near a large body of water.
Bhí an t-uisce chomh soiléir le súil préacháin.
The water was as clear as the eye of a crow.
Rinne an bheirt chairde iad féin compordach.
The two friends made themselves comfortable.
Ar ndóigh, ní raibh sé an-chompordach i gcrann.
Of course it wasn't very comfortable in a tree.
Ach ní raibh sé míchompordach sa chrann ach an oiread.
But it wasn't uncomfortable in the tree either.
Bhí siad tar éis cinneadh a dhéanamh an oíche a chaitheamh ann.
They had decided to spend the night there.
Uaireanta bhíodh siad ag comhrá le chéile i gcogar.
They sometimes chatted together in whispers.
Cheap siad gur fearr cogarnaigh ná labhairt.
They felt whispering was better than talking.
Mar bhí an réigiún an-aisteach leo.
Because the region seemed very strange to them.
Agus go luath bhí siad ag titim ina gcodladh.
And soon they were falling into a doze.
Ach cuireadh preabadh tobann ar a n-aird.
But their attention was suddenly jolted.
Chuala siad torann ón uisce.
From the water they heard a noise.

Bhí fuaim an uisce ag ruaigeadh ann.

It sounded like the rushing of water.

Bhí radharc uafásach os a gcomhair!

In front of them was a terrible sight!

Tháinig nathair ollmhór ó faoin uisce.

A huge serpent came from under the water.

Shnámh an nathair i dtír agus shleamhnaigh sí timpeall.

The snake swam ashore and slithered around.

Ach tharraing rud eile a n-aird.

But something else attracted their attention.

Bhí cochall cíortha na nathrach ag lonrú.

The crested hood of the serpent was shining.

Bhí manikya lonrach leabaithe sa nathair.

The snake had a brilliant manikya embedded.

Lonraigh an seod cosúil le míle diamaint.

The jewel shone like a thousand diamonds.

Las an criostal an t-uisce san umar.

The crystal lit up the water in the tank.

Rinneadh radaíocht ar na claífoirt agus ar na crainn.

The embankments and trees were irradiated.

Bhain an nathair an seod dá barr.

The serpent doffed the jewel from its crest.

Agus chaith an nathair an seod ar an talamh.

And the serpent threw the jewel on the ground.

Agus ansin chuaigh an nathair ag cuardach bia.

And then the serpent went in search of food.

Ní raibh siad in ann a chreidiúint cad a chonaic siad.

They could not believe what they had seen.

D'fhan siad i sábháilteacht an chrainn.

They stayed in the safety of the tree.

Ach bhí meas mór acu ar an seod.

But they greatly admired the jewel.

Scaoil an ruby lonrachas dothuigthe.

The ruby shed an ineffable luster.

Bhí gliondar draíochtúil timpeall ar gach rud.

Everything had a magical glow around it.

Ní fhaca siad a leithéid riamh.

They had never seen anything like it.
Cé gur chuala siad trácht ar an stór seo.
Although, they had heard of this treasure.
Bhí an seod cothrom le seoda seacht ríthe.
The jewel equaled the treasures of seven kings.
Ach níorbh fhada gur athraigh a n-admháil ina heagla.
But their admiration soon changed to fear.
Tháinig an nathair go bun a gcrann.
The serpent came to the foot of their tree.
Bhí a gcapaill aimsithe ag an nathair!
The serpent had found their horses!
Bhí na capaill bhochta ceangailte den chrann.
The poor horses had been tied to the tree.
Ní raibh aon bhealach ag na hainmhithe éalú.
The animals had no way of escaping.
Duine ar dhuine, d'ith an nathair a gcapaill.
One by one the serpent ate their horses.
Ach níor chosúil go raibh goile na nathrach sásta.
But the serpent's appetite did not seem satisfied.
Bhí eagla orthu go mbeadh siad ar na chéad íospartaigh eile.
They feared they would be the next victims.
Ach níorbh fhada gur faoiseamh a n-eagla.
But their fears were soon relieved.
Ní raibh an cobra ollmhór tar éis iad a fheiceáil.
The gigantic cobra had not seen them.
Agus sa deireadh d'imigh an nathair arís.
And eventually the snake left again.
Chonaic mac an aire deis.
The minister's son saw an opportunity.
Ba í seo a dheis an seod a thógáil.
This was his chance to take the gem.
Ach bhí fadhb amháin a bhí acu.
But there was one problem they had.
Lonraigh an seod go geal thar a bheith geal.
The jewel shone incredibly bright.
Bheadh a fhios ag an nathair cad a tharla.
The serpent would know what had happened.

Ach bhí bealach ann chun an fhadhb seo a shárú.
But there was a way to overcome this problem.
Agus bhí a fhios ag mac an aire an réiteach.
And the minister's son knew the solution.
B'éigean dó an chloch a chlúdach le aoileach capaill.
He had to cover the stone with horse-dung.
Agus bhí roinnt aoiligh capaill leis an gcrann.
And there was some horse-dung by the tree.
Tháinig sé anuas go ciúin ón gcrann.
He quietly came down from the tree.
Thog sé aoileach an chapaill den urlár.
He picked up the horse-dung off the floor.
Agus chaith sé an aoileach ar an gcloch luachmhar.
And he threw the dung upon the precious stone.
Agus ansin dhreap sé suas sa chrann arís.
And then he climbed up into the tree again.
Thug an nathair faoi deara go raibh rud éigin tarlaithe.
The serpent noticed something had happened.
Bhí solas an tseoid imithe.
The light of the jewel had vanished.
Rith an nathair ar ais le buile mhór.
The serpent rushed back with great fury.
D'fhill an nathair ar an áit ar fhág sí an chloch.
The serpent returned to where it had left the stone.
Lig an nathair siosarnach scanrúil amach san oíche.
The serpent let out a frightful hiss at the night.
Bhí osna agus taomanna na nathrach uafásach.
The snake's groans and convulsions were terrible.
Chuaigh an nathair timpeall agus timpeall an tseoid.
The snake went round and round the jewel.
Ach bhí an chloch clúdaithe le aoileach capall.
But the stone was covered with horse-dung.
**Ar an mbealach seo ní fhéadfadh an nathair a stór a
fheiceáil.**
This way the serpent could not see its treasure.
Faoi dheireadh, thug an nathair anáil dheireanach.
Finally, the serpent breathed its last breath.

Níor chodail an bheirt chairde mórán an oíche sin.
The two friends did not sleep much that night.
Ar maidin tháinig siad anuas ón gcrann.
In the morning they came down from the tree.
Chuaigh siad go dtí an áit a raibh an seod suaitheantais.
They went to where the crest-jewel was.
Bhí an nathair chumhachtach fós ina luí ansin.
The mighty serpent was still laying there.
Ach anois bhí corp na nathrach go hiomlán gan bheatha.
But now the snake's body was perfectly lifeless.
Shiúil cara an phrionsa thar an nathair mhairbh.
The friend of the prince stepped over the dead snake.
Agus thog sé suas an seod a bhí clúdaithe le aoileach.
And he picked up the dung covered jewel.
Chuaigh an bheirt acu go bruach an uisce.
Both of them went to the bank of the water.
Agus nigh siad an chloch luachmhar.
And they washed the precious stone.
Faoi dheireadh, bhí an aoileach go léir nite de.
Finally, all the dung had been washed off.
Agus lonraigh an seod chomh geal agus a bhí sé roimhe.
And the jewel shone as brilliantly as before.
Las an seod suas leaba iomlán an umair uisce.
The jewel lit up the entire bed of the tank of water.
Anois bhí siad in ann na héisc gan áireamh a fheiceáil.
Now they could see the innumerable fishes.
Ach nocht an solas rud eile freisin.
But the light also revealed something else.
Chuir sé seo iontas níos mó orthu ná na héisc uile.
This astonished them more than all the fishes.
Bhí rud éigin i mbun an uisce.
In the bottom of the water there was something.
D'fhéadfaidís a fheiceáil go raibh ballaí arda ann.
They could see there were lofty walls.
Ba as pálás iontach na ballaí.
The walls were from a magnificent palace.

Bhí cara an phrionsa ag mothú fiontarúil.
The prince's friend was feeling venturesome.
D'éirigh leis mac an rí a chur ina luí air.
He convinced the king's son to follow him.
Agus ansin theastaigh uathu snámh go dtí an pálás thíos.
And then they wanted to swim to the palace below.
Thóg cara an phrionsa an seod ina láimh.
The prince's friend took the jewel in his hand.
Agus thum siad beirt isteach sna huiscí.
And they both dived into the waters.
Go gairid ina dhiaidh sin sheas siad ag geata an pháláis.
Soon they stood at the gate of the palace.
Chun a n-iontas bhí an geata oscailte.
To their surprise the gate was open.
Ní fhaca siad aon chréatúr, daonna ná osnádúrtha.
They saw no being, human or superhuman.
Mar sin shocraigh siad dul isteach sa gheata.
So they decided to venture inside the gate.
Taobh istigh de na ballaí bhí gairdín álainn.
Inside the walls there was a beautiful garden.
I lár an ghairdín bhí teach.
In the middle of the garden was a house.
Ní fhaca aon duine riamh an oiread sin bláthanna.
No one had ever seen so many flowers.
Bhí rósanna de gach cineál is féidir a shamhlú ann.
There were roses of all imaginable varieties.
Bhí líon gan teorainn de jessamine buí ann.
There were endless numbers of yellow jessamine.
Agus bhí go leor bláthanna cloigín bána ann.
And there were numerous white bell flowers.
Ba iad na bláthanna seo rí na mboladh.
These flowers were the king of smells.
An lile is cumhra sa ghleann.
The most scented lily of the valley.
Bhí na bláthanna ón gcrann champaka ann.
There were the flowers from the champaka tree.
Agus míle bláth eile cumhra.

And a thousand other sweet-scented flowers.
Acraí clúdaithe leis an jessamine blasta.
Acres covered with the delicious jessamine.
Bhí na plandaí go léir maisithe le bláthanna.
All the plants were gemmed with flowers.
Agus bhí na bláthanna go léir faoi bhláth.
And all the flowers were in full bloom.
Mar sin bhí an t-aer lán le cumhrán saibhir.
So the air was loaded with rich perfume.
Fiáinse boladh milis i ngach áit.
A wilderness of sweet scents everywhere.
Chuaigh siad tríd an bparthas cumhráin seo.
They went through this paradise of perfumery.
Agus sa deireadh shroich siad an teach.
And eventually they reached the house.
Bhí an teach timpeallaithe ag crainn arda.
The house was surrounded by lofty trees.
Go gairid ina dhiaidh sin sheas siad ag doras an tí.
Soon they stood at the door of the house.
Anois d'fhéadfaidís a fheiceáil gur pálás sióg a bhí ann.
Now they could see it was a fairy palace.
Bhí na ballaí déanta as ór snasta.
The walls were of burnished gold.
Anseo agus ansiúd lonraigh diamaint lonracha.
Here and there shone diamonds of dazzling hue.
Ach ní fhaca siad aon chréatúir.
But they did not see any beings.
Mar sin chuaigh siad isteach sa phálás.
So they went inside the palace.
Bhí an pálás maisithe go saibhir.
The palace was richly furnished.
Chuaigh siad ó sheomra go seomra.
They went from room to room.
Ach ní fhaca siad aon duine.
But they did not see anyone.
Dhealraigh sé gur teach tréigthe a bhí ann.
It seemed to be a deserted house.

Faoi dheireadh, áfach, fuair siad seomra speisialta.

At last, however, they found a special room.

Sa seomra seo bhí bean óg.

In this room there was a young lady.

Bhí sí ina codladh ar leaba órga.

She was sleeping on a golden bed.

Bhí áilleacht iontach ag an mbean óg.

The young lady was of exquisite beauty.

Bhí meascán de dhearg agus bán ar a craiceann.

Her complexion was a mixture of red and white.

Bhí cuma air go raibh sí thart ar sé bliana déag d'aois.

She seemed to be about sixteen years of age.

D'fhéach an bheirt chairde uirthi.

The two friends gazed upon her.

Bhí siad faoi dhraíocht ag a háilleacht.

They were enchanted by her beauty.

Ach ní raibh siad in ann í a mheas i bhfad.

But they could not admire her for long.

Mar gheall gur oscail an bhean óg a súile.

Because the young lady opened her eyes.

Bhí a súile cosúil le súile gasail.

Her eyes seemed like the eyes of a gazelle.

Agus í ag feiceáil na strainséirí dúirt sí;

On seeing the strangers she said;

"Conas a tháinig sibh anseo, a fhir mhí-ámharacha?"

"How have you come here, ye unfortunate men?"

"Imígí, imígí! Impím oraibh beirt"

"Be gone, be gone! I beg of you two"

"Seo áit chónaithe nathair chumhachtaigh "

"This is the abode of a mighty serpent"

"An nathair a shlog mo thuismitheoirí"

"The serpent which has devoured my parents"

"Agus mo dheartháireacha, agus mo ghaolta uile"

"And my brothers, and all my relatives"

"Is mise an t-aon duine amháin a shábháil sé"

"I am the only one that he has spared"

"Teithigí ar son bhur saoil fad is féidir libh fós"

"Flee for your lives while you still can"
"Nó íosfaidh an nathair sibh beirt"
"Or else the serpent will eat you both"
D'inis cara an phrionsa di cad a tharla.
The prince's friend told her what had happened.
"Tá an nathair tar éis anáil dheireanach a tharraingt"
"The serpent has breathed his last breath"
"Tá corp na nathrach gan bheatha ar an urlár"
"The snake's body lies lifeless on the floor"
"Thógamar seod ceann na nathrach"
"We took the head-jewel of the serpent"
"Taispeáin solas an tseoid dúinn an pálás."
"The jewel's light showed us to the palace.
Ghabh sí buíochas leis na strainséirí as a gcrógacht.
She thanked the strangers for their bravery.
"Shaor tú mé ón nathair ifreanda"
"You have freed me from the infernal serpent"
"Le do thoil, fan liom i mo phálás"
"Please live with me in my palace"
"Ach geall dom nach dtréigfidh tú mé choíche,"
"But please promise never to desert me"
Ghlac siad leis an gcuireadh go fonnmhar.
They gladly accepted the invitation.
Bhí mac an rí i ngrá leis an banphrionsa.
The king's son was smitten with the princess.
Bhí grá aige do dhraíocht na banphrionsa gan chomórtas.
He adored the charms of the peerless princess.
Agus phós sé í tar éis tamaill ghairid.
And he married her after a short time.
Ní raibh sagart sa phálás.
There was no priest at the palace.
Mar sin ceanglaíodh an snaidhm himéineach ar bhealaí eile.
So the hymeneal knot was tied by other means.
Malartú simplí garland bláthanna.
A simple exchange of garlands of flowers.
Tháinig áthas dochreidte ar mhac an rí.
The king's son became inexpressibly happy.

Bhain sé an-taitneamh as cuideachta na banphrionsa.
He delighted in the company of the princess.
Bhí bean chéile ag cara an phrionsa freisin.
The prince's friend also had a wife.
Ar ndóigh, bhí sí ina cónaí sa domhan uachtarach.
Of course she was living in the upper world.
Ach ghlac sé páirt i sonas a chara.
But he participated in his friend's happiness.
Chuaigh an t-am a chaith siad le chéile thart go sona sásta.
The time they spent together passed merrily.
Ach ní fhéadfaidís maireachtáil anseo go deo.
But they could not live here forever.
B'éigean don phrionsa filleadh ar a ríocht.
The prince had to return to his kingdom.
Ach bhí a fhios aige go mbeadh roinnt pleanála ag teastáil don fhilleadh.
But he knew the return would require some planning.
Thiocfadh an ócáid le go leor clú agus cáile.
The occasion would come with a lot of pomp.
Bhí go leor searmanais le bheith ann.
There were going to be many ceremonies.
Mar bhí go leor le ceiliúradh.
Because there was a lot to be celebrated.
Ar dtús bhí cara an phrionsa ag dul.
First the prince's friend was going to go.
Agus ansin bhí sé chun filleadh leis na freastalaithe.
And then he was going to return with the attendants.
Capaill, agus eilifintí don lánúin shona.
Horses, and elephants for the happy pair.
Chuaigh an prionsa i dteannta a chara.
The prince accompanied his friend.
Le chéile chuaigh siad ar ais go dtí an dromchla.
Together they went back to the surface.
Agus chonaic siad an domhan uachtarach arís.
And they saw the upper world again.
D'fhógair an bheirt chairde slán a fhágáil lena chéile.
The two friends bid each other adieu.

D'fhill an prionsa ar a bhean chéile álainn.
The prince returned to his lovely wife.
Sula n-imigh, bhí gach rud eagraithe.
Before leaving everything had been organized.
D'eagraigh cara an phrionsa a fhilleadh.
The prince's friend arranged his return.
Dúirt sé nuair a bhí sé ag dul go dtí an claífort.
He said when he was going to go to the embankment.
Bhí na capaill a bhí ag teastáil uathu chun é a fháil.
He was going to have the horses that they needed.
Bhí eilifintí le bheith ann freisin, agus freastalaithe.
Elephants were going to be there too, and attendants.
Bhí siad chun fanacht leis an bprionsa agus leis an
banphrionsa.
They were going to wait upon the prince and princess.
Thug an seoid nathair na cearta dóibh chuige seo.
The snake-jewel gave them the rights to this.
Chuaigh cara an phrionsa ar ais go dtí a thír dhúchais.
The prince's friend went back to his country.
Chun ullmhú le haghaidh filleadh a chara.
To prepare for the return of his friend.

Lá amháin bhí an prionsa ina chodladh.
One day the prince was sleeping.
Bhí a bhéile meán lae díreach ithte aige.
He had just had his midday meal.
Ní fhaca an banphrionsa na réigiúin uachtaracha riamh.
The princess had never seen the upper regions.
Mhothaigh sí an fonn an domhan uachtarach a fheiceáil.
She felt the desire to see the upper world.
Chuige seo bhí an seoid nathrach ag teastáil uaithi.
For this she needed the snake-jewel.
Ní fhéadfadh ach seo cabhrú léi tríd an uisce.
Only this could help her through the water.
Bhí an seod ag lonrú a sholais gheal sa seomra.
The jewel was shining its bright light in the room.
Thóg sí an seod nathrach ina láimh.

She took the snake-jewel into her hand.
Agus ansin d'fhág sí an pálás agus an gairdín.
And then she left the palace and the garden.
Shnámh sí go rathúil go dtí an domhan uachtarach.
She successfully swam to the upper world.
Ní raibh aon duine básmhar tar éis í a fheiceáil.
No mortal had caught sight of her.
Bhí roinnt céimeanna ar imeall an uisce.
At the edge of the water were some steps.
Bhí na céimeanna ann chun áise na snámhóirí.
The steps were for the convenience of bathers.
Agus seo an áit freisin a shuigh sí.
And this is also where she sat.
Scríob sí a corp leis an ngaineamh.
She scrubbed her body with the sand.
Nigh sí a cuid gruaige leis an uisce úr.
She washed her hair with the fresh water.
Agus d'imir sí leis an uisce le haghaidh spraoi.
And she played with the water for fun.
Shiúil sí thart ar bhruach an uisce.
She walked about on the water's edge.
Agus bhí meas aici ar an radharcra timpeall.
And she admired all the scenery around.
Ach sa deireadh d'fhill sí ar a pálás.
But finally she returned back to her palace.
Bhí a fear céile fós ina chodladh domhain.
Her husband was still deep in sleep.
Ach sa deireadh bhí dóthain codlata aige.
But eventually he had slept enough.
Níor inis sí dó faoina eachtraí.
She did not tell him about her adventures.
An lá dár gcionn thit a fear céile ina chodladh arís.
The next day her husband fell asleep again.
Agus thug sí cuairt ar an domhan uachtarach arís.
And again she paid a visit to the upper world.
Agus d'fhan sí gan aird ag an duine básmhar.
And she remained unnoticed by mortal man.

Bhí a rath ag tosú ag tabhairt misnigh di.
Her success was starting to give her courage.
Mar sin rinne sí a eachtra arís an tríú huair.
So she repeated her adventure a third time.
Bhí mac an rajah amuigh ag seilg an lá sin.
The rajah's son was out hunting that day.
Bhí a phuball aige gan a bheith i bhfad ón uisce.
He had his tent not far from the water.
Bhí a fhreastalaithe ag cócaireacht a bhéile.
His attendants were cooking his meal.
Mar sin, shiúil sé thart feadh an uisce.
So, he wandered about along the water.
In aice láimhe bhí seanbhean ag bailiú bataí.
Nearby an old woman was gathering sticks.
Bhí sí ag bailiú craobhacha triomaithe crann.
She was collecting dried branches of trees.
Bhí na bataí ag teastáil uaithi le haghaidh adhmad a lasadh.
She needed the sticks for kindling wood.
Seo nuair a tháinig an banphrionsa amach as an uisce.
This was when the princess came out the water.
D'fhéach sí timpeall agus chonaic sí fear.
She gazed around and she saw a man.
Agus ansin chonaic sí go raibh bean ann freisin.
And then she saw there was also a woman.
Bhí a fhios ag an banphrionsa nach raibh sí ag iarraidh a bheith le feiceáil.
The princess knew she didn't want to be seen.
Mar sin chuaigh sí ar ais síos go dtí a phálás.
So she went back down to her palace.
Ach bhí spléachadh faighte ag mac an rajah uirthi.
But the rajah's son had caught a glimpse of her.
Agus chonaic an bhean scothaosta a bhí ag bailiú bataí í freisin.
And the old woman gathering sticks saw her too.
Sheas mac an rajah ag stánadh ar na huiscí.
The rajah's son stood gazing on the waters.
Ní fhaca sé bean chomh hálainn riamh.

He had never seen such a beautiful woman.
Dhealraigh sí dó gur bandia deva-kanyas í.
She seemed to him to be a deva-kanyas Goddess.
Bandia neamhaí a raibh léamh déanta aige fúthu i seanleabhair.
Heavenly goddesses he had read of in old books.
Deirtear go dtugann siad cuairt ar an domhan uachtarach.
They are said to visit the upper world.
Agus is mór an onóir don domhan uachtarach iad a bheith acu.
And the upper world is honored to have them.
Ach deirtear nach dtarlaíonn sé ach go hannamh.
But it is said to happen only rarely.
An bealach nach dtugann aingil cuairt ach go hannamh.
The way that angels only visit rarely.
Bhí áilleacht neamhghnách na banphrionsa feicthe aige.
He had seen the princess' unearthly beauty.
Bhí sí tar éis tionchar domhain a fhágáil ar a chroí.
She had made a deep impression on his heart.
Cé nach raibh sé feicthe aige í ach ar feadh nóiméid.
Although he had seen her only for a moment.
Ach chuir a háilleacht isteach air.
But her beauty distracted his mind.
Sheas sé ansin cosúil le dealbh, ar feadh uaireanta an chloig.
He stood there like a statue, for hours.
Ní raibh sé in ann ach breathnú isteach sna huiscí.
All he could do was gaze into the waters.
Le súil go bhfeicfidh mé an figiúr álainn arís.
In the hope of seeing the lovely figure again.
Ach caitheadh a chuid ama go léir i ndíomhaointeas.
But all his time was spent in vain.
Níor tháinig an banphrionsa le feiceáil arís.
The princess did not appear again.
Chuaigh mac an rajah ar mire le grá.
The rajah's son became mad with love.
Choinnigh sé air ag cogarnaíl, "anseo anois, imithe anois!"
He kept muttering, "now here, now gone!"

Dhiúltaigh sé imeall an uisce a fhágáil.
He refused to leave the water's edge.
B'éigean dá fhreastalaithe é a bhaint leis an lámh in uachtar.
His attendants had to forcibly remove him.
Thug siad go pálás a athar é.
They took him to his father's palace.
Ach bhí sé i riocht mire gan dóchas.
But he was in a state of hopeless insanity.
Ní fhéadfaí a chur iallach air labhairt le duine ar bith.
He couldn't be made to speak to anyone.
Agus chaith sé a laethanta ag gol go trom.
And he spent his days sobbing heavily.
Níor tháinig aon fhocal eile as a bhéal.
No others words came out of his mouth.
"Anois anseo, imithe anois!"
"Now here, now gone!"
"Anois anseo, imithe anois!"
"Now here, now gone!"
Is féidir leat brón an rajah a shamhlú.
You can imagine the rajah's grief.
"Cad a d'fhéadfadh a bheith tar éis meon mo mhic a chur as a riocht?"
"What could have deranged my son's mind?"
"'Anois anseo, anois imithe,' cad is brí leis?"
"'Now here, now gone,' what does it mean?"
Ní raibh sé in ann brí na bhfocal a thuiscint.
He could not unravel the words' meaning.
Ní raibh a chuid freastalaithe in ann na focail a dhíchifriú ach an oiread.
His attendants couldn't decipher the words either.
Chuaidh comhairle i gcomhairle leis na lianna is fearr sa tír.
The land's best physicians were consulted.
Ach ní raibh aon éifeacht ag a gcomhairliúchán.
But their consultation had no effect.
Ní raibh mic Aesculapius in ann cabhrú.
The sons of æsculapius were not able to help.
Ní fhéadfadh aon duine cúis na mire a fháil amach.

No one could ascertain the cause of the madness.
Gan an chúis a bheith ar eolas agat ní raibh aon leigheas ann.
Without knowing the cause there was no cure.
Rinne na lianna iarracht ceist a chur ar an bprionsa.
The physicians tried to ask the prince.
Ach ní dúirt sé ach, "anseo anois, imithe anois!"
But all he said was, "now here, now gone!"
Bhí an rajah ag cur isteach le brón.
The rajah was distracted with grief.
Lá agus oíche bhí imní air faoina mhac.
Day and night he worried for his son.
Bhí sé ag iarraidh go bhfillfeadh intleacht a mhic.
He wished for his son's intellects to return.
Rinneadh forógra sa phríomhchathair.
A proclamation was made in the capital.
Cuireadh glaoiteoirí baile isteach sa chathair.
Town criers were sent into the city.
Agus bhuail siad a ndruimeanna le haghaidh aird.
And they beat their drums for attention.
"Tá mac an rajah tar éis a chumas meabhrach a chailleadh"
"The rajah's son has lost his mental faculties"
"Tá an rajah ag lorg leighis dá mhac"
"The rajah seeks a cure for his son"
"Tugtar luach saothair as an leigheas"
"A reward is offered for the cure"
"Lámh iníon an rajah"
"The hand of the rajah's daughter"
"Tagann a lámh le leath a ríochta"
"Her hand comes with half his kingdom"
Buaileadh an druma timpeall na cathrach.
The drum was beaten around the city.
Ach níor mhothaigh aon duine go bhféadfaidís teagmháil a dhéanamh leis an druma.
But no one felt they could touch the drum.
Ní raibh a fhios ag aon duine cúis a ghealtachta.
No one knew the cause of his madness.

Faoi dheireadh tháinig seanbhean chun tosaigh.
At last an old woman came forward.
Agus chuaigh sí suas chun teagmháil a dhéanamh leis an druma.
And she stepped up to touch the drum.
"Faighidh mé amach cúis a ghealtachta"
"I will discover the cause of his madness"
"Agus leigheasfaidh mé é óna ghalar"
"And I will cure him from his disease"
Bhí sí tar éis a fheiceáil cad a tharla don bhuachaill.
She had seen what happened to the boy.
Bhí sí ar bhruach an uisce an lá sin.
She was at the water's edge that day.
Ba í a bhí ag bailiú bataí.
It was her who was gathering up sticks.
Bhí mac scoilt-inchinne ag an mbean seo.
This woman had a crack-brained son.
Phakir-Chand a tugadh ar a mac.
Her son was named of Phakir-Chand.
Mar sin tugadh máthair Phakir uirthi.
So she was called Phakir's mother.
Tugadh an bhean os comhair an rajah.
The woman was brought before the rajah.
Agus tharla an comhrá seo a leanas.
And the following conversation took place.
"Is tusa an bhean a bhain leis an druma"
"You are the woman that touched the drum"
"An bhfuil a fhios agat cad is cúis le mire mo mhic?"
"You know the cause of my son's madness?"
"Sea, a chorp an cheartais!"
"Yes, oh incarnation of justice!"
"Tá a fhios agam cúis le mire do mhic"
"I know the cause of your son's madness"
"Ach ní inseoidh mé cúis a ghealtachta"
"But I will not say the cause of his madness"
"Ar dtús leigheasfaidh mé do mhac óna ghealtacht"
"First I will cure your son of his madness"

"Conas is féidir liom a chreidiúint go bhfuil tú in ann?"

"How can I believe you are able to?"

"Theip ar na lianna is fearr sa tír"

"The best physicians of the land have failed"

"Ní gá duit a chreidiúint anois, a rí"

"You need not now believe, my king"

"Fan go dtí go mbeidh an leigheas déanta agam"

"Wait till I have performed the cure"

"Is iomaí rún a bhfuil aithne ag go leor seanbhean air"

"Many an old woman knows many secrets"

"Rúin nach bhfuil aithne ag na críonna orthu"

"Secrets wise men are unacquainted with"

"An-mhaith, lig dom a fheiceáil cad is féidir leat a dhéanamh"

"Very well, let me see what you can do"

"Cén t-am a dhéanfaidh tú an leigheas?"

"In what time will you perform the cure?"

"Ní féidir an t-am a shocrú"

"It is impossible to fix the time"

"Ar ndóigh, tosóidh mé ag obair láithreach"

"Ff course I will begin work immediately"

"Ach tá cúnamh do thiarnais ag teastáil uaim"

"But I need your lordship's assistance"

"Cén chabhair atá uait uaimse?"

"What help do you require from me?"

"An n-ordóidh do thiarna bothán, le do thoil"

"Your lordship will please order a hut"

"Tóg an bothán ar bhruach an uisce"

"Have the hut raised on the embankment of the water"

"An áit ar ghabh do mhac an galar ar dtús"

"Where your son first caught the disease"

"Táim i gceist agam maireachtáil sa bhothán sin ar feadh cúpla lá"

"I mean to live in that hut for a few days"

"Agus ordaigh cuid de do shearbhóntaí, le do thoil."

"And please order some of your servants"

"Caithfidh siad a bheith i láthair ó chian"

"They have to be in attendance at a distance"
"Abair leo a bheith thart ar chéad slat ar shiúl"
"Tell them to be about a hundred yards away"
"Ar an mbealach sin is féidir liom glaoch orthu nuair is gá dúinn iad"
"That way I can call them over when we need them"
Bhí an rí ag éisteacht go cúramach.
The king had listened attentively.
"Ordóidh mé go ndéanfar é sin láithreach"
"I will order that to be immediately done"
"An bhfuil aon rud eile uait?"
"Do you want anything else?"
"Sin iad na hullmhúcháin go léir a theastaíonn uaim"
"Those are all the preparations I need"
"Ach lig dom an comhaontú a chur i gcuimhne duit"
"But let me remind you of the agreement"
"Gheall tú lámh d'iníne"
"You promised the hand of your daughter"
"Agus gheall tú leath do ríochta"
"And you promised half your kingdom"
"Ach ní féidir liom pósadh le d'iníon"
"But I can't marry your daughter"
"Mar go gcaithfidh d'iníon fear a phósadh"
"Because your daughter has to marry a man"
"Ach tá mac agam freisin atá in aois phósta."
"But I also have a son of marriageable age"
"Lig do mo mhac pósadh le d'iníon"
"Allow my son to marry your daughter"
"Lig dó leath do ríochta a bheith aige"
"Allow him to have half of your kingdom"
D'aontaigh an rí leis na téarmaí.
The king was agreed with the terms.
"Má fhaigheann tú leigheas, pósfaidh sé mo iníon"
"If you find a cure, he marries my daughter"
"Agus beidh leath mo ríochta leis"
"And half of my kingdom shall be his"
Tógadh bothán sealadach go gasta.

A temporary hut was quickly erected.

Tógadh an bothán ar bhruach an uisce.

The hut was built on the embankment of the water.

Agus thóg máthair Phakir a cónaí ann.

And Phakir's mother took up her abode.

Tógadh post cosanta i bhfad uainn freisin.

An outpost was also erected at some distance.

Mar go mb'fhéidir go mbeadh roinnt freastail ag teastáil ón mbean.

Because the woman might require some attendance.

Thug máthair Phakir orduithe dochta.

Strict orders were given by Phakir's mother.

Ní raibh cead ag aon duine dul in aice leis an uisce.

No one was allowed to go near the water.

Ní raibh cead ach aici fanacht cois uisce.

Only she was allowed to stay by the water.

Ach fágaimis máthair Phakir ag an uisce.

But let us leave Phakir's mother at the water.

Déanaimis deifir síos an pálás faoi thalamh.

Let us hasten down the subterranean palace.

Chun a fheiceáil cad atá an prionsa agus an banphrionsa a dhéanamh.

To see what the prince and the princess are doing.

Bhí fonn ar an banphrionsa dul suas arís.

The princess did want to go up again.

Ach bhí a fhios aici anois go mbeadh sé contúirteach.

But she now knew that it would be dangerous.

Agus bhí sí tar éis an smaoineamh faoin gceathrú cuairt a thabhairt suas.

And she had given up the idea of a fourth visit.

Ach bíonn fiosracht níos mó ag mná i gcoitinne.

But women generally have greater curiosity.

Agus ní raibh an banphrionsa ina eisceacht don riail.

And the princess was no exception to the rule.

Lá amháin bhí a fear céile ina chodladh.

One day her husband was asleep.

Chodaileadh sé i gcónaí i ndiaidh a bhéile meán lae.
He always slept after his noonday meal.
Thóg sí an seod nathrach ina láimh.
She took the snake-jewel in her hand.
Agus rith sí amach as an bpálás.
And she rushed out of the palace.
Agus tháinig sí suas go dtí an domhan uachtarach.
And she came up to the upper world.
Bhí corraíl sna huiscí.
There was an upheaval in the waters.
Agus bhí máthair Phakir ar a hairdeall.
And Phakir's mother was on high alert.
Bhí sí i bhfolach sa bhothán.
She was hiding in the hut.
Agus bhí sí ag féachaint trí na scoilteanna.
And she was looking through the chinks.
Ní fhaca an banphrionsa aon duine in aice láimhe.
The princess saw no human being nearby.
Mar sin tháinig sí go bruach an uisce.
So she came to the bank of the water.
Thaispeáin máthair Phakir í féin taobh amuigh den bhothán.
Phakir's mother showed herself outside the hut.
Agus labhair sí go béasach leis an banphrionsa.
And she addressed the princess politely.
"Tar anseo, a leanbh, a bhanríon na háilleachta"
"Come, my child, thou queen of beauty"
"Tar chugam, agus cabhróidh mé leat folcadh a dhéanamh"
"Come to me, and I will help you to bathe"
Agus í á rá sin, chuaigh sí i dtreo na banphrionsa.
So saying, she approached the princess.
Chonaic an banphrionsa nach raibh inti ach seanbhean.
The princess saw she was just an old woman.
Mar sin níor chuir sí aon fhriotaíocht i gcoinne a tairisceana.
So she made no resistance to her offer.
Bhí an bhean scothaosta ag ní gruaig na banphrionsa.
The old woman was washing the princess' hair.

Agus thug sí faoi deara an seod geal ina láimh.
And she noticed the bright jewel in her hand.
"Amach an seod anseo go dtí go mbeidh tú nite"
"Out the jewel here till you are bathed"
Anois bhí an seod i lámha mháthair Phakir.
Now the jewel was in the hands of Phakir's mother.
Chuir sí an seod i bhfillteán.
She wrapped the jewel up in a cloth.
Agus chuir sí an t-éadach timpeall a coime.
And she wrapped the cloth around her waist.
Anois ní raibh an banphrionsa in ann éalú.
Now the princess was unable to escape.
Agus thug máthair Phakir an comhartha.
And Phakir's mother gave the signal.
Rith na freastalaithe go dtí an t-uisce.
The attendants rushed to the water.
Agus ghabh siad an banphrionsa ina mbraighdeanas.
And they took the princess captive.
Shroich an scéal an chathair go luath.
The news soon reached the city.
"Bhí nimfeach uisce gafa ag máthair Phakir"
"Phakir's mother had captured a water-nymph"
Agus rinne na daoine áthas leis an scéala.
And the people rejoiced at the news.
Tháinig gach duine chun "iníon na neamhbhásmhar" a fheiceáil
All came to see the "daughter of the immortals"
Tugadh chuig an bpálás í.
She was brought to the palace.
Agus tugadh í chuig mac an rajah.
And she was brought to the rajah's son.
Bhí lagú intleachta fós ag mac an rajah.
The rajah's son was still of impaired intellect.
Ach níorbh fhada gur imigh an scamall sin ar a inchinn.
But that cloud on his brain soon dissipated.
"Fuair mé thú! Fuair mé thú!"
"I have found you! I have found you!"

Bhí a shúile folamh agus gan lonrachas.

His eyes had been vacant and lusterless.

Ach anois bhí tine na hintleachta ina shúile.

But now his eyes had the fire of intelligence.

Beagnach gur chaill sé úsáid a theanga.

He had almost lost the use of his tongue.

"Anois anseo, imithe anois!" a bhí sé in ann a rá.

"Now here, now gone!" was all he had been able to say.

Ach athbhunaíodh an chiall seo freisin.

But this sense too was restored.

Ní raibh aon teorainn le lúcháir an rajah.

The joy of the rajah knew no bounds.

Bhí ceiliúradh mór sa chathair.

There was great festivity in the city.

Mhol na daoine máthair Phakir-Chand.

The people praised Phakir-Chand's mother.

Agus bhí gach duine ag súil leis an bpósadh go luath.

And everyone soon expected the marriage.

Bhí mac an rajah le pósadh leis an nimfeach uisce.

The rajah's son was to wed the water-nymph.

Bhí gealltanas tugtha ag an banphrionsa, áfach.

The princess, however, had made a promise.

D'inis sí do mháthair Phakir faoina gealltanas.

She told Phakir's mother of her promise.

"Ní fhéachfaidh mé ar fhear eile fiú"

"I won't as much as look at another man"

"Maireann mo mhionnanna ar feadh bliana amháin"

"For one year my vows shall last"

"Ní féidir an pósadh a tharlú sa tréimhse sin"

"The marriage cannot happen in that time"

Bhí díomá beag ar mhac an rajah.

The rajah's son was somewhat disappointed.

Ach d'aontaigh sé leis an moill go fonnmhar.

But he readily agreed to the delay.

"Cuireann moill feabhas ar bhinneas an phléisiúir"

"Delay enhances the sweetness of the pleasure"

Ar ndóigh, chaith an banphrionsa a cuid ama i mbrón.

Of course the princess spent her time in sorrow.

Chaith sí a laethanta agus a hoícheanta ag osnaíl.

She spent her days and nights sighing.

Agus chaoin sí a fiosracht dhíomhaoin.

And she lamented her idle curiosity.

An fiosracht a threoraigh í chuig an domhan uachtarach.

The curiosity that led her to the upper world.

An fiosracht a scaradh í óna fear céile.

The curiosity that separated her from her husband.

Smaoinigh sí ar a fear céile mí-ádhúil.

She thought of her unfortunate husband.

Bhí sí tar éis é a fhágáil ina aonar faoi na huiscí.

She had left him all alone below the waters.

Agus ghuil sí deora searbha gach lá.

And she wept bitter tears each day.

Bhí sí ag iarraidh go bhféadfadh sí rith ar shiúl.

She wished that she could run away.

Ach bheadh sé sin dodhéanta.

But that would have been impossible.

Mar gheall go raibh sí faoi ghlas laistigh de bhallaí.

Because she was immured within walls.

Agus bhí ballaí laistigh de na ballaí.

And there were walls within the walls.

Agus cén tairbhe a bhí ann an pálás a fhágáil?

And what use was getting out the palace?

Ní raibh sí in ann teacht ar a fear céile ar aon nós.

She couldn't get to her husband anyway.

Ní raibh an seod nathrach aici.

She didn't have the serpent jewel.

Rinne mná an pháláis iarracht í a chompord.

The ladies of the palace tried to comfort her.

Agus rinne máthair Phakir iarracht a hintinn a atreorú.

And Phakir's mother tried to divert her mind.

Ach bhí a gcuid iarrachtaí gan tairbhe.

But their efforts were in vain.

Níor bhain sí taitneamh as rud ar bith.

She took pleasure in nothing.

Is ar éigean a labhair sí le duine ar bith.
She hardly spoke to anyone.
Bhí sí ag caoineadh i rith an lae.
She wept throughout the day.
Agus ghuil sí i rith na hoíche.
And she wept through the night.

Bhí bliain a gealltanais ag druidim chun deiridh.
The year of her vow was drawing to a close.
Ach bhí sí fós díomách.
But she was still disconsolate.
B'éigean an pósadh a cheiliúradh, áfach.
The marriage, however, had to be celebrated.
Chuaigh an rajah i gcomhairle leis na réalteolaithe.
The rajah consulted the astrologers.
Bhí an lá agus an uair socraithe.
The day and the hour had been decided.
Bhí an snaidhm bainise le ceangal.
The nuptial knot was to be tied.
Rinneadh ullmhúcháin iontacha.
Great preparations were made.
Bhí na milseáin gnóthach i rith an lae agus na hoíche.
The confectioners were busy day and night.
D'ullmhaigh siad gach sórt milseán.
They prepared all sorts of sweetmeats.
Sholáthair fir bhainne umair gruth don phálás.
Milkmen supplied the palace with tanks of curds.
Monaraíodh cainníochtaí móra púdair gunna.
Great quantities of gunpowder were manufactured.
Bhí tinte ealaíne móra le bheith ann.
There were going to be grand fireworks.
Tógadh ardáin i ngach áit.
Stages were erected everywhere.
Agus roghnaíodh ceoltóirí chun ceol a sheinm.
And musicians were selected to play music.
Ghlac an chathair ar fad atmaisféar greannmhar.
All the city assumed an air of mirth.

Bhí gach duine ag tnúth leis na féilte.
All looked forward to the festivities.

Ní mór dúinn ár n-aird a dhíriú ar ais ar mhac an aire.
We must return our attention to the minister's son.
Bhí a chara fágtha aige sa phálás faoi thalamh.
He had left his friend in the subterranean palace.
Agus bhí sé imithe go dtí a thír dhúchais.
And he had gone to his country.
Bhí sé ag tabhairt capaill agus eilifintí leis.
He was bringing horses and elephants.
Agus bhí mórán freastalaithe leis.
And he had with him many attendants.
Chun filleadh mac an rí.
For the return of the king's son.
Agus le haghaidh filleadh a bhanphrionsa álainn.
And for the return of his lovely princess.
Ionas go raibh an-mholadh ag baint leis an searmanas.
So that the ceremony had due pomp.
Thóg na hullmhúcháin go leor míonna air.
The preparations took him many months.
Ach sa deireadh bhí gach rud ullmhaithe.
But eventually all was prepared.
Agus thosaigh mac an aire ar a thuras.
And the minister's son started on his journey.
Bhí traein fhada eilifintí ina theannta.
He was accompanied by a long train of elephants.
Agus taobh thiar de na heilifintí bhí capaill.
And behind the elephants were horses.
Agus bhí a bhfreastalaithe féin ag na capaill go léir.
And all the horses had their own attendants.
Shroich sé an t-uisce roimh an sceideal.
He reached the water ahead of schedule.
Mar sin bhí dhá nó trí lá le spáráil aige.
So he had two or three days to spare.
Cuireadh pubaill suas i bhfánaí na manga.
Tents were pitched in the mango slopes.

Mar sin bhí lóistín ag na fir agus ag an eallach.
So the men and cattle had accommodation.
Choinnigh mac an aire a shúile ar an uisce.
The minister's son kept his eyes on the water.
Chuaigh grian an lae cheaptha faoi bhun na spéire.
The sun of the appointed day sank below the horizon.
Ach ní raibh aon chomhartha den phrionsa le feiceáil.
But there was no sign of the prince.
Níor tháinig an banphrionsa chun an dromchla ach an oiread.
Nor did the princess come to the surface.
D'fhan sé dhá nó trí lá eile.
He waited two or three days longer.
Níor tháinig an prionsa i láthair fós.
Still the prince did not make his appearance.
Cad a d'fhéadfadh a bheith tarlaithe dá chara?
What could have happened to his friend?
Agus cá raibh a bhean álainn?
And where was his beautiful wife?
An raibh nathair eile tar éis iad a bhualadh chun báis?
Had another serpent beaten them to death?
B'fhéidir gurbh é céile an duine a fuair bás é.
Possibly the mate of the one that had died.
An raibh an seod nathrach caillte acu ar bhealach éigin?
Had they somehow lost the serpent-jewel?
Nó b'fhéidir gur thug siad cuairt ar an domhan uachtarach?
Or had they perhaps visited the upper world?
Agus an raibh siad gafa sa domhan uachtarach?
And had they been captured in the upper world?
Sin a bhí i mbarúil chara an phrionsa.
Such were the reflections of the prince's friend.
Bhí cara an phrionsa sáraithe le brón.
The prince's friend was overwhelmed with grief.
Bhí na huiscí sách gar don chathair.
The waters were quite close to the city.
Agus is minic a d'fhéadfaí fuaim an cheoil a chloisteáil.
And often the sound of music could be heard.

D'fhiafraigh sé de dhaoine a bhí ag dul thart cad a chiallaigh an ceol sin.
He asked passers-by what that music meant.
Insíodh dó faoi mhac an rajah.
He was told about the rajah's son.
Agus dúradh leis faoi bhean óg iontach.
And he was told of a wonderful young lady.
Agus dúradh leis go raibh siad chun pósadh.
And he was told they were going to marry.
Agus dúradh níos mó leis faoin mbean iontach.
And he was told more about the wonderful lady.
Bhí sí tagtha amach as na huiscí a raibh sé ag fanacht leo.
She had come out of the waters he was waiting by.
Bhí an searmanas pósta i gceann dhá lá.
The marriage ceremony was in two days.
Rinne mac an aire an nasc.
The minister's son made the connection.
Ba í an bhean óg iontach bean chéile a chara.
The wonderful young lady was the wife of his friend.
Shocraigh sé, dá bhrí sin, dul isteach sa chathair.
He resolved, therefore, to go into the city.
Agus bhí sé chun gach a bhféadfadh sé a fháil amach.
And he was going to find out all he could.
Dá bhféadfadh sé, tharrtháilfeadh sé an banphrionsa.
If he could, he would rescue the princess.
Dúirt sé leis na freastalaithe dul abhaile.
He told the attendants to go home.
Agus dúirt sé leo na heilifintí a thógáil.
And he told them to take the elephants.
Agus dúirt sé leo na capaill a thabhairt leo.
And he told them to take the horses.
Agus chuaigh sé féin go dtí an chathair.
And he himself went to the city.
Agus shocraigh sé síos i dteach Brahman.
And he took up his abode in the house of a Brahman.
Ar dtús, scíth a ligean óna thuras.
First, he rested from his journey.

Ansin bhí dinnéar ag cara an phrionsa.
Then the prince's friend had his dinner.
Agus ansin labhair sé leis an Brahman.
And then he spoke to the Brahman.
"Ar fud na cathrach tá ceoltóirí agus bannaí ceoil ann"
"Throughout the city there are musicians and bands"
"Cad é cúis na gceiliúradh go léir?"
"What is the cause of all the celebrations?
Bhí iontas beag ar an Brahman.
The Brahman was rather surprised.
"As cén chuid den domhan as ar tháinig tú?"
"From what part of the world have you come?"
"Cén charraig faoi a raibh tú i do chónaí?"
"What rock have you been living under?"
"Nach chuala tú an scéal iontach?"
"Have you not heard the wonderful news?"
"Bean óg áilleachta neamhaí"
"A young lady of heavenly beauty"
"D'éirigh sí as na huiscí"
"She rose out of the waters"
"Agus tá sí ag dul chuig mac ár rajah"
"And she is going to the son of our rajah"
Bhí cara an phrionsa ag iarraidh tuilleadh eolais a fháil.
The prince's friend wanted to know more.
D'fhéadfadh an fhaisnéis a bheith úsáideach.
The information could be useful.
"Níor chuala mé faoin nuacht seo"
"I have not heard of this news"
"Tháinig mé ó thír i bhfad i gcéin"
"I have come from a distant country"
"Níl an scéal tagtha chugainn fós"
"The story has not reached us yet"
"An inseoidh tú na sonraí dom, go cineálta?"
"Will you kindly tell me the particulars?"
Bhí an Brahman sásta an scéal a insint.
The Brahman was happy to relay the story.
"Chuaigh mac an rajah amach ag fiach"

"The rajah's son went out hunting"

"Caithfidh sé gur thart ar an am seo anuraidh a bhí sé"

"It must have been about this time last year"

"Chuir siad a gcuid pubaill suas cois na n-uiscí sna bruachbhailte"

"They pitched their tents by the waters in the suburbs"

"Lá amháin, bhí mac an rajah ag siúl in aice leis an uisce"

"One day, the rajah's son was walking near the water"

"An lá seo, chonaic sé bean óg"

"On this day, he saw a young woman"

"Caithfidh mé a lua go raibh áilleacht neamhghnách aici"

"I have to mention she was of uncommon beauty"

"Bhí sí tar éis éirí as doimhneacht na n-uiscí"

"She had risen from the depth of the waters"

"D'fhéach sí thart ar feadh nóiméid nó dhó"

"She gazed about for a minute or two"

"Agus ansin d'imigh an bhean álainn"

"And then the beautiful lady disappeared"

"Chonaic mac an rajah í, áfach"

"The rajah's son, however, had seen her"

"Bhí a háilleacht neamhaí tar éis é a bhualadh"

"He had been struck by her heavenly beauty"

"Agus mar sin tháinig grá mór air inti"

"And so he became desperately enamored by her"

"Go deimhin, bhí tionchar mór aici air"

"Indeed, she had affected him greatly"

"Agus thug a chumas meabhrach bealach do phaisean"

"And his mental faculties gave way to passion"

"Tugadh abhaile é mar fhear ar mire"

"He was carried home as a mad man"

"Níor labhair sé focal ach cúpla focal"

"He spoke no words except a few"

"'Anois anseo, anois imithe!' a dúirt sé"

"'now here, now gone!' was all he said"

"Chuir an rajah fios ar na lianna is fearr go léir"

"The rajah sent for all the best physicians"

"Rinne siad iarracht a mhac a thabhairt ar ais chun réasúin"

"They tried to restore his son to reason"
"Ach bhí na lianna gan chumhacht"
"But the physicians were powerless"
"Faoi dheireadh rinne an rajah forógra"
"At last the rajah made a proclamation"
"Agus bhí an druma á bhualadh aige ar fud na ríochta"
"And he had the drum beat around the kingdom"
"Bhí luach saothair ann d'aon duine a leigheasfadh a mhac"
"There was a reward for anyone who cured his son"
"Bheadh siad ina mac céile ag an rajah"
"They would become the rajah's son-in-law"
" Agus gheobhaidís leath na ríochta"
"And they would get half the kingdom"
"D'fhreagair seanbhean glaoch an druma"
"An old woman answered the call of the drum"
"Bhí aithne ag gach duine uirthi mar mháthair Phakir"
"All knew her as Phakir's mother"
"Dúirt sí go bhféadfadh sí mac an rajah a leigheas"
"She said she could cure the rajah's son"
"Thóg sí bothán lasmuigh den bhaile"
"She had a hut built outside the town"
"Sna bruachbhailte, in aice leis na huiscí"
"In the suburbs, next to the waters"
"Agus sa bhothán a thóg sí a cónaí"
"An in the hut she took her abode"
"Bhí roinnt bothán tógtha aici in aice láimhe freisin"
"She also had some huts erected close by"
"Agus sna botháin sin bhí freastalaithe ag fanacht"
"And in those huts attendants waited"
"Ar eagla go mbeadh a gcabhair ag teastáil uaithi"
"In case she might need their help"
"Is cosúil gur éirigh an bandia as na huiscí"
"It seems the goddess rose from the waters"
"Ghabh máthair Phakir agus na freastalaithe í"
"Phakir's mother and the attendants seized her"
"Agus thug siad í i bpailéad go dtí an pálás"
"And they carried her in a palki to the palace"

"Chonaic mac an rajah an nimfeach uisce"

"The rajah's son saw the water-nymph"

"Agus go gairid ina dhiaidh sin tháinig a chéadfaí ar ais chuige"

"And he was soon restored to his senses"

"Bheadh siad pósta ansin agus ansin"

"They would have married there and then"

"Ach bhí gealltanas tugtha ag bandia an uisce"

"But the water goddess had made a vow"

"Ní fhéachfadh sí ar fhear ar feadh bliana"

"She wouldn't look at a man for one year"

"Tá bliain na gealltanais thart anois"

"The year of the vow is now over"

"Is as pálás an rajah an ceol"

"The music is from the rajah's palace"

"Seo an scéal, go hachomair"

"This, in brief, is the story"

D'fhéadfadh cara an phrionsa an scéal a chur le chéile.

The prince's friend could put the story together.

"Scéal iontach i ndáiríre!"

"a truly wonderful story!"

"Mar sin, cá bhfuil máthair Phakir?"

"So where is Phakir's mother?"

"Agus cá bhfuil Phakir-Chand féin?"

"And where is Phakir-Chand himself?"

"An bhfuil lámh iníon an rajah faighte aige?"

"Has he received the hand of the rajah's daughter?"

"Agus an bhfuil leath na ríochta faighte aige?"

"And has he received half the kingdom?"

D'fhéadfadh an Brahman na ceisteanna seo a fhreagairt freisin.

The Brahman could also answer these questions.

"Níl, níl siad pósta fós"

"No, they have not married yet"

"Agus níl leath na ríochta aige fós"

"And he doesn't yet have half the kingdom"

"Agus, ba chóir dom a rá, is buachaill amadánach é"

"And, I should say, he is a dimwitted lad"
"Go deimhin, níl a fhios ag aon duine cá bhfuil an buachaill"
"In fact, no one knows where the lad is"
"Tá sé as baile le breis agus bliain"
"He has been away from home for more than a year"
"Sin é a nós," a mhínigh sé.
"That is his manner," he explained.
"Fanann sé ar shiúl ar feadh i bhfad"
"He stays away for a long time"
"Agus ansin go tobann tagann sé abhaile"
"And then suddenly he comes home"
"Agus ansin imíonn sé arís go tobann"
"And then suddenly he leaves again"
"Creidim go bhfuil súil ag a mháthair go dtiocfaidh sé go luath"
"I believe his mother expects him to come soon"
Bhí an fhaisnéis seo an-úsáideach.
This was very useful information.
"Cén sórt duine atá ann?" a d'fhiafraigh sé.
"What is he like?" he asked.
"Agus cad a dhéanann sé nuair a fhilleann sé abhaile?"
"And what does he do when he returns home?"
D'fhéadfadh an Brahman na ceisteanna seo a fhreagairt freisin.
These questions the Brahman could also answer.
"Bhuel, tá sé thart ar do airde féin"
"Well, he is about your height"
"Cé go bhfuil sé beagáinín níos óige ná tusa"
"Though he is somewhat younger than you"
"Caitheann sé píosa beag éadaigh timpeall a choim"
"He wears a small piece of cloth round his waist"
"Agus cuimil sé a chorp le luaithreach"
"And he rubs his body with ashes"
"Iompraíonn sé craobh crainn ina láimh"
"He carries the branch of a tree in his hand"
"Agus tá fonn ann a ndamhsaíonn sé leis"
"And there is a tune to which he dances"

"Tagann sé go doras bothán a mháthar"
"He comes to the door of the hut of his mother"
"Agus canann sé 'dhoop! dhoop! dhoop!'"
"And he sings 'dhoop! dhoop! dhoop!'"
"Tá a chuid cainte an-doiléir"
"His articulation is very indistinct"
"' Tar anseo, fan le do mháthair,' a deir sí"
"'Come, stay with your mother,' she says"
"Agus tugann sé an freagra céanna i gcónaí"
"And he always gives the same answer"
"'Ní fhanfaidh mé,' a deir sé go dothuigthe"
"'No, I won't remain,' he says unintelligibly"
"Ba chóir duit éisteacht leis nuair a bhíonn sé ag iarraidh 'tá' a rá."
"You should hear him when he wants to say yes"
"Chun freagra dearfach a thabhairt, deir sé 'hoom'"
"To answer in the affirmative he says 'hoom'"
Tháinig tuile solais isteach i gcara an phrionsa.
A flood of light entered the prince's friend.
Chonaic sé go maith anois conas a bhí cúrsaí.
He now saw very well how matters stood.
Caithfidh gur thóg an banphrionsa an seoid nathrach.
The princess must have taken the snake-jewel.
Agus caithfidh gur fhág sí an pálás ina haonar.
And she must have left the palace alone.
Agus gabhadh í gan mac an rí.
And she was captured without the king's son.
Caithfidh go bhfuil an seoid nathrach ag máthair Phakir.
Phakir's mother must have the snake-jewel.
Bhí a chara fós faoin uisce.
His friend was still below the water.
Ní raibh aon bhealach éalaithe ag an bprionsa.
The prince had no means of escape.
D'fhéadfadh sé staid uaigneach a chairde a shamhlú.
He could imagine his friends desolate state.
Agus d'fhéadfadh sé a shamhlú cé chomh gan dóchas a bheadh air.

And he could imagine how hopeless he must be.
Bhí cara an phrionsa lán le brón.
The prince's friend was filled with grief.
Ach ní raibh sin ina chúis le dóchas a thabhairt suas.
But that was not cause to give up hope.
B'fhéidir go bhféadfadh sé a chara a tharrtháil.
Perhaps he could rescue his friend.
"Caithfidh mé an seod a fháil ón tseanbhean"
"I must get the jewel from the old woman"
"Nach féidir liom é a dhéanamh trí Phakir-Chand a phearsantú?"
"Can I not do it by personating Phakir-Chand?"
"Tá a mháthair ag súil leis go luath"
"His mother is expecting him soon"
"B'fhéidir gur féidir liom an banphrionsa a tharrtháil ar an mbealach céanna"
"Maybe I can rescue the princess the same way"

Shocraigh sé ról Phakir-Chand a ghlacadh.
He resolved to act the role of Phakir-Chand.
Ar maidin d'fhág sé teach an Brahman.
In the morning he left the Brahman's house.
Agus chuaigh sé go dtí imeall na cathrach.
And he went to the outskirts of the city.
Bhain sé a chuid éadaí gnáth de.
He divested himself of his usual clothing.
Timpeall a choim chuir sé píosa caol éadaigh.
Around his waist he put a narrow piece of cloth.
Is ar éigean a shroich an t-éadach a ghlúine.
The cloth scarcely reached his knees.
Agus chuimil sé a chorp go maith le luaithreach.
And he rubbed his body well with ashes.
Agus ar deireadh bhris sé roinnt craobhóga de chrann.
And finally he broke some twigs off a tree.
Agus mar sin bhí sé réidh chun a ról a imirt.
And thus he was ready to play his role.
Chuaigh sé go doras bothán mháthair Phakir.

He went to the door of the hut of Phakir's mother.
Agus chuir sé tús leis an oibríocht trí dhamhsa.
And he commenced the operation by dancing.
Damhsa sé ar bhealach an-fhoréigneach.
He danced in a most violent manner.
Agus chan sé ar an bhfonn "dhoop! dhoop! dhoop!"
And he sung to the tune of "dhoop! dhoop! dhoop!"
Tharraing an damhsa aird na seanmhná.
The dancing attracted the notice of the old woman.
Bhí an nóiméad criticiúil tagtha.
The critical moment had come.
D'fhéach an bhean scothaosta ar a doras.
The old woman looked to her door.
"A Phakir-Chand, a mhic, an bhfuil tú tagtha?"
"Phakir-Chand, my son, have you come?"
"A ghrá geal; tá na déithe fabhrach dúinn"
"My darling; the gods have become propitious to us"
Dúirt a mac ceaptha an t-aonsiolla, "hoom"
Her supposed son uttered the monosyllable, "hoom"
Agus damhsa sé níos foréigní ná riamh.
And he danced more violently than before.
Agus chroith sé an craobhóg ina láimh.
And he waved the twig in his hand.
"Níor cheart duit imeacht an uair seo"
"This time you must not go away"
"Caithfidh tú fanacht liom"
"You must remain with me"
"Ní fhanfaidh mé," a dúirt cara an phrionsa.
"No, I won't remain," said the prince's friend.
"Fan liom," a dúirt an mháthair arís.
"Remain with me," the mother tried again.
"Pósfaidh mé iníon an rajah thú"
"I'll get you married to the rajah's daughter"
"An bpósfaidh tú, a Phakir-Chand?"
"Will you marry, Phakir-Chand?"
D'fhreagair mac an aire—"húm, húm"
The minister's son replied—"hoom, hoom"

Agus damhsaigh sé níos mó fós cosúil le fear ar mire.

And he danced even more like a madman.

"An dtiocfaidh tú liom go teach an rajah?"

"Will you come with me to the rajah's house?"

"Taispeánfaidh mé banphrionsa áilleachta neamhghnách duit"

"I'll show you a princess of uncommon beauty"

"D'éirigh sí as na huiscí"

"She rose from the waters"

"Húm, húm," a bhí mar fhreagra óna bhéal.

"Hoom, hoom," was the answer from his lips.

Agus bhuail a chosa go foréigneach le "dúp! dúp!"

And his feet stomped violently to "dhoop! dhoop!"

"Ar mhaith leat seod a fheiceáil, a Phakir?"

"Do you wish to see a jewel, Phakir?"

"Seod suaitheantais na nathrach"

"The crest jewel of the serpent"

"Taisce na seacht ríthe"

"The treasure of seven kings"

"Húm, húm," a bhí mar fhreagra.

"Hoom, hoom," was the reply.

Chuaigh an bhean scothaosta ar ais isteach sa bhothán.

The old woman went back into the hut.

Agus thug sí amach an seod nathrach.

And she brought out the snake-jewel.

Chuir sí an seod i lámh a mic líomhnaithe.

She put the jewel into the hand of her supposed son.

Thóg mac an aire an seod nathrach.

The minister's son took the snake-jewel.

D'fhill sé an seod sa phíosa éadaigh.

He wrapped the jewel up in the piece of cloth.

Agus chuir sé an t-éadach timpeall a choim.

And he wrapped the cloth around his waist.

Bhí áthas thar na bearta ar mháthair Phakir.

Phakir's mother was delighted beyond measure.

Bhí a mac tagtha díreach ag an am ceart.

Her son had come at just the right time.

Chuaigh sí go teach an rajah.
She went to the rajah's house.
D'fhógair sí nuacht faoi chuma Phakir.
She announced the news of Phakir's appearance.
Agus freisin chun an banphrionsa a thaispeáint do Phakir.
And also in order to show Phakir the princess.
Tugadh rochtain dóibh ar phálás an rajah.
They were given access to the rajah's palace.
Agus bhí gach cuid den phálás oscailte dóibh.
And all parts of the palace were open to them.
Bhí mac an rajah sábháilte ag an tseanbhean.
The old woman had saved the rajah's son.
Mar sin, ba í an duine ba thábhachtaí sa ríocht í.
So she was the most important person in the kingdom.
Thug sí a mac líomhnaithe timpeall an pháláis.
She took her supposed son around the palace.
Agus thug sí go seomra na banphrionsa é.
And she took him to the princess' room.
Thug máthair Phakir a mac isteach don bhanphrionsa.
Phakir's mother introduced her son to the princess.
**Is féidir leat a shamhlú nach raibh an banphrionsa ró-
ionadh.**
You can imagine the princess was not best impressed.
Ní raibh meas aici ar chuideachta fear ar mire.
She did not appreciate the company of a madman.
Fear ar mire, leathnocht, agus clúdaithe le luaithreach.
A madman, half naked, and covered in ash.
Agus lean sé air ag damhsa ar bhealach fiáin.
And he kept dancing in a wild manner.

Chaith an triúr an lá le chéile.
The three had spent the day together.
Bheadh sé ag dul faoi luí na gréine go luath.
It was soon going to be sunset.
D'iarr an bhean ar a mac teacht léi.
The woman asked her son to come with her.
Ach dhiúltaigh an Phakir-Chand líomhnaithe géilleadh.

But the supposed Phakir-Chand refused to comply.
Dúirt sé go bhfanfadh sé ann an oíche sin.
He said he would stay there that night.
Rinne a mháthair iarracht é a chur ina luí air teacht léi.
His mother tried to persuade him to come with her.
Ach lean sé ar aghaidh lena dhiongbháilteacht.
But he persisted in his determination.
Dúirt sé go bhfanfadh sé leis an banphrionsa.
He said he would remain with the princess.
Chuaigh máthair Phakir abhaile gan é.
Phakir's mother went home without him.
Agus dúirt sí leis na gardaí aire a thabhairt dá mac.
And she told the guards to look after her son.
Faoi dheireadh chuaigh an pálás ar fad ar scor.
Eventually all the palace retired to rest.
Labhair an Phakir líomhnaithe leis an banphrionsa arís.
The supposed Phakir spoke to the princess again.
Ach an uair seo labhair sé ina ghlór féin.
But this time he spoke in his own voice.
"A Bhanphrionsa! nach n-aithníonn tú mé?"
"Princess! do you not recognize me?"
"Is cara an phrionsa mé"
"I am the prince's friend"
"Is cara do fhear céile ríoga mé"
"I am the friend of your princely husband"
Bhí ionadh ar an banphrionsa ar feadh nóiméid.
The princess was astonished for a moment.
"Cé? cara an phrionsa?"
"Who? the prince's friend?"
" Ó, cara is fearr m'fhear céile"
"Oh, my husband's best friend"
"Tarrtháil mé ón mbraighdeanas uafásach seo, le do thoil."
"Please rescue me from this terrible captivity"
"Is measa ná an bás é seo"
"This is worse than death"
"Is mo locht féin é seo ar fad"
"All of this is my own fault"

"Tarrtháil mé, le do thoil, a chara is fearr!"
"Rescue me, oh please, thou best of friends!"
Phléasc sí amach ag caoineadh ansin.
She then burst into tears.
Labhair cara an phrionsa arís.
The prince's friend spoke again.
"Ná bíodh díomá ort"
"Do not be disconsolate"
"Déanfaidh mé mo dhícheall chun tú a tharrtháil"
"I will try my best to rescue you"
"Déanfaidh mé iarracht tú a chur amach as seo anocht"
"I will try to have you out of here tonight"
"Ach caithfidh tú cibé rud a deirim leat a dhéanamh"
"But you must do whatever I tell you"
Chuir an banphrionsa muinín i gcara an phrionsa.
The princess trusted the prince's friend.
"Déanfaidh mé aon rud a deir tú liom"
"I will do anything you tell me"
Tar éis seo d'fhág an Phakir líomhnaithe an seomra.
After this the supposed Phakir left the room.
Chuaigh sé trí chlós an pháláis.
He passed through the courtyard of the palace.
Thug cuid de na gardaí dúshlán dó.
Some of the guards challenged him.
"Húm húm!" a d'fhreagair sé.
"Hoom hoom!" he replied.
"Níl mé ach ag dul amach ar feadh nóiméid"
"I'm just going out for a minute"
"Agus ansin tiocfaidh mé ar ais arís"
"And then I will come back again"
Thuig siad gurbh é an Phakir buile a bhí ann.
They understood that it was the madcap Phakir.
Dílis dá ghealltanas, tháinig sé ar ais go gairid.
True to his word he did come back shortly.
Agus chuaigh sé arís chuig an banphrionsa.
And again he went to the princess.
Uair an chloig ina dhiaidh sin chuaigh sé amach arís.

An hour afterwards he again went out.

Agus arís thug na gardaí dúshlán dó.

And again he was challenged by the guards.

Thug sé an freagra céanna agus a thug sé an chéad uair.

He made the same reply as at the first time.

Thosaigh na gardaí ag caint eatarthu féin.

The guards began to talk among themselves.

"Is cinnte nach bhfuil aon chiall ag an Phakir seo"

"This Phakir surely has no sense"

"Rachaidh sé amach agus tiocfaidh sé isteach ar feadh na hoíche"

"He will go out and come in all night"

"Ligimis dó a dhéanamh cad is mian leis"

"Let us leave him to do what he likes"

"Níl aon mhaith ann é a chosaint ar feadh na hoíche"

"There's no use guarding him all night"

Bhí na gardaí tuirseach ag mac an aire.

The minister's son had worn down the guards.

Agus bhí sé ag lorg bealach le héalú.

And he was looking for a way to escape.

Lean sé air ag dul isteach agus amach go dtí a trí a chlog san oíche.

He kept going in and out until three at night.

An uair seo ní raibh aon gardaí ann.

This time there were no guards there.

Mar gheall go raibh na gardaí go léir ina gcodladh.

Because all the guards had fallen asleep.

Bhí áthas an domhain air faoin gcúinse áisiúil.

He was overjoyed at the auspicious circumstance.

Ansin chuaigh sé ar ais chuig an banphrionsa.

Then he went back to the princess.

"Anois, a bhanphrionsa, tá sé in am éalú"

"Now, princess, is the time for escape"

"Tá na gardaí go léir ina gcodladh"

"The guards are all asleep"

"Caithfidh tú dul ar mo dhroim"

"You must mount on my back"

"Ceangail do chuid gruaige timpeall mo mhuiníl"
"Tie the locks of your hair round my neck"
"Agus coinnigh greim daingean orm"
"And keep tight hold of me"
Rinne an banphrionsa an rud a iarradh uirthi.
The princess did what she was asked of.
Chuaigh sé gan aon agóid tríd an gclós.
He passed unchallenged through the courtyard.
Agus bhí ualach álainn ar a dhroim aige.
And he had a lovely burden on his back.
Faoi dheireadh shroich sé geata an pháláis.
Eventually he got to the gate of the palace.
Agus chuaigh sé tríd gan dúshlán a thabhairt dó.
And he went through without being challenged.
Ansin chuaigh siad go dtí imeall na cathrach.
Then they went to the outskirts of the city.
Faoi dheireadh shroich sé na bruachbhailte seachtracha.
Eventually he reached the outer suburbs.
Shroich siad an t-uisce as ar éirigh an banphrionsa.
They reached the water from which the princess had risen.
Bhí áthas ar an banphrionsa nuair a d'éalaigh sí.
The princess rejoiced at her escape.
Ach bhí sí fós ag crith le heagla.
But she was still trembling with fear.
Dhícheangail cara an phrionsa an seod nathrach.
The prince's friend untied the snake-jewel.
Agus le chéile chuaigh siad suas san uisce.
And together they ascended into the water.
Agus go luath fuair siad ar ais chuig an bpálás faoi thalamh.
And soon they found back to the subterranean palace.
Is féidir leat a shamhlú cé chomh sásta is a bhí an prionsa.
You can imagine how happy the prince was.
Bhí sé beagnach tar éis bás a fháil den bhrón.
He had nearly died of grief.
Agus is féidir leat sonas na banphrionsa a shamhlú freisin.
And you can imagine the princess' happiness too.
Bhí an triúr acu ar mire le lúcháir.

All the three of them were mad with joy.
Ar feadh trí lá d'fhan siad sa phálás.
For three days they remained in the palace.
Agus d'inis siad an scéal ar fad don phrionsa arís.
And they retold the prince the whole story.
D'inis siad faoi mar a gabhadh an banphrionsa.
They told of how the princess was seized.
D'inis siad dó faoina mbraighdeanas sa phálás.
They told him of her captivity in the palace.
Rinne siad cur síos ar an bpósadh a bhí beartaithe.
They described the marriage that was planned.
D'inis siad dó faoin tseanbhean.
They told him of the old woman.
Agus d'inis siad dó gach rud faoina Phakir-Chand.
And they told him all about her Phakir-Chand.
D'inis siad dó conas a bhí sé tar éis aithris a dhéanamh air.
They told him how he had impersonated him.
Agus d'inis siad dó conas a shaor sé an banphrionsa.
And they told him how he freed the princess.
Ní gá dom a rá leat cé chomh buíoch is a bhí siad.
I don't need to tell you how grateful they were.
Ba chara maith i ndáiríre cara an phrionsa.
The prince's friend truly was a good friend.
Ghabh siad buíochas leis i dtéarmaí is teo.
They thanked him in the warmest terms.
Agus gheall siad go leanfaidís a chomhairle i gcónaí.
And they vowed to always follow his counsel.

Bhí siad uile cinnte filleadh abhaile.
They were all resolved to return home.
Bhí siad ag iarraidh filleadh ar a dtír dhúchais.
They wanted to return to their native country.
Mac an rí, mac an aire, agus an banphrionsa.
The king's son, the minister's son, and the princess.
D'fhág siad an pálás faoi thalamh le chéile.
They left the subterranean palace together.
Las siad an pasáiste leis an seoid nathrach.

They lighted the passage with the snake-jewel.
Agus rinne siad a mbealach go dtí an domhan uachtarach.
And they made their way to the upper world.
Ní raibh eilifintí ná capaill ag fanacht leo.
They had neither elephants nor horses waiting for them.
Mar sin ní raibh aon rogha acu ach taisteal de shiúl na gcos.
So they had no choice but to travel on foot.
Tógadh an bheirt chairde i mbéal an só.
The two friends had been bred in the lap of luxury.
Bhí an bheirt acu ag fáil trioblóide as siúl.
Both of them found walking troublesome.
Ach fuair an banphrionsa é i bhfad níos trioblóidí.
But the princess found it infinitely more troublesome.
Bhí sí cleachta le cóireáil níos fearr fós.
She was used to even finer treatment.
Bhí clocha an bhóthair ró-gharbh di.
The stones of the road were too rough for her.
Agus ghortaigh na clocha garbha a cosa tairisceana.
And the rough stones wounded her tender feet.
Faoi dheireadh thiar thall, tháinig pian mór ina cosa.
Eventually her feet became very sore.
Uaireanta d'iompair mac an rí í ar a ghuaillí.
At times the king's son carried her on his shoulders.
Bhí an t-ualach a bhí á iompar aige álainn ar ndóigh.
The load he was carrying was of course lovely.
Ach cé go raibh sí álainn, bhí sí trom le hiompar.
But although lovely, she was heavy to carry.
Agus ní fhéadfaí í a iompar achar fada.
And she could not be carried a great distance.
Agus dá bhrí sin b'éigean di siúl go minic freisin.
And therefore she too had to walk often.
Oíche amháin shroich siad faoi chrann.
One evening they arrived beneath a tree.
Ní raibh aon chomharthaí le feiceáil ar áitribh dhaonna.
There were no visible signs of human habitations.
Mar sin shocraigh siad an crann a dhéanamh mar áit codlata.
So they decided to make the tree their sleeping place.

Thairg cara an phrionsa garda a choinneáil.
The prince's friend offered to keep guard.
"Is féidir libh beirt dul a chodladh"
"Both of you can go to sleep"
"Coinneoidh mé súil oraibh beirt anocht"
"I will keep watch over you both tonight"
"Chun aon chontúirt a chosc"
"In order to prevent any danger"
Thit an lánúin ríoga ina codladh go luath.
The royal couple soon dozed off.
Agus bhí siad faoi ghlas i mbaic an chodladh.
And they were locked in the arms of sleep.
Níor chodail cara dílis an phrionsa.
The faithful friend of the prince did not sleep.
D'fhan sé ina dhúiseacht agus ag faire amach don chontúirt.
He stayed awake and watched for danger.
Tharla gur champaigh siad faoi chrann speisialta.
It so happened they camped under a special tree.
Sa chrann bhí nead dhá éan.
In the tree swung the nest of two birds.
Na héin bás a fháil Bihangama agus Bihangami.
The immortal birds Bihangama and Bihangami.
Bhí urlabhra dhaonna ag na héin seo.
These birds were endowed with human speech.
Agus bhí siad in ann breathnú isteach sa todhchaí freisin.
And they could also see into the future.
D'éist mac an aire le comhrá an éin.
The minister's son listened to the bird's conversation.
Bhí ionadh níos mó ná beag air faoin méid a chuala sé!
He was more than a little astonished at what he heard!
Bihangama: "Chuir cara an phrionsa a shaol féin i mbaol"
Bihangama: "The prince's friend risked his own life"
"Rinne sé gach rud ar mhaithe le sábháilteacht a chara"
"He did everything for the safety of his friend"
"Ach beidh níos mó contúirtí ag teacht ar mhac an rí"
"But more dangers will befall the king's son"
"Agus beidh sé deacair air an prionsa a shábháil"

"And he will find it difficult to save the prince"

Bihangami: "Cén fáth go bhfuil sin amhlaidh?"

Bihangami: "Why is that?"

Bihangama: "Tá go leor contúirtí i ndán do mhac an rí"

Bihangama: "Many dangers await the king's son"

"Cloisfidh athair an phrionsa faoi theacht a mhic"

"The prince's father will hear of his son's approach"

"Seolfaidh sé eilifint agus roinnt capaill chuige"

"He will send for him an elephant and some horses"

"Agus socróidh sé freastalaithe chun bualadh leis"

"And he will arrange attendants to meet him"

"Marcóidh mac an rí an eilifint"

"The king's son will ride the elephant"

"Ach titfidh sé ó dhroim an eilifint"

"But he will fall from the back of the elephant"

"Agus gheobhaidh sé bás óna thitim ón eilifint"

"And he will die from his fall from the elephant"

Bihangami: "Ach abair go raibh duine éigin a chuir cosc air seo?"

Bihangami: "But suppose someone prevented this?"

"Abair nach bhfuil mac an rí ag dul ag marcaíocht ar an eilifint"

"Suppose the king's son is not going to ride on the elephant"

"Cad a d'fhéadfadh tarlú dá marcódh sé ar chapall ina ionad?"

"What might happen if he rides on a horse instead?"

"Nach sábhálfar é sa chás sin?"

"Will he not in that case be saved?"

Bihangama: "Sea, sa chás sin, éalódh sé ón gcinniúint sin"

Bihangama: "Yes, in that case he would escape that fate"

"Ach ansin bheadh baol úr ag fanacht leis"

"But then a fresh danger would await him"

"Nuair a bhíonn mac an rí i radharc phálás a athar"

"When the king's son is in sight of his father's palace"

"Nuair a bheidh sé i mbun dul tríd an ngeata leoin"

"When he is in the act of passing through the lion-gate"

"Sa nóiméad sin titfidh geata an leoin air"

"In that moment the lion-gate will fall upon him"
"Agus brúfaidh na clocha chun báis é"
"And the stones will crush him to death"
Bihangami: "Ach abair go sroicheann duine éigin an áit ar dtús"
Bihangami: "But suppose someone gets there first"
"Abair go scriosann duine éigin geata an leoin"
"Suppose someone destroys the lion-gate"
"Dá dtarlódh sin ní fhéadfadh mac an rí dul tríd an ngeata leoin"
"If that happens the king's son couldn't go through the lion-gate"
"Nach sábhálfar mac an rí sa chás sin?"
"Will not the king's son in that case be saved?"
Bihangama: "Sea, sa chás sin, éalódh sé óna chinniúint"
Bihangama: "Yes, in that case he would escape his fate"
"Ach ansin bheadh baol úr ag fanacht leis"
"But then a fresh danger would await him"
"Nuair a shroicheann mac an rí an pálás"
"When the king's son reaches the palace"
"Nuair a shuíonn sé ag féasta atá ullmhaithe dó"
"When he sits at a feast prepared for him"
"Bruitear ceann éisc dó"
"The head of a fish will be cooked for him"
"Cuirfidh sé ceann an éisc ina bhéal"
"He will put into his mouth the head of the fish"
"Ach greamóidh ceann an éisc ina scornach"
"But the head of the fish will stick in his throat"
"Agus tachtfaidh sé chun báis ar cheann an éisc"
"And he will choke to death on the head of the fish"
Bihangami: "Ach abair go sciobfaidh duine éigin an t-iasc"
Bihangami: "But suppose someone snatches the fish"
"Abair go mbainfeadh duine ceann an éisc dá phláta"
"Suppose someone takes the head of the fish from his plate"
"Abair nach féidir leis ceann an éisc a chur ina bhéal"
"Suppose he can't put the fish's head in his mouth"
"Nach sábhálfar mac an rí sa chás sin?"

"Will not the king's son in that case be saved?"
Bihangama: "Sea, sa chás sin éalóidh sé óna chinniúint"
Bihangama: "Yes, in that case he will escape his fate"
"Ach bheadh baol úr ag fanacht leis"
"But a fresh danger would await him"
"Nuair a théann an prionsa agus an banphrionsa ar scor tar éis an dinnéir"
"When the prince and princess retire after dinner"
"Nuair a théann siad isteach ina n-árasán codlata"
"When they go into their sleeping apartment"
"Luífidh siad le chéile sa leaba "
"They will lie together in bed"
"Tiocfaidh cobra uafásach isteach sa seomra"
"A terrible cobra will come into the room"
"Agus greimfidh an cobra mac an rí chun báis"
"And the cobra will bite the king's son to death"
Bihangami: "Ach abair go raibh duine éigin sa seomra"
Bihangami: "But suppose someone was in the room"
"Abair go raibh an duine seo ag fanacht leis an nathair"
"Suppose this person was waiting for the snake"
"Agus abair go ngearrann an duine seo an nathair ina píosaí"
"And suppose that this person cuts the snake into pieces"
"Nach sábhálfar mac an rí sa chás sin?"
"Will not the king's son in that case be saved?"
Bihangama: "Sea, sa chás sin éalóidh sé óna chinniúint"
Bihangama: "Yes, in that case he will escape his fate"
"Sa chás sin sábhálfar saol mhac an rí"
"In that case the life of the king's son will be saved"
"Ach ní féidir leis an té a shábhálann é na focail seo a athrá"
"But he who saves him can't repeat these words"
"Má insíonn sé a rún, déanfar marmar de."
"If he tells his secret he will be turned into marble"
Bihangami: "An féidir an dealbh a thabhairt ar ais beo?"
Bihangami: "Can the statue be returned to life?"
Bihangama: "Sea, is féidir an dealbh marmair a athbhunú"
Bihangama: "Yes, the marble statue can be restored to life"

"Beidh leanbh á bhreith ag an banphrionsa"
"The princess will give birth to a child"
"Ní mór dóibh an dealbh a ní le fuil an naíonáin"
"They must wash the statue with the blood of the infant"
Bhí na héin fáidhiúla tar éis labhairt go dtí an pointe sin.
The prophetical birds had spoken until that point.
Ach ansin chuir screadaíl na préacháin isteach orthu.
But then they were interrupted by the craw of crows.
Bhí dath dearg ar spéir an oirthir.
The eastern sky tinted in a reddish hue.
Agus chuir na taistealaithe faoin gcrann corraíl orthu féin.
And the travelers beneath the tree bestirred themselves.
Tháinig deireadh leis an gcomhrá fáidhiúil.
The prophetic conversation came to an end.
Ach bhí gach rud cloiste ag cara an phrionsa.
But the prince's friend had heard everything.

An mhaidin dár gcionn lean siad ar aghaidh lena n-aistear.
The next morning they continued their journey.
An prionsa, an banphrionsa, agus cara an phrionsa.
The prince, the princess, and the prince's friend.
Go gairid bhuail siad le mórshiúl an rí.
Soon they met the king's procession.
Bhí eilifint, capall, agus palki ann.
There was an elephant, a horse, and a palki.
Agus bhí líon mór freastalaithe ann.
And there was a large number of attendants.
Bhí na hainmhithe agus na fir seo curtha ag an rí.
These animals and men had been sent by the king.
Chuala an rí go raibh a mhac lena chara.
The king heard his son was with his friend.
Agus bhí cloiste aige go raibh a mhac pósta.
And he had heard that his son had married.
Agus chuala sé nach raibh siad i bhfad ón bpríomhchathair.
And he heard they were not far from the capital.
Bhí an eilifint feistithe go saibhir.
The elephant had been richly caparisoned.

Bhí an eilifint beartaithe don phrionsa.
The elephant was intended for the prince.
Bhí fráma an palki déanta as airgead.
The framework of the palki was of silver.
Bhí an palki beartaithe don bhanphrionsa.
The palki was meant for the princess.
Agus bhí an capall do chara an phrionsa .
And the horse was for the prince's friend.
Bhí an prionsa ar tí dul ar muin an eilifint.
The prince was about to mount on the elephant.
Ach ansin labhair a chara leis.
But then his friend spoke to him.
"Lig dom marcaíocht ar an eilifint, le do thoil"
"Allow me to ride on the elephant, please"
"Agus is féidir leat marcaíocht ar ais ar chapall"
"And you can ride back on horseback"
Ní raibh an prionsa beagáinín iontasaithe.
The prince was not a little surprised.
Rinneadh an togra ar bhealach an-fhuar.
The proposal had been made in a very cold manner.
B'fhéidir go raibh a chara beagáinín ró-theidealach.
Maybe his friend felt a little too entitled.
Agus bhí mac an rí beagáinín trína chéile.
And the king's son was slightly annoyed.
Ach chuimhnigh sé ar a raibh déanta ag a chara dó.
But he remembered what his friend had done for him.
Agus chuimhnigh sé ar an gcaoi ar shábháil sé an banphrionsa.
And he remembered how he saved the princess.
Mar sin chuaigh sé ar muin an chapaill gan agóid a dhéanamh.
So he mounted the horse without objecting.
Ach d'éirigh a intinn beagáinín coimhthithe uaidh.
But his mind became somewhat alienated from him.
Thosaigh an mórshiúl i dtreo na príomhchathrach arís.
The procession towards the capital started again.
Tar éis tamaill tháinig siad i radharc an pháláis.

After some time they came in sight of the palace.
Bhí geata an leoin maisithe go geal.
The lion-gate had been gaily adorned.
Bhí fáiltiú mór ann don phrionsa.
There was a grand reception for the prince.
Agus bhíothas ag súil leis an mbanphrionsa chomh maith céanna.
And the princess was equally anticipated.
Ach is cosúil go raibh agóid ag cara an phrionsa.
But the prince's friend seemed to have an objection.
"Ba mhaith liom go mbrisfí geata an leoin síos"
"I want the lion-gate to be broken down"
Bhí an prionsa iontasaithe ag an togra.
The prince was astounded at the proposal.
Bhí an iarratas an-neamhghnách.
The request was very out of the ordinary.
Agus ní raibh aon chúis tugtha aige lena éileamh.
And he had given no reason for his demand.
Ach chuimhnigh sé ar gach a raibh déanta ag a chara dó.
But he remembered all his friend had done for him.
Agus chuimhnigh sé ar an gcaoi ar shábháil sé an banphrionsa.
And he remembered how he saved the princess.
Mar sin chomhlíon sé mian a chara.
So he complied with the wish of his friend.
Agus stróiceadh geata álainn an leoin.
And the beautiful lion-gate was torn down.
Ach d'éirigh a intinn níos coimhthí fós uaidh.
But his mind became even more estranged from him.
Chuaigh an mórshiúl isteach sa phálás anois.
The procession now went into the palace.
Thug an rí fáilte chroíúil dá mhac.
The king gave a warm reception to his son.
Chuir sé fáilte chomh croíúil céanna roimh a bhean chéile.
He welcomed his daughter-in-law equally warmly.
Agus bhí an-áthas air cara an phrionsa a fheiceáil.
And he was very pleased to see the prince's friend.

Bhí scéal a n-eachtraí insithe.
The story of their adventures was related.
Chuir an rí iontas mór in iúl faoin scéal.
The king expressed great astonishment at the tale.
Agus bhí a chúirtéirí chomh tógtha céanna.
And his courtiers were equally impressed.
Mhol gach duine dúthracht mhac an aire.
All praised the minister's son's devotion.
Agus mhol mná an pháláis an banphrionsa.
And the ladies of the palace praised the princess.
Mhol lucht áilleachta an banphrionsa.
The connoisseurs of beauty praised the princess.
Bhí meascán de bhainne agus vermilion ar a craiceann.
Her complexion was a mixture of milk and vermilion.
Bhí a muineál cosúil le muineál eala.
Her neck was like that of a swan.
Bhí a súile cosúil le súile gasail.
Her eyes were like those of a gazelle.
Bhí a liopaí chomh dearg leis an bimba caora.
Her lips were as red as the berry bimba.
Bhí a leicne chomh hálainn agus a d'fhéadfaidís a bheith.
Her cheeks were as lovely as they could be.
Agus bhí a srón díreach agus ard.
And her nose was straight and high.
Shroich a cuid gruaige síos go dtí a rúitíní.
Her hair reached down to her ankles.
Bhí a siúl chomh galánta le siúl eilifint óig.
Her walk was as graceful as that of a young elephant.
An banphrionsa a thug an chinniúint chucu.
The princess whom destiny had brought to them.
Shuigh siad timpeall uirthi ag iarraidh gach rud a fháil amach.
They sat around her wanting to know everything.
Agus chuir siad míle ceist uirthi.
And they put to her a thousand questions.
D'fhiafraigh siad di faoina tuismitheoirí.
They asked her about her parents.

D'fhiafraigh siad di faoin bpálás faoi thalamh.
They asked her about the subterranean palace.
Agus d'fhiafraigh siad di gach rud faoin nathair.
And they asked her all about the serpent.
An nathair a mharaigh a gaolta go léir.
The serpent which had killed all her relatives.
Go gairid ina dhiaidh sin, bhí sé in am do na daoine nua teacht chun dinnéir.
Soon it was time for the new arrivals to dine.
Freastalaíodh an dinnéar i miasa óir.
The dinner was served up in dishes of gold.
Bhí gach sórt bia blasta ar an mbord.
All sorts of delicacies were on the table.
Ba é ceann éisc rohita an mhias ba fheiceálaí.
The most conspicuous dish was the head of a rohita fish.
Cuireadh ceann an éisc mhóir i gcupán órga.
The large fish's head was placed in a golden cup.
Agus cuireadh an cupán in aice le pláta an phrionsa.
And the cup was placed near the prince's plate.
Bhí gach duine ag ithe agus ag athinsint an eachtra.
All were eating and retelling the adventure.
Agus go tobann rug cara an phrionsa ar an gceann.
And suddenly the prince's friend snatched the head.
Thóg sé ceann an éisc ó phláta an phrionsa.
He took the fish's head from the prince's plate.
"Lig dom, a phrionsa, ceann an rohita seo a ithe"
"Let me, prince, eat this rohita's head"
Bhí mac an rí sách feargach.
The king's son was quite indignant.
Ach chuimhnigh sé ar gach a raibh déanta ag a chara dó.
But he remembered all his friend had done for him.
Agus chuimhnigh sé ar an gcaoi ar shábháil sé an banphrionsa.
And he remembered how he saved the princess.
Agus mar sin ní dhearna sé aon agóid i gcoinne an iarratais.
And so he made no objection to the request.
Ach ní fhéadfadh sé a fhearg uafásach a cheilt.

But he could not hide his terrible rage.
Ar ndóigh, thug cara an phrionsa faoi deara é seo.
Of course the prince's friend noticed this.
Ach ní raibh aon rud eile a d'fhéadfadh sé a dhéanamh.
But there was nothing else he could have done.
Bhí a iompar, cé chomh aisteach is a bhí sé, riachtanach.
His conduct, however strange, was necessary.
Bhí sé ar mhaithe le sábháilteacht shaol a chara.
It was for the safety of his friend's life.
Ní fhéadfadh sé an chúis a insint dá chara ach an oiread.
Nor could he tell his friend the reason.
Seachas sin, dhéanfaí dealbh marmair de.
Else he would be transformed into a marble statue.
Go luath a bheadh an dinnéar thart.
Soon the dinner was going to be over.
Bhí iarratas amháin eile ag cara an phrionsa.
The prince's friend had one more request.
Chaith an bheirt chairde gach oíche le chéile.
The two friends had spent every night together.
Ach anocht theastaigh uaidh dul go dtí a theach féin.
But tonight he wanted to go to his own house.
Bhí an prionsa scanraithe freisin ag a iompar aisteach.
The prince was also shocked at his strange conduct.
Ach chuimhnigh sé ar gach a raibh déanta ag a chara dó.
But he remembered all his friend had done for him.
Agus chuimhnigh sé ar an gcaoi ar shábháil sé an banphrionsa.
And he remembered how he saved the princess.
Agus d'aontaigh sé freisin leis an iarratas seo óna chara.
And he also agreed to this request of his friend.
Bhí pleananna eile ag cara an phrionsa, áfach.
The prince's friend, however, had other plans.
Ní raibh aon rún aige dul go dtí a theach féin.
He had no intentions of going to his own house.
Bhí sé diongbháilte an guais dheireanach a sheachaint.
He was resolved to avert the last peril.
An rud deireanach a bhagródh saol a chara.

The last thing to threaten the life of his friend.
Dá réir sin, thóg sé claíomh ina láimh.
Accordingly, he took a sword into his hand.
Agus chuaigh sé isteach sa seomra ríoga go rúnda.
And he stealthily entered the royal room.
Seomra an phrionsa agus na banphrionsa.
The room of the prince and the princess.
Chuir sé é féin i bhfolach faoin leaba.
He ensconced himself under the bedstead.
Bhí mataí clúimhe ar an leaba.
The bed was furnished with mattresses of down.
Bhí na cuirtíní mosquito déanta as an síoda is saibhre.
The mosquito curtains were of the richest silk.
Agus bhí an leapachas go léir maisithe le hór.
And all the bedding was laced with gold.
Go gairid tháinig an prionsa agus an banphrionsa isteach sa seomra leapa.
Soon the prince and princess came into the bedroom.
Dhí-éadaigh siad iad féin agus chuaigh siad a chodladh.
They undressed themselves and went to bed.
Agus go luath bhí an lánúin ríoga ina gcodladh.
And soon the royal couple were asleep.
Ag meán oíche chuala sé fuaim nathrach ag sleamhnú.
At midnight he heard the slithering of a snake.
Bhí an fhuaim ag teacht ó phasáiste uisce.
The sound was coming from a water passage.
Tháinig nathair ollmhór isteach sa seomra.
A snake of gigantic size entered the room.
Dhreap an nathair suas fráma na leapa.
The serpent climbed up the frame of the bed.
Rith mac an aire amach leis an gclaíomh.
The minister's son rushed out with the sword.
Agus mharaigh sé an nathair le buille amháin.
And he killed the serpent with one blow.
Agus ansin ghearr sé an nathair ina phíosaí níos lú.
And then he cut the snake into smaller pieces.

Chuir sé na píosaí sa mhias le haghaidh duilleoga betel a choinneáil.

He put the pieces in the dish for holding betel-leaves.

Ach agus é ag déanamh seo, doirteadh braon fola air.

But as he did this, he spilled a drop of blood.

Thit an braon fola ar chíche na banphrionsa.

The drop of blood fell on the breast of the princess.

Mar nach raibh na cuirtíní mosquito ligthe anuas.

Because the mosquito curtains had not been let down.

Bhí imní air faoi shláinte na banphrionsa.

He worried for the health of the princess.

B'fhéidir gur nimh éigin atá san fhuil.

The blood might be of some sort of poison.

Mar sin shocraigh sé an fhuil a lí.

So he resolved to lick up the blood.

Ach ní fhéadfadh sé breathnú ar an banphrionsa nocht.

But he could not look at the naked princess.

Bheadh sé ina pheaca mór.

It would have been a great sin.

Mar sin chuir sé éadach seacht bhfillte ar a dhallóga.

So he blindfolded himself with seven-fold cloth.

Agus lig sé an braon fola de.

And he licked off the drop of blood.

Ach díreach ag an am seo dhúisigh an banphrionsa.

But just at this time the princess awoke.

Dhúisigh a scread a fear céile as a chodladh.

Her scream roused her husband from his sleep.

Agus níor chreid sé a raibh á fheiceáil aige.

And he could not believe what he was seeing.

Thit an prionsa i bhfeirg mhór.

The prince fell into a great rage.

Agus bhí sé réidh a chara a mharú.

And he was prepared to kill his friend.

Ach thug sé deis dá chara labhairt.

But he gave his friend a chance to speak.

"Le do thoil, a chara, srian do fhearg"

"Please, my friend, restrain your anger"

"Ní dhearna mé é seo ach chun do shaol a shábháil"
"I have done this only to save your life"
Bhí an prionsa níos mearbhallaí ná riamh.
The prince was more confused than before.
"Ní thuigim cad atá i gceist agat"
"I do not understand what you mean"
"Ón am a tháinig muid amach as an bpálás faoi thalamh"
"From the time we came out of the subterranean palace"
"Tá tú ag iompar ar bhealach thar a bheith neamhghnách"
"You have been behaving in a most extraordinary way"
"Ar dtús, d'áitigh tú ar mo eilifint a mharcaíocht"
"First, you insisted on riding my elephant"
"An eilifint a chuir m'athair chugam"
"The elephant my father had sent for me"
"Shíl mé gur rud diomaoineach a bhí ann duit a iarraidh"
"I thought it was vain of you to ask"
"Ach chuimhnigh mé ar a ndearna tú domsa"
"But I remembered what you had done for me"
"Agus shocraigh mé ligean don scéal imeacht"
"And I decided to let the matter pass"
"Agus ina ionad sin chuaigh mé ar ais ar muin capaill"
"And instead I rode back on horseback"
"Ar an dara dul síos, d'áitigh tú ar gheata an leoin a
scriosadh"
"Secondly, you insisted on destroying the lion-gate"
"An geata leoin a mhaisigh m'athair dom"
"The lion-gate my father had adorned for me"
"Shíl mé go raibh sé aisteach uait an cheist a chur"
"I thought it was strange of you to ask"
"Ach chuimhnigh mé ar a ndearna tú domsa"
"But I remembered what you had done for me"
"Agus shocraigh mé ligean don scéal imeacht"
"And I decided to let the matter pass"
"Agus scrios mé Geata an Leoin"
"And I had the lion-gate destroyed"
"Ar an tríú dul síos, ag an dinnéar bhí tú thar a bheith
náireach"

"Thirdly, at dinner you behaved most shamefully"
"Scuab tú ceann an rohita de mo phláta"
"You snatched the rohita's head from my plate"
"Agus d'áitigh tú ar cheann an éisc a ithe"
"And you insisted on eating the fish head"
"Shíl mé go raibh an iomarca teideal agat"
"I thought you felt too entitled"
"Ach chuimhnigh mé ar a ndearna tú domsa"
"But I remembered what you had done for me"
"Mar sin shocraigh mé ligean don scéal imeacht"
"So I decided to let the matter pass"
"Ansin lig tú ort go raibh tú ag dul abhaile"
"You then pretended that you were going home"
"Agus bhí áthas an domhain orm go raibh tú ag dul abhaile"
"And I was very glad you were going home"
"Mar gur chuir tú tú féin iontas mór ort féin"
"Because you had made yourself very disagreeable"
"Agus anois tá tú i mo sheomra leapa i ndáiríre"
"And now you are actually in my bedroom"
"Tá tú ag lúbadh thar chíche nocht mo mhná céile"
"You are bending over the naked bosom of my wife"
"Caithfidh go raibh plean olc éigin agat"
"You must have had some evil plan"
"Agus anois tá tú ag ligean ort go bhfuil tú ag sábháil mo shaol"
"And now you pretend you are saving my life"
"Ach ní chreidim gur mian leat mo shaol a shábháil"
"But I don't believe you want to save my life"
"Creidim gur mian leat geanmnaíocht mo mhná céile a scrios"
"I believe you want to destroy my wife's chastity"
Bhí a fhios ag cara an phrionsa cén chuma a bhí ar chúrsaí.
The prince's friend knew how things looked.
"Ó, ná bíodh smaointe den sórt sin i d'intinn"
"Oh, do not harbor such thoughts in your mind"
"Ná bíodh drochsmaoineamh agat i mo choinne, le do thoil."
"Please do not think badly against me"

"Tá a fhios ag na déithe cad a rinne mé"
"The gods know what I have done"
"Tá a fhios acu gur dheineas é chun do shaol a shábháil"
"They know I did it to save your life"
"D'fheicfeá réasúntacht mo iompair"
"You would see the reasonableness of my conduct"
"Ach níl an tsaoirse agam mo chúiseanna a lua"
"But I don't have liberty to state my reasons"
D'iarr an prionsa air é féin a mhíniú.
The prince asked him to explain himself.
"Agus cén fáth nach bhfuil tú saor?"
"And why are you not at liberty?"
"Cé a chuir séala ar do bhéal?"
"Who has put a seal upon your mouth?"
Agus d'fhreagair cara an phrionsa.
And the prince's friend answered.
"Chuir an chinniúint séala ar mo bhéal"
"Destiny has put a seal upon my mouth"
"Dá n-inseodh mé duit, bheinn claochlaithe ina marmair"
"If I told you, I would be transformed into marble"
D'éirigh an prionsa níos feargaí lena chara.
The prince grew angrier with his friend.
"Ba chóir dealbh marmair díot!"
"You should be transformed into a marble statue!"
"Caithfidh tú a cheapadh gur duine amadánta mé"
"You must take me to be a simpleton"
"Ní féidir leat a bheith ag súil go gcreidfidh mé an t-amadán
seo "
"You can't expect me to believe this nonsense"
Rinne mac an aire iarratas amháin deireanach.
The minister's son made one last request.
"An mian leat ansin, a chara, go n-inseodh mé duit?"
"Do you wish me then, friend, for me to tell you?
"An ndéanfá do chara a thiontú ina chloch?"
"You would make your friend turn into stone?"
Bhí an prionsa ag iarraidh an chúis a chloisteáil.
The prince wanted to hear the reason.

Níor chuir sé suim sna hiarmhairtí.

He did not care about the consequences.

"Inis dom, nó beidh tú marbh"

"Tell me, or else you are a dead man"

Bhí cara an phrionsa ag iarraidh a ainm a ghlanadh.

The prince's friend wanted to clear his name.

Ní raibh sé ag iarraidh go ndéanfaí aon chúisimh urchóideacha ina choinne.

He wanted no foul accusations brought against him.

Agus mheas sé gur dhualgas air an rún a nochtadh.

And he deemed it his duty to reveal the secret.

Fiú dá gcuirfeadh sé seo a shaol i mbaol.

Even if this would put his life at risk.

Thug sé rabhadh don phrionsa arís gan ceist a chur air.

He again warned the prince not to ask him.

Ach d'fhan an prionsa gan stad.

But the prince remained inexorable.

D'inis cara an phrionsa a rún dó ansin.

The prince's friend then told him his secret.

"Agus mé i mo chodladh faoi chrann ard oíche amháin"

"While sleeping under a lofty tree one night"

"Chuala mé comhrá idir dhá éan."

"I overheard a conversation between two birds.

"Na héin fáistine Bihangama agus Bihangami"

"The prophesizing birds Bihangama and Bihangami"

"Rinne Bihangama réamhaisnéis ar na contúirtí go léir i do shaol"

"Bihangama predicted all the dangers in your life"

"Ar dtús thuar an t-éan go gcuirfeadh d'athair eilifint chucu"

"First the bird predicted your father would send an elephant"

"Dúirt an t-éan go dtitfeá ón eilifint"

"The bird said you would fall from the elephant"

"Agus dúirt an t-éan go bhfaighfeá bás ón titim"

"And the bird said you would die from the fall"

Ag an bpointe seo d'iompaigh cosa mhac an aire ina gcloch.

At this point the minister's son's legs turned to stone.

"Feiceann tú? Tá mo chosa ina gcloch cheana féin"

"See? my legs have already turned to stone"
"Lean ort le do scéal," arsa an prionsa.
"Go on with your story," said the prince.
Agus lean cara an phrionsa leis an scéal.
And the prince's friend continued the story.
"Dúirt an t-éan go mbeadh geata an leoin maisithe go gealgháireach"
"The bird said the lion-gate would be gaily decorated"
"Agus dúirt an t-éan go dtitfeadh geata an leoin ort"
"And the bird said the lion-gate would collapse on you"
"Dá dtitfeadh geata an leoin ort, bheifeá tar éis bháis"
"If the lion-gate had fallen on you, you would have died"
Ag an bpointe seo rinneadh cloch de chorp mhac an aire.
At this point the minister's son's torso turned to stone.
Ach d'áitigh an prionsa go leanfadh mac an aire ar aghaidh.
But the prince insisted the minister's son continues.
"Lean ort le do scéal," arsa an prionsa.
"Go on with your story," said the prince.
"Dúirt an t-éan go mbeadh ceann éisc ann"
"The bird said there would be the head of a fish"
"Agus thuar an t-éan go dtachtfá ar an iasc"
"And the bird predicted you would choke on the fish"
Anois, ní raibh ach a cheann déanta as cloch.
Now his head was the only thing not of stone.
"Féach? Tá mo chorp ar fad ina chloch."
"See? my whole body has turned to stone"
"Má leanfaidh mé ar aghaidh, beidh mé i mo fhear cloiche"
"If I continue, I will become a man of stone"
"Ar mhaith leat go n-inseoidh mé an chuid eile?"
"Do you wish me to tell the rest"
"Lean ort le do scéal," arsa an prionsa.
"Go on with your story," said the prince.
"An-mhaith, leanfaidh mé ar aghaidh go dtí an deireadh"
"Very well, I will go on to the end"
"Ach féadfaidh tú aithrí a dhéanamh tar éis dom a rá leat"
"But you may repent after I tell you"

"Agus b'fhéidir gur mian leat mé a thabhairt ar ais ar an
saol"
"And you may wish to restore me to life"
"Inseoidh mé duit conas an geasa a aisiompú"
"I will tell you how to reverse the spell"
"I gceann cúpla mí beidh leanbh ag an banphrionsa"
"In a few months the princess will bear a child"
"Fan go dtí go mbeidh an leanbh beo"
"Wait for the birth of the child"
"Smúigh mo dhealbh le fuil an naíonáin"
"Besmear my statue with the infant's blood"
"Ansin amháin a bheidh mé ar ais sa saol"
"Only then will I be restored back to life"
D'fhág an focal deireanach a bhéal, agus d'iompaigh sé ina
chloch.
The last word left his lips, and he turned to stone.
Léim an banphrionsa as an leaba.
The princess jumped out of bed.
D'oscail sí an soitheach le haghaidh duilleoga betel agus
spíosraí.
She opened the vessel for betel-leaves and spices.
Agus chonaic sí píosaí nathrach.
And she saw the pieces of a serpent.
Bhí an prionsa agus an banphrionsa cinnte anois.
The prince and the princess were now convinced.
Chonaic siad dea-chreideamh a gcara nach maireann.
They saw the good faith of their departed friend.
Chonaic siad dea-thoil a ghníomhartha.
They saw the benevolence of his actions.
Chuaigh siad go dtí an dealbh marmair.
They went to the marble statue.
Ach bhí dealbh a gcara gan bheatha.
But the statue of their friend was lifeless.
Lig siad amach béic ard caoineadh.
They let out a loud cry of lamentation.
Ach ní raibh aon chuspóir lena gcuid caoineadh.
But their cries were to no purpose.

Mar níor ghluais na deora an dealbh.

Because the statue was not moved by tears.

Bhí a fhios ag an bprionsa agus ag an banphrionsa cad a bhí le déanamh acu.

The prince and princess knew what they had to do.

Chuir siad an figiúr marmair i bhfolach in áit shábháilte.

They concealed the marble figure in a safe place.

Agus d'fhan siad le breith a linbh.

And they waited for the birth of their child.

Le himeacht ama tháinig an uair.

In process of time the hour came.

Bhí saothar na banphrionsa tagtha.

The princess's travail had arrived.

Rugadh buachaill álainn don bhanphrionsa.

The princess bore a beautiful boy.

Ba í an leanbh an íomhá fhoirfe dá mháthair.

The child was the perfect image of his mother.

Bhí áilleacht a linbh suntasach.

The beauty of their child was striking.

Agus bhí uafás orthu roimhe.

And they were in awe of him.

Bheadh siad tar éis a shaol a shábháil.

They would have spared his life.

Ach chuimhnigh siad ar a gcara is fearr.

But they remembered their best friend.

Chuimhnigh siad ar gach a raibh déanta aige dóibh.

They remembered all he had done for them.

Ach anois bhí sé ina chloch gan bheatha.

But now he was a lifeless stone.

Agus chuimhnigh siad ar na gealltanais a thug siad.

And they remembered the vows they had made.

Agus ghearr siad an leanbh ina dhá leath.

And they cut the child into two.

Chuir siad fuil an linbh ar an dealbh.

They besmeared the statue with the child's blood.

Agus tháinig a gcara ar ais chun beatha.

And their friend became animated back to life.

Bhí áthas orthu é a fheiceáil beo arís.
They were glad to see him alive again.
Ach bhí cara an phrionsa sáraithe le brón.
But the prince's friend was overwhelmed with grief.
Mar chonaic sé an nuabheirthe i linn fola.
Because he saw the new-born in a pool of blood.
Mar sin thóg sé an naíonán marbh.
So he picked up the dead infant.
Chuir sé tuáille timpeall an linbh go cúramach.
He carefully wrapped the child in a towel.
Agus shocraigh sé an leanbh a thabhairt ar ais chun beatha.
And he resolved to get the child restored to life.
Chuaigh sé i gcomhairle le gach dochtúir sa tír.
He consulted all the physicians of the country.
Dúirt siad go léir an rud céanna leis.
They all told him the same thing.
Is féidir leigheas a fháil d'aon ghalar.
A cure can be found for any illness.
Ach teastaíonn splanc na beatha ón saol.
But life requires the spark of life.
Nuair a bhíonn an splanc imithe, bíonn sé lasmuigh dá ndlínse.
When the spark is gone, it is beyond their jurisdiction.
Agus mar sin b'éigean dóibh leanúint ar aghaidh lena saol.
And so they had to go on with their lives.

Faoi dheireadh d'fhill cara an phrionsa ar a bhean chéile.
Eventually the prince's friend returned to his wife.
Ba adhradh dílis í don bhandia Kali.
She was a devoted worshipper of the goddess kali.
Ba í an t-aon duine amháin a d'fhéadfadh beatha a thabhairt ar ais.
She was the only one who could return life.
Bhí a bhean chéile ina cónaí i mbaile i bhfad i gcéin.
His wife was living in a distant town.
Mar sin chuir sé amach ar thuras go dtí an baile.
So he set out on a journey to the town.

Bhí a bhean chéile fós ina cónaí i dteach a hathar.
His wife still lived in her father's house.
In aice leis an teach bhí gairdín.
Adjoining the house there was a garden.
Agus sa ghairdín bhí crann.
And in the garden there was a tree.
Bhí an páiste stóráilte sa chrann sin.
The child had been stored in that tree.
Bhí áthas ar a bhean chéile a fear céile a fheiceáil.
His wife was overjoyed to see her husband.
Ní raibh sí tar éis é a fheiceáil le fada an lá.
She had not seen him for a long time.
Ach bhí iontas uirthi nuair a chonaic sí é.
But she was surprised when she saw him.
Bhí a fear céile an-dúlagar an lá sin.
Her husband was very melancholy that day.
Níor labhair sé mórán lena bhean chéile.
He spoke very little to his wife.
Agus bhí a fhios ag a bhean nach raibh sé féin.
And his wife knew that he was not himself.
Bhí sé ag machnamh ar rud éigin ina intinn.
He was brooding over something in his mind.
D'fhiafraigh sí de chúis a bhróin.
She asked the reason for his melancholy.
Ach d'fhan sé ina thost, agus ní inseodh sé di.
But he kept quiet, and wouldn't tell her.
Oíche amháin bhí siad ina luí le chéile sa leaba.
One night they were lying together in bed.
D'éirigh an bhean agus d'fhág sí an leaba phósta.
The wife got up and left the marital bed.
D'oscail sí an doras agus chuaigh sí isteach sa ghairdín.
She opened the door and went into the garden.
Ní raibh a fear céile in ann codladh go maith.
Her husband had not been able to sleep well.
Dá bhrí sin dhúisigh sé ó ghluaiseacht a mhná céile.
Therefore he awoke from the movement of his wife.
Chuala sé í ag imeacht i lár na hoíche.

He heard her leave in the dead of the night.
Agus bhí sé diongbháilte í a leanúint.
And he was determined to follow her.
Ach bhí sé cinnte freisin nach dtabharfaí faoi deara é.
But he was also determined not to be noticed.
Chuaigh sí go teampall na bandia Kali.
She went to a temple of the goddess kali.
Ní raibh an teampall i bhfad óna teach.
The temple was at no great distance from her house.
Rinne sí adhradh don bandia le bláthanna.
She worshipped the goddess with flowers.
Agus rinne sí adhradh don bhandia le cumhrán adhmaid sandail.
And she worshiped the goddess with sandal-wood perfume.
"A mháthair Kali! déan trócaire orm"
"Oh mother kali! have mercy upon me"
"Saor mé ó mo chuid trioblóidí go léir"
"Deliver me out of all my troubles"
D'fhreagair an bandia an bhean.
The goddess replied to the woman.
"Cad é an gearán eile atá agat?"
"Why, what further grievance have you?
"Bhí tú ag guí le fada go bhfillfeadh d'fhear céile"
"You long prayed for the return of your husband"
"Agus tá freagra tugtha ar do chuid paidreacha"
"And your prayers have been answered"
"Tá do fhear céile ar ais chugat"
"Your husband has returned to you"
"Mar sin, cad atá ag cur as duit anois?"
"So then, what ails thee now?"
D'fhreagair an bhean an bandia.
The woman answered the goddess.
"Fíor, a mháthair, tá m'fhear céile tagtha chugam"
"True, oh mother, my husband has come to me"
"Ach tháinig sé chugam i giúmar brónach"
"But he has come to me in a melancholy mood"
"Is ar éigean a labhraíonn sé liom nuair a labhraím leis"

"He hardly speaks to me when I speak to him"
"Ní bhíonn aon sásamh aige ionam nuair a bhíonn sé liom"
"He takes no delight in me when he is with me"
"Níl ann ach suí go brónach i gcúinne"
"All he does is sit melancholy in a corner"
D'fhreagair an bandia a díograiseoir.
The goddess replied to her devotee.
"Fiafraigh de do fhear céile cén fáth a bhfuil brón air"
"Ask your husband why he feels melancholy"
"Nuair a insíonn sé duit, cuir in iúl dom an chúis"
"When he tells you, let me know the reason"
Chuala mac an aire an comhrá.
The minister's son overheard the conversation.
Ach d'fhan sé gan aird ag an bandia.
But he stayed unnoticed by the goddess.
Agus níor thug a bhean faoi deara é ach an oiread.
And his wife did not notice him either.
Shleamhnaigh sé ar shiúl go ciúin os comhair a mhná céile.
He quietly slunk away before his wife.
Agus d'fhill sé ar ais ar a leaba roimpi.
And he returned back to bed before her.
An lá dár gcionn d'fhiafraigh an bhean dá fear céile.
The following day the wife asked her husband.
"A fhear céile dílis, cén fáth a bhfuil tú i giúmar brónach?"
"My dear husband, why are you in a melancholy mood?"
D'inis a fear céile an scéal ar fad arís.
Her husband retold the whole story.
D'inis sé di faoin nathair seod.
He told her about the jewel serpent.
D'inis sé di faoin bpálás faoi thalamh.
He told her about the subterranean palace.
D'inis sé di faoin mbanphrionsa a gabhadh.
He told her about the princess being captured.
D'inis sé di conas a shaor sé an banphrionsa.
He told her how he freed the princess.
Agus d'inis sé di faoi Bihangama agus Bihangami.
And he told her about Bihangama and Bihangami.

D'inis sé di conas a d'iompaigh sé ina chloch.

He told her how he had turned to stone.

Agus d'inis sé di conas a tugadh ar ais chun na beatha é.

And he told her how he was returned back to life.

Mar sin d'inis sé di freisin faoi mharú an linbh.

So he told her also about the killing of the child.

An oíche sin d'fhág a bhean an leaba arís.

That night his wife left the bed again.

Agus d'fhill sí ar theampall na bandia Kali.

And she returned to the goddess kali's temple.

Agus d'inis sí don bhandia faoi bhrón a fir chéile.

And she told the goddess of her husband's melancholy.

D'éist an bandia go géar leis an méid a dúradh.

The goddess listened intently to what was said.

"Tabhair an leanbh anseo agus tabharfaidh mé ar ais chun beatha é"

"Bring the child here and I will restore it to life"

An oíche dár gcionn d'fhág sí an leaba phósta arís.

The next night she left the marital bed again.

Chuaigh sí go dtí an crann sa ghairdín.

She went to the tree in the garden.

Agus thóg sí an leanbh ón gcrann.

And she took the child from the tree.

Agus thug sí an leanbh chuig an bandia Kali.

And she took the child to the goddess kali.

Agus thug an bandia Kali an leanbh ar ais sa saol.

And the goddess kali returned the child back to life.

Bhí cara an phrionsa faoi gheasa ag an áthas.

The prince's friend was entranced with joy.

Thog sé suas an leanbh athbheoite.

He picked up the reanimated child.

Agus rith sé chomh tapa agus a d'fhéadfadh sé chuig a chara.

And he ran as fast as he could to his friend.

Agus thug sé a leanbh dó, beo agus slán.

And he gave him his child, alive and well.

Rinne siad uile áthas thar a bheith mór.

They all rejoiced with exceedingly great joy.

Agus mhair siad le chéile go sona sásta go dtí lá a mbáis.
And they lived together happily till the day of their death.

An Brahman Feargach
The Indignant Brahman

Bhí Bráhman bocht ann tráth.
There was once a poor Brahman.
Bhí bean chéile ag an mBrahman bocht seo.
This poor Brahman had a wife.
Agus bhí ceathrar clainne aige freisin.
And he also had four children.
Fear an-bhocht a bhí ann.
He was a very poor man.
Agus ní raibh aon acmhainní ar domhan aige.
And he had no resources in the world.
Mhair sé ó charthanacht daoine eile.
He lived from the charity of others.
Le linn póstaí thuill sé go maith.
During marriages he earned well.
Agus thuill sé go maith le linn sochraidí.
And he earned well during funerals.
Ach ní phósadh a pharóistigh go laethúil.
But his parishioners did not marry daily.
Agus ní bhfuair siad bás gach lá ach an oiread.
And they did not die every day either.
Bhí sé deacair an dá thaobh a bhaint amach.
It was difficult to make the two ends meet.
Is minic a cháin a bhean é.
His wife often rebuked him.
"Cén fáth nach féidir leat tacú liom?"
"Why can you not support me?"
"Ritheann ár bpáistí timpeall nocht"
"Our children run around naked"

"Agus bíonn siad ag fulaingt ón ocras"
"And they suffer from hunger"
Cé gur bocht a bhí sé, fear maith ab ea é.
Though poor, he was a good man.
Agus bhí sé dícheallach ina adhradh.
And he was diligent in his devotions.
Gach lá dúirt sé a chuid paidreacha.
Every day he said his prayers.
Ghuigh sé ag an am céanna gach lá.
He prayed at the same time each day.
Ba í an Bandia Durga a dhia teagaisc.
His tutelary deity was the Goddess Durga.
Is í comhpháirtí Shiva í.
She is the consort of Shiva.
Is í fuinneamh cruthaitheach na cruinne í.
She is the creative energy of the universe.
Gach lá scríobh sé ainm Durga.
Every day he wrote the name of Durga.
Scríobh sé an t-ainm le dúch dearg.
He wrote the name in red ink.
Céad agus ocht n-uaire ar a laghad.
At least one hundred and eight times.
Níor ól ná níor ith sé go dtí gur dhein sé seo.
He did not drink or eat till he did this.
i rith an lae d'fhógair sé paidreacha.
throughout the day he uttered prayers.
"A Dhurga! déan trócaire orm"
"O Durga! have mercy upon me"
Dhéanadh sé urnaí aon uair a mhothaigh sé imníoch.
He prayed whenever he felt anxious.
Agus bhíodh imní air go minic.
And he often felt anxious.
Mar gheall gur mhair sé i mbochtaineacht.
Because he lived in poverty.
Ghuigh sé nuair a bhí a imní rómhór.
He prayed when his worries were too much.
Agus bhí go leor rudaí a raibh imní air fúthu.

And there were many things he worried about.
Bhí imní air faoina bhean chéile agus faoina chlann.
He worried about his wife and children.
Agus bhí imní air faoi thacaíocht a thabhairt dóibh.
And he worried about supporting them.

Lá amháin bhí sé an-bhrónach.
One day he was very sad.
Ar an lá seo chuaigh sé go dtí an choill.
On this day he went to a forest.
Bhí an fhoraois i bhfad taobh amuigh den sráidbhaile.
The forest was far outside the village.
Lig sé a bhrón go léir amach.
He let out all his grief.
Agus ghuil sé deora searbha.
And he wept bitter tears.
"A Dhurga! A Mháthair Bhagavati!"
"O Durga! O Mother Bhagavati!"
"Cuir deireadh le mo mhíshuaimhneas, le do thoil?"
"Please put an end to my misery?"
"Is mian liom go mbeadh mé i m'aonar ar domhan"
"I wish I were alone in the world"
"Ansin ní bheadh imní orm faoi mo bhochtaineacht"
"Then my poverty wouldn't worry me"
"Ach thug tú bean chéile dom"
"But thou hast given me a wife"
"Agus thug mo bhean chéile clann dom"
"And my wife has given me children"
"A Mháthair, impím ort"
"O Mother, I beg of you"
"Tabhair dom na hacmhainní chun tacú leo"
"Give me the means to support them"
Tharla go raibh Shiva agus a bhean chéile Durga ann.
Shiva and his wife Durga happened to be there.
Bhí siad ag dul ar a siúlóid maidine.
They were taking their morning walk.
Chonaic an Bandia Durga an Brahman i gcéin.

The Goddess Durga saw the Brahman at a distance.

"A Thiarna Kailas, an bhfeiceann tú an Brahman sin?"

"O Lord of Kailas, do you see that Brahman?"

"Bíonn sé i gcónaí ag glacadh m'ainm ar a bhéal"

"He is always taking my name on his lips"

"Guíonn sé go saorfaidh mé é óna thrioblóidí"

"He prays I deliver him from his troubles"

"Nach féidir linn rud éigin a dhéanamh don Bhrahman bocht?"

"Can we not do something for the poor Brahman?"

"Tá sé faoi chois ag go leor imní"

"He is oppressed with many cares"

"Agus tá cúram mór aige dá theaghlach atá ag fás"

"And he deeply cares for his growing family"

"Ba chóir dúinn a shaol a dhéanamh níos compordaí"

"We should make his life more comfortable"

"Mar ní bhíonn dóthain le hithe ag an bhfear bocht choíche"

"Because the poor man never has enough to eat"

"Agus níl go leor le hithe ag a theaghlach ach an oiread"

"And his family doesn't have enough to eat either"

"Tabhair pota dó"

"Let us give him a pot"

"Pota le soláthar gan teorainn de murukku"

"A pot with an infinite supply of murukku"

Bhí an céile diaga ceart.

The divine consort was right.

D'aontaigh Tiarna Kailas leis an togra.

The Lord of Kailas agreed to the proposal.

Ar an láthair chruthaigh sé pota draíochta.

On the spot he created a magical pot.

Chuaigh Durga chuig an mBrahman bocht.

Durga went to the poor Brahman.

"A Bhrahman! Mo dhíograiseoir dílis"

"O Brahman! My loyal devotee"

"Is minic a smaoinigh mé ar do chás trua"

"I have often thought of your pitiable case"

"Tá mo chomhbhá tar éis mo spreagadh do do ghuí arís agus arís eile"
"Your repeated prayers have moved my compassion"
"Seo pota duit"
"Here is a pot for you"
"Caithfidh tú an pota a chasadh bun os cionn"
"You must turn the pot upside down"
"Agus ansin caithfidh tú an pota a chroitheadh"
"And then you must shake the pot"
"Doirtfear an murukku is fearr amach"
"The finest murukku will pour out"
"Leanfaidh an murukku ag doirteadh amach go deo"
"The murukku will keep pouring out forever"
"Go dtí go gcuirfidh tú an pota ina sheasamh arís"
"Until you put the pot upright again"
"Is féidir leat an oiread murukku agus is mian leat a ithe"
"You can eat as much murukku as you like"
"Ní bheidh ocras ar do bhean chéile ná ar do chlann níos mó"
"Your wife and children will hunger no more"
"Agus is féidir leat an murukku a dhíol más mian leat"
"And you can sell the murukku if you like"
Bhí an-áthas ar an Brahman.
The Brahman was delighted beyond measure.
Bhí seod fíorluachmhar faighte aige.
He had received a truly valuable treasure.
Rinne sé a umhlaíocht ó chroí don bhandia.
He made his deepest obeisance to the goddess.
Agus chuir sé a bhuíochas síoraí in iúl.
And he expressed his eternal gratefulness.

Bhí an Brahman tosaithe ag siúl abhaile.
The Brahman had started walking home.
Ach ar dtús b'éigean dó a phota draíochta a thástáil.
But first he had to test his magical pot.
Bhí sé ag iarraidh a fheiceáil an raibh an pota ag obair i ndáiríre.

He wanted to see if the pot really worked.
Chas sé an pota bun os cionn.
He turned the pot upside down.
Agus chroith sé an pota, mar a ordaíodh dó.
And he shook the pot, as instructed.
Agus féach! D'oibrigh an pota i ndáiríre.
Lo and behold! The pot really did work.
Thit an murukku is fearr ar an talamh.
The finest murukku fell to the ground.
Cheangail sé an milseán ina bhileog.
He tied the sweetmeat in his sheet.
Agus shiúil sé ar aghaidh, i dtreo a shráidbhaile.
And he walked on, towards his village.
Faoi mheán lae bhí ocras tagtha ar an Brahman.
By noon the Brahman had gotten hungry.
Ach ní fhéadfadh sé ithe gan a nigh.
But he could not eat without his ablutions.
Ar dtús, b'éigean dó a chuid paidreacha a rá.
First, he had to say his prayers.
Bhí teach ósta ar a bhealach.
There was an inn on his way.
In aice leis an teach ósta bhí umar uisce.
Close to the inn there was a water tank.
Mar sin, bhí sé i gceist aige stopadh ansin.
So, he intended to halt there.
Chun folcadh a dhéanamh agus a chuid paidreacha a rá.
In order to bathe and say his prayers.
Tar éis seo, d'fhéadfadh sé an murukku go léir a ithe.
After this he could eat all the murukku.
Shuigh an Brahman i siopa an óstaire.
The Brahman sat at the innkeeper's shop.
Bhí an siopadóir ag caitheamh tobac.
The shopkeeper was smoking tobacco.
Chuir sé an pota in aice leis an siopadóir.
He put the pot near the shopkeeper.
Agus d'iarr sé air aire a thabhairt don phota.
And he asked him to look after the pot.

"Tabhair aire speisialta don phota seo, le do thoil"
"Please take special care of this pot"
"Caithfidh mé folcadh agus mo chuid paidreacha a rá"
"I must bathe and say my prayers"
"Tabhair aire don phota seo dom, le do thoil."
"Please look after this pot for me"
"Déan cinnte nach dtarlóidh aon rud don phota seo"
"Make sure nothing happens to this pot"
Cheap sé gur iarratas aisteach a bhí ann.
He thought it was a strange request.
Ach d'aontaigh sé aire a thabhairt don phota.
But he agreed to look after the pot.
Agus thug an Brahman an pota dó.
And the Brahman gave him the pot.
Chuir sé ola mustaird ar a chorp.
He besmeared his body with mustard oil.
Agus chuaigh sé chun a níocháin a dhéanamh.
And he went to do his ablutions.
D'fhás an t-óstóir fiosrach faoin phota.
The innkeeper grew curious about the pot.
"Caithfidh rud éigin luachmhar a bheith sa phota seo"
"This pot must have something valuable in it"
"Cén fáth eile a mbeadh sé chomh cúramach sin?"
"Why else would he be so careful?"
Bhí a fiosracht spreagtha.
His curiosity had been excited.
Mar sin, d'oscail sé an pota.
So, he opened the pot.
Chun a iontas bhí an pota folamh.
To his surprise the pot was empty.
"Cad is brí leis seo?"
"What can be the meaning of this?"
"Cén fáth a bhfuil an oiread sin suime aige i bpota folamh?"
"Why does he care so much for an empty pot?"
Thosaigh sé ag scrúdú an phota níos cúramach.
He began to examine the pot more carefully.
Le linn a chigireachta chas sé an pota bun os cionn.

During his inspection he turned the pot upside down.
Agus ansin thit an murukku is fearr amach as an phota.
And then the finest murukku fell out from the pot.
Agus níor stop an murukku ag titim amach.
And the murukku didn't stop falling out.
Ghlaoigh an t-óstóir ar a bhean chéile agus ar a chlann.
The innkeeper called his wife and children.
Bhí sé ag iarraidh orthu a bheith ina bhfinné ar a tharla.
He wanted them to witness what had happened.
Stróic ádhúil gan choinne!
An unexpected stroke of good fortune!
Thug an pota cithfholcadáin flúirseacha paddy siúcraithe.
The pot gave copious showers of sugared paddy.
Líon sé a photaí agus a chruachóga go léir.
He filled all his pots and jars.
Bhí a fhios aige go gcaithfeadh an pota seo a bheith aige.
He knew he had to have this pot.
Mar sin, chuir sé pota eile in áit an phota.
So, he replaced the pot with another one.
Bhí pota den mhéid agus den dath céanna aige.
He had a pot of the same size and color.

Bhí an Brahman críochnaithe lena níocháin.
The Brahman had finished his ablutions.
Bhí a chuid adhradh go léir comhlíonta aige.
He had performed all of his devotions.
Tháinig sé ar ais chuig an siopa in éadaí fliucha.
He came back to the shop in wet clothes.
Bhí sé fós ag aithris téacsanna naofa de na Véidí.
He was still reciting holy texts of the Vedas.
Chuir sé a chuid éadaí tirime air arís.
He put back on his dry clothes.
Scríobh sé ainm Durga le dúch dearg.
In red ink he wrote the name of Durga.
Scríobh sé a hainm céad agus a hocht uair.
He wrote her name one hundred and eight times.
Tar éis dó seo a dhéanamh bhris sé a throscadh.

After doing this he broke his fast.
Agus d'ith sé an murukku a bhí ina bhileog.
And he ate the murukku he had in his sheet.
Bhí sé athnuachana ón mbéile.
He was refreshed from the meal.
Anois d'fhéadfadh sé leanúint ar aghaidh lena thuras abhaile.
Now he could resume his journey home.
Mar sin ghlaoigh sé ar an óstóir.
So he called to the innkeeper.
"An bhféadfainn mo phota a fháil ar ais, le do thoil?"
"Please could I get my pot back"
Thug an t-óstóir a phota ar ais dó.
The innkeeper gave him back his pot.
"Seo é do phota, a dhuine uasail."
"There, sir, here is your pot"
"Tá an pota díreach san áit ar chuir tú é"
"The pot is exactly where you had put it"
"Tá do phota díreach mar a d'fhág tú é"
"Your pot is just as you left it"
"D'áirithigh mé nár bhain aon duine le do phota"
"I made sure no one has touched your pot"
Ní raibh amhras ar an Brahman faoi thada.
The Brahman didn't suspect a thing.
Thog sé an pota.
He picked up the pot.
Agus lean sé ar aghaidh lena thuras abhaile.
And he proceeded on his journey home.

Ar a thuras b'éigean dó smaoineamh.
On his journey he had to think.
Chomhghairdeas leis a ádh mór.
He congratulated his good fortune.
"Beidh iontas an-taitneamhach ar mo bhean chéile!"
"My wife will be most pleasantly surprised!"
"Slogfaidh na páistí an murukku!"
"The children will devour the murukku!"

"Beidh mé saibhir go luath"
"I shall soon become rich"
"Beidh mé in ann mo cheann a ardú go hard"
"I will be able to lift my head up high"
Bhí pianta an taistil laghdaithe.
The pains of travelling had been reduced.
Anois bhí a chuid fadhbanna i bhfad níos taitneamhaí.
Now his problems were much more pleasant.
Ní raibh an turas deacair ach an réamh-mheas.
Only anticipation made the journey difficult.
Shroich sé a theach arís faoi dheireadh.
He finally reached his home again.
Ghlaoigh sé ar a bhean chéile agus ar a chlann.
He called to his wife and children.
"Féach ar a bhfuil tugtha agam"
"Look at what I have brought"
"Is foinse síor-shaibhris an pota seo."
"This pot is an unfailing source of wealth".
"Ní bheidh orainn streachailt arís choíche"
"We will never have to struggle again"
"Casfaidh mé an pota bun os cionn"
"I will turn the pot upside down"
"Agus ansin feicfidh tú rud éigin."
"And then you will see something.
"Rud nach bhfaca tú riamh cheana"
"Something you've never seen before"
"Sreabhfaidh sruth den murukku is fearr"
"A stream of the finest murukku will flow"
Is féidir leat a shamhlú cad a bhí á smaoineamh ag a bhean
chéile.
You can imagine what his wife was thinking.
"Tá mo fhear céile imithe ar mire," a smaoinigh sí.
"My husband has gone mad," she thought.
Deimhníodh a tuairim go luath ina dhiaidh sin.
She was soon confirmed in her opinion.
Níor thit aon rud as an phota, mar a gealladh.
Nothing fell from the pot, as promised.

Chas sé an pota bun os cionn arís agus arís eile.
He turned the pot upside down again and again.
Bhí an Brahman sáraithe le brón.
The Brahman was overwhelmed with grief.
Thuig sé gur mealladh é.
He realized that he had been tricked.
Caithfidh gur mhalartaigh an t-óstóir an pota.
The innkeeper must have swapped the pot.
Caithfidh gur ghoid sé pota Durga.
He must have stolen Durga's pot.
Agus caithfidh sé gur chuir sé pota gnáth in áit an phota.
And he must have replaced the pot with a normal one.
Chuaigh sé ar ais chuig an óstóir an lá dár gcionn.
He went back to the innkeeper the next day.
Agus chuir sé ina leith gur athraigh sé a phota.
And he accused him of having changed his pot.
Ar dtús, bhí iontas ar an óstóir.
At first the innkeeper acted surprised.
Ansin lig sé air go raibh fearg air faoin gcúiseamh.
Then he pretended to be angry at the accusation.
Faoi dheireadh, ruaig sé amach as a shiopa é.
Finally, he chased him out of his shop.

Ní raibh aon bhealach aige an pota a fháil ar ais.
He had no way of getting the pot back.
Bhí a fhios ag an Brahman cad a bhí le déanamh aige.
The Brahman knew what he had to do.
Chuaigh sé chun an bandia Durga a fheiceáil arís.
He went to see the goddess Durga again.
Thug Siva agus Durga onóir dó lena láithreacht.
Siva and Durga honored him with their presence.
Labhair Durga leis an mBrahman bocht.
Durga spoke to the poor Brahman.
"Mar sin, chaill tú an pota a thug mé duit"
"So, you have lost the pot I gave you"
"Tá trua agam do do staid"
"I take pity on your situation"

"Seo pota draíochta eile"
"Here is another magical pot".
"Glac an pota seo, agus bain úsáid mhaith as"
"Take this pot, and make good use of it"
Bhí an Brahman thar a bheith sásta.
The Brahman was elated with joy.
Rinne sé umhlaíocht don lánúin dhiaga.
He made obeisance to the divine couple.
Agus thug sé an pota leis.
And he took the pot with him.
Arís eile b'éigean dó a fheiceáil an raibh an pota ag obair.
Again he had to see if the pot worked.
Chas sé an pota bun os cionn.
He turned the pot upside down.
Agus chroith sé an pota mar a bhí roimhe.
And he shook the pot as before.
Agus d'fhan sé go dtitfeadh an murukku amach.
And he waited for the murukku to fall out.
Ach ní hea, uafás na n-uafás!
But no, horror of horrors!
Níor thit Murukku as an phota.
Murukku did not fall from the pot.
In ionad murukku, léim deamhain amach.
Instead of murukku, demons jumped out.
Thosaigh siad ag bualadh an Brahman iontais.
They began to beat the astonished Brahman.
Fuair an Brahman dorn agus ciceanna.
The Brahman received punches and kicks.
Ach choinnigh sé a láithreacht intinne.
But he kept his presence of mind.
Chas sé an pota an treo ceart suas.
He turned the pot the right way up.
Agus chlúdaigh sé an pota arís.
And he covered the pot up again.
Ar ámharaí an tsaoil, d'oibrigh a smaointeoireacht thapa.
Fortunately his quick thinking worked.
D'imigh na deamhain a luaithe a rinne sé é seo.

The demons disappeared as soon as he did this.
Rinne an Brahman iarracht a thuiscint cad a chiallaigh sé seo.
The Brahman tried to understand what this meant.
Caithfidh sé a bheith chun pionós a ghearradh ar an óstóir!
It must be to punish the innkeeper!
Mar sin chuaigh sé chuig an óstóir arís.
So he went to the innkeeper again.
Thug sé an pota nua dó.
He gave him the new pot.
D'impigh sé air aire a thabhairt don phota.
He begged of him to look after the pot.
Díreach mar a rinne sé roimhe.
Just like he had done before.
Chuaigh sé chun a níocháin agus a paidreacha.
He went for his ablutions and prayers.
Bhí an t-óstóir sásta.
The innkeeper was delighted.
Bhí an dara bronntanas Dé tugtha dó.
He had been given a second godsend.
D'aontaigh sé an cúram is mó a thabhairt don phota.
He agreed to take the greatest care of the pot.
D'fhan sé go n-imeodh an Brahman.
He waited for the Brahman to go.
Agus ghlaoigh sé ar a bhean chéile agus ar a chlann.
And he called his wife and children.
"Seo pota eile ón Brahman"
"This is another pot from the Brahman"
"An uair seo tá súil agam nach murukku atá ann"
"This time I hope it is not murukku"
"Tá súil agam go bhfuil an pota seo lán de ghainmheach"
"I hope this pot is full of sandesa"
"Tar anseo, bí réidh leis na ciseáin"
"Come, be ready with the baskets"
"Casfaidh mé an pota bun os cionn"
"I will turn the pot upside down"
"Agus ansin croithfidh mé an pota"

"And then I will shake the pot"
Agus rinne sé an rud a dúirt sé a dhéanfadh sé.
And he did what he said he would do.
Ach níor líonadh an seomra le bia.
But the room did not fill with food.
An uair seo líonadh an seomra le deamhain.
This time the room filled with demons.
Rug na deamhain greim ar an óstóir.
The demons caught hold of the innkeeper.
Agus ghabh na deamhain a theaghlach freisin.
And the demons also caught his family.
Agus bhuail na deamhain iad gan trócaire.
And the demons beat them mercilessly.
Bheadh an siopa scriosta acu go hiomlán.
They would have completely destroyed the shop.
Ach rith na híospartaigh chuig an Brahman.
But the victims ran to the Brahman.
Bhí an Brahman tar éis filleadh óna níocháin.
The Brahman had returned from his ablutions.
Léirigh an Brahman trócaire dóibh.
The Brahman showed mercy to them.
Agus ghlac sé lena n-iarratas.
And he accepted their request.
Ach bhí coinníoll amháin ann lena chabhair.
But there was one condition to his help.
"Ní chabhróidh mé ach amháin má fhaighim mo phota ar ais"
"I will only help if I get my pot back"
Ní raibh mórán rogha ag an óstóir.
The innkeeper didn't have much choice.
B'éigean dó glacadh le coinníollacha an Brahman.
He had to accept the Brahman's conditions.
Chuir an Brahman an pota ina sheasamh arís.
The Brahman put the pot upright again.
Agus chuir sé an clúdach ar an phota.
And he put the lid on the pot.
Thóg sé a phota ar ais ón óstóir.

He took his pot back from the innkeeper.
Agus d'fhill sé ar ais go dtí a shráidbhaile.
And he returned back to his village.
Anois bhí dhá phota draíochta ag an Brahman.
Now the Brahman had two magical pots.
Dhún an Brahman doras a thí.
The Brahman shut the door of his house.
Agus ghlaoigh sé ar a theaghlach arís.
And he called his family again.
Chas sé an pota murukku bun os cionn.
He turned the murukku-pot upside down.
Agus chroith sé an pota murukku mar a bhí roimhe.
And he shook the murukku-pot as before.
An uair seo d'oibrigh an pota draíochta.
This time the magic pot worked.
Sruth gan teorainn den murukku is fearr.
An endless stream of the finest murukku.
Shluig an teaghlach an fheoil mhilse.
The family devoured the sweetmeat.
D'ith siad go dtí a sástacht.
They ate to their hearts' content.
Bhí na potaí agus na pannaí go léir líonta.
All the pots and pans were filled.

An lá dár gcionn rinneadh milseán den Bráhman.
The next day the Brahman became confectioner.
D'oscail sé siopa ina theach.
He opened a shop in his house.
Agus dhíol sé an murukku is fearr.
And he sold the best murukku.
Tháinig an sráidbhaile ar fad go teach an Bhrahman.
The whole village came to the Brahman's house.
**Bhí siad go léir ag iarraidh an murukku iontach a
cheannach.**
They all wanted to buy the wonderful murukku.
Ní fhaca siad murukku den chineál seo riamh ina saol.
They had never seen such murukku in their life.

Ba é an murukku ba blasta a bhí acu riamh é.
It was the most delicious murukku they ever had.
Ní raibh aon duine riamh tar éis a leithéid de mhilseog a dhéanamh.
No one had ever made anything like this dessert.
Scaip clú agus cáil murukku an Brahman.
The reputation of the Brahman's murukku spread.
Go gairid tháinig daoine ó lasmuigh den chathair.
Soon people from outside the city came.
Díoladh cairteacha lán de na milseáin gach lá.
Cartloads of the sweetmeat were sold every day.
D'éirigh an Brahman an-saibhir go gasta.
The Brahman quickly became very rich.
Thóg sé teach mór brící.
He built a large brick house.
Agus mhair sé mar uasal tíre.
And he lived like a nobleman of the land.
Uair amháin, áfach, beagnach gur athraigh a ádh.
Once, however, his luck almost changed.
Bhí an pota mícheart tógtha ag a chlann.
His children had taken the wrong pot.
Tháinig líon mór deamhan amach.
A large number of demons came out.
Agus rug siad ar bhean an Brahman.
And they caught hold of the Brahman's wife.
Agus ghabh siad a chlann freisin.
And they also caught his children.
Bhí siad ag bualadh leo gan trócaire.
They were striking them mercilessly.
Ar ámharaí an tsaoil, tháinig an Brahman ar ais isteach sa teach.
Fortunately the Brahman came back into the house.
Chas sé an pota ar ais ina áit cheart.
He turned the pot back to its proper position.
Bhí sé ag iarraidh tubaiste den chineál céanna a chosc.
He wanted to prevent a similar catastrophe.
Mar sin, bhí seomra príobháideach tógtha ag an Brahman.

So the Brahman had a private room built.
Agus chuir sé an pota in áit rúnda.
And he put the pot in a secret place.
Níl ádh na nDéithe ag na básmhairí, áfach.
Mortals, however, do not have the luck of Gods.
Ní hé rathúnas gan bhriseadh a n-ádh.
Uninterrupted prosperity is not their fortune.
Bhí an pota deamhain curtha as an mbealach.
The demon-pot had been put out of the way.
Ach cén fáth nach dtarlódh timpiste don phota murukku?
But why might accident not befall the murukku pot?
Lá amháin bhí an Brahman agus a bhean chéile as láthair.
One day the Brahman and his wife were absent.
Shocraigh na páistí an pota a chroitheadh.
The children decided to shake the pot.
Bhí fonn ar gach duine acu na honóracha a dhéanamh.
Each of them wanted to do the honors.
Mar sin bhí troid ann chun an pota a fháil.
So there was a fight to get the pot.
Sa streachailt thit an pota ar an talamh.
In the struggle the pot fell to the ground.
Cosúil le haon phota cré eile, bhris sé.
Like any other earthen pot, it broke.
Faoi dheireadh tháinig an Braham ar ais abhaile arís.
Eventually the Braham came back home again.
Is féidir leat a shamhlú cé chomh cráite is a chuir an nuacht air.
You can imagine how the news grieved him.
Ar ndóigh, bhí na páistí faoi gheasa go maith.
Of course the children were well cudgeled.
Ach ní fhéadfadh fearg an phota a athsholáthar.
But anger could not replace the pot.
Tar éis cúpla lá chuaigh sé go dtí an choill arís.
After some days he went to the forest again.
D'ofráil sé go leor paidreacha ar son Durga.
He offered many a prayer for Durga's favor.
Faoi dheireadh tháinig Siva agus Durga chuige.

At last Siva and Durga appeared to him.
D'éist siad leis an gcaoi a raibh an pota briste.
They listened to how the pot had been broken.
Shocraigh Durga pota eile a thabhairt dó.
Durga decided to give him another pot.
Ach bhí rabhadh ag gabháil leis an phota seo.
But this pot was accompanied with a caution.
"A Bhrahman, tabhair aire don phota seo"
"Brahman, take care of this pot"
"Ná bris ná ná caill an pota seo arís"
"Do not break or lose this pot again"
"An chéad uair eile ní thabharfaidh mé pota eile duit"
"Next time I will not give you another pot"
Rinne an Brahman umhlaíocht do na Déithe.
The Brahman made obeisance to the Gods.
Agus chuaigh sé díreach ar ais go dtí a theach.
And he went straight back to his house.
An uair seo níor stad sé ag teach an óstaire.
This time he did not halt at the innkeeper's.
Dhún sé doras a thí.
He shut the door of his house.
Ghlaoigh sé ar a theaghlach chuige.
He called his family to him.
Agus chas sé an pota bun os cionn.
And he turned the pot upside down.
Agus ansin thosaigh sé ag croitheadh an phota.
And then he began to shake the pot.
Ní raibh siad ag súil ach le murukku.
They were only expecting murukku.
Ach an uair seo ní murukku a bhí ann.
But this time it was not murukku.
Doirt sruth de ghainmheach álainn amach.
A stream of beautiful sandesa poured out.
Ba é an sandesa ab fhearr is féidir leat a shamhlú.
It was the finest sandesa you can imagine.
Ba bhia na nDéithe é i ndáiríre.
It truly was the food of Gods.

Bhunaigh an Brahman siopa eile.
The Brahman set up another shop.
Anois bhí sé ag díol Sandesa.
Now he was selling sandesa.
Mheall clú a shiopa sluaite móra go luath.
The fame of his shop soon drew large crowds.
Tháinig daoine ó gach cearn den tír.
People came from all over the country.
Ag gach féile agus fleá bainise.
At all festivals and marriage feasts.
Agus ag gach ceiliúradh sochraide sa cheantar.
And at all funeral celebrations in the area.
Níor cheannaigh aon duine aon sandesa eile.
No one bought any other sandesa.
Ar feadh an lae, tháirg an pota gaineamh.
All day long the pot produced sandesa.
Bhí prócaí ollmhóra lán le milseáin.
Gigantic jars were filled with sweet.
Agus cuireadh na prócaí ar fud na tíre.
And the jars were sent all over the country.

Chuir saibhreas an Brahman éad ar na Zemindar.
The Brahman's wealth made the Zemindar jealous.
Sna laethanta sin bhí Zemindar i ngach sráidbhaile.
In these days all villages had a Zemindar.
Bhí rudaí aisteacha cloiste aige faoin sandesa.
He had heard strange things about the sandesa.
Chuala sé gur tháinig an milseog as pota draíochta.
He heard the dessert came from a magic pot.
Mar sin cheap sé plean chun an pota seo a fháil.
So he devised a plan to get this pot.
Bhí a mhac ag dul ag pósadh.
His son was going to get married.
Chun ceiliúradh a dhéanamh bhí féasta mór ann.
To celebrate there was a great feast.
Tugadh cuireadh do na céadta duine.
Many hundreds of people were invited.

Bhí sléibhte lán de ghainmheach ag teastáil.
Mountain-loads of sandesa were required.
Rinne an Zemindar togra don Brahman.
The Zemindar made a proposal to the Brahman.
"Tabhair an pota draíochta chuig mo theach"
"Bring the magical pot to my house"
Ar dtús dhiúltaigh an Brahman an pota a thabhairt leis.
At first the Brahman refused to bring the pot.
Ach d'áitigh an Zemindar.
But the Zemindar insisted.
"Beidh na céadta aoi agam"
"I will have hundreds of guests"
"Beidh sléibhte gainmheach ag teastáil uaim"
"I will need mountains of sandesa"
"Níos mó gainmheach ná mar is féidir leat a iompar"
"More sandesa than you can carry"
"Tabhair an soitheach chuig mo theach"
"Bring the vessel to my house"
"Beidh sé níos éasca duitse agus domsa"
"It will be easier for you and me"
Sa deireadh d'aontaigh an Brahman.
Eventually the Brahman agreed.
Croitheadh amach sléibhte Himiléithe de sandesa.
Himalayas of sandesa were shaken out.
Ach fuair an Zemindar greim ar an phota.
But the Zemindar got hold of the pot.
Mhaslaigh an Zemindar an Brahman.
The Zemindar insulted the Brahman.
Agus ruaig sé amach as a theach é.
And he chased him out of his house.
Níor lig an Brahman a fhearg amach.
The Brahman didn't give vent to anger.
Ina áit sin, chuaigh sé ar ais go dtí a theach go ciúin.
Instead, he quietly went back to his house.
Chuaigh sé go dtí an seomra príobháideach.
He went to the private room.
Agus thóg sé amach an pota deamhain.

And he took out the demon-pot.

Tháinig sé ar ais go teach na Zemindar.

He came back to the Zemindar's house.

Agus chuaigh sé go doras an Zemindar.

And he went to the door of the Zemindar.

Chas sé an pota bun os cionn.

He turned the pot upside down.

Agus ansin chroith sé an pota draíochta.

And then shook the magical pot.

Thit céad deamhan amach as an phota.

A hundred demons fell out of the pot.

Bhí sé dodhéanta cur síos a dhéanamh ar an gcíor thuathail.

The chaos was impossible to describe.

Chuir na cuairteoirí neamhthrócaireach isteach sa chóisir.

The unearthly visitors flooded the party.

Rug siad ar na céadta de na haíonna.

They caught hundreds of the guests.

Agus bhuail na deamhain iad gan trócaire.

And the demons beat them mercilessly.

Tarraingíodh na mná de réir a gcuid gruaige.

The women were dragged by their hair.

Rinneadh ruaig ar an Zemindar ó sheomra go seomra.

The Zemindar was chased from room to room.

Bhí mí-ádh na ndeamhan ag dul as smacht.

The demons' mischief was getting out of hand.

B'éigean do dhuine éigin deireadh a chur lena gcuid mailíseachta.

Someone had to put an end to their mischief.

Seachas sin bheadh na fir go léir maraithe.

Else all the men would have been killed.

Agus bheadh an teach stróicthe go talamh.

And the house would have been torn to the ground.

Thit an Zemindar ag cosa an Brahman.

The Zemindar fell at the feet of the Brahman.

Agus d'impigh sé go dtaispeánfaí trócaire air.

And he begged to be shown mercy.

Léirigh an Brahman trócaire mhór dó.

The Brahman showed him great mercy.

Agus chuir sé na deamhain ar ais sa phota.

And he put the demons back in the pot.

Níor chuir an Zemindar isteach ar an mBrahman arís choíche.

The Zemindar never disturbed the Brahman again.

Níor chuir aon duine eile isteach air ach an oiread.

Nor was he disturbed by anyone else.

Agus mhair sé ar feadh blianta fada sona.

And he lived for many happy years.

Scéal na Rakshasas
The Story of the Rakshasas

Bhí Brahman bocht, amadánach ann tráth.

There was once a poor dimwitted Brahman.

Bhí bean chéile ag an bhfear amadánach seo, ach gan chlann aige.

This dimwitted man had a wife, but no children.

Ach is dócha gurbh fhearr dó gan clann a bheith aige.

But him not having children was probably for the best.

Mar is ar éigean a bhí sé in ann freastal ar a chuid riachtanas féin.

Because he was barely able to meet his own needs.

Agus is ar éigean a bhí sé in ann go leor a sholáthar dá bhean chéile.

And he could hardly supply enough for his wife.

Ach ní raibh a mheabhairghalar fiú ina fhadhb ba mhó aige.

But his dimwittedness was not even his biggest problem.

Fear sách leisciúil ab ea an fear amadánach seo chomh maith!

This dimwitted man was also a rather lazy man!

Bhí drogall air aon thurais fhada a dhéanamh.

He was averse to making any long journeys.

Dá mbeadh sé taisteal níos faide, b'fhéidir go mbeadh go leor aige.

Had he travelled further he might have had enough.

D'fhéadfadh sé bronntanais a fháil ó fhir shaibhre.

He could have got presents from rich men.

Chuirfeadh sé seo ar a gcumas maireachtáil go compordach.

This would have enabled them to live comfortably.

Bhí rí mór i dtír chomharsanachta.

There was a great king in a neighbouring country.

Bhí máthair an rí mhóir díreach tar éis bháis.

The mother of the great king had just died.

Mar sin bhí an rí seo ag ceiliúradh na sochraide.

So this king was celebrating the funeral obsequies.

Agus ceiliúradh an tsochraid le mór-mhealltacht.

And the funeral was celebrated with great pomp.
Bhí Brahmain agus bacaigh ag teacht ó thíortha i bhfad i gcéin.
Brahmans and beggars were coming from faraway lands.
Tháinig siad go léir ag súil le bronntanais mhóra a fháil.
They all came expecting to receive rich presents.
D'iarr bean chéile an Brahman air dul freisin.
The Brahman's wife requested him to also go.
"Glac an deis seo agus faigh beagán airgid dúinn"
"Seize this opportunity and get us a little money"
Ach sheas a leisce bunreachtúil ina bhac air.
But his constitutional indolence stood in the way.
Níor thug an bhean suaimhneas dá fear céile, áfach.
The woman, however, gave her husband no rest.
Faoi dheireadh d'éirigh sí an gealltanas a bhaint de.
Finally she extorted from him the promise.
Gheall sé dá bhean chéile go rachadh sé.
He promised his wife that he would go.
Dá bhrí sin, ghearr an bhean mhaith síos crann plantain.
The good woman, accordingly, cut down a plantain tree.
Agus dhóigh sí an crann plantain go luaithreach.
And she burnt the plantain tree to ashes.
Leis an luaithreach ghlan sí éadaí a fir chéile.
With the ashes she cleaned the clothes of her husband.
Agus rinne sí a chuid éadaí chomh bán agus a d'fhéadfadh aon ghlantóir.
And she made his clothes as white as any cleaner could.
Bhí a fear céile ag dul go pálás rí mhóir.
Her husband was going to the palace of a great king.
Ní fhéadfadh fir i gceirteacha dul i dteagmháil leis an rí.
The king could not be approached by men in rags.
Thairis sin, is cinnte go mbeidh cuma néata agus glan ar Brahman.
Besides, Brahman are bound to appear neat and clean.
Faoi dheireadh, maidin amháin d'fhág an Brahman a theach.
At last, one morning the Brahman left his house.
Agus rinne sé a bhealach go pálás an rí mhóir.

And he made his way to the palace of the great king.
Dúirt mé cheana gur fear gan chiall a bhí ann.
I have already mentioned he was a dimwitted man.
Níor fhiafraigh sé cén bóthar ba chóir dó a ghlacadh.
He did not inquire which road he should take.
Ina áit sin, shiúil sé ar aghaidh agus ar aghaidh gan treoracha.
Instead, he walked on and on without directions.
Agus lean sé cibé áit a raibh a shrón ag treorú é.
And he followed wherever his nose pointed him.
Ní gá dom a rá nach raibh sé ar an mbóthar ceart.
I don't need to say he was not on the right road.
Bhí na réigiúin a raibh sé ag fánaíocht iontu ag dul i laghad agus i laghad ina gcónaí.
The regions he wandered became less and less inhabited.
Go gairid níor casadh aon duine air ar feadh mílte.
Soon he met no human being for many miles.
Ach bhí go leor rudaí eile a chonaic sé ann.
But there were many other things he saw there.
Rudaí nár chonaic sé riamh ina shaol ar fad.
Things he had never seen in all his life.
Chonaic sé cnocáin cowries ar thaobh an bhóthair.
He saw hillocks of cowries on the roadside.
Sliogáin a úsáideadh mar airgead sna hamanna sin ab ea cowries.
Cowries were shells used as money in those times.
Lean sé ar aghaidh agus chonaic sé cnuic seod.
He kept going and saw hillocks of jewels.
Ansin, chonaic sé cnocáin de phíosaí ceithre anna.
Next, he saw hillocks of four-anna pieces.
Níos faide síos bhí cnocáin de phíosaí ocht n-anna.
Further along were hillocks of eight-anna pieces.
Agus níos faide fós bhí cnocáin rúipí.
And further yet were hillocks of rupees.
Ach níor chríochnaigh iontas an Brahman ansin.
But the Brahman's surprise did not end there.
Ina dhiaidh sin bhí cnoc de mhoghúir óir snasta.

Next there was a hill of burnished gold-mohurs.
Bhí na mohurs óir snasta ag lonrú go geal.
The burnished gold-mohurs were shining brightly.
Mar gheall gur bualadh na mohurs óir go úrnua.
Because the gold-mohurs had been freshly minted.
In aice le cnoc na n-ór-mohurs bhí teach mór.
Close to the hill of gold-mohurs was a large house.
Bhí cuma pálás rí cumhachtach ar an teach.
The house looked like the palace of a powerful king.
Ag an doras bhí bean álainn thar a bheith álainn.
At the door stood a lady of exquisite beauty.
Dúirt an bhean uasal, agus í ag feiceáil an Brahman;
The lady, seeing the Brahman, said;
"Tar chugam, a fhear céile dílis"
"Come to me, my beloved husband"
"Phós tú mé nuair a bhí mé óg"
"You married me when I was young"
"Ach níor tháinig tú ar ais riamh i ndiaidh ár bpósta"
"But you never came back after our marriage"
"Cé go raibh mé ag súil leat gach lá"
"Though I have been daily expecting you"
"Go raibh beannacht ort an lá seo," a dúirt an bhean.
"Blessed be this day," said the lady.
"Ar an lá seo feicim aghaidh mo fhear céile"
"On this day I see the face of my husband"
"Tar isteach, a ghrá geal," ar sise leis.
"Come, my sweet, come in," she asked of him.
"Caithfidh go bhfuil tuirse ort ón turas fada"
"You must be fatigued from your long journey"
"Nigh do chosa agus scíth a ligean, agus ith agus ól"
"Wash your feet and rest, and eat and drink"
"Agus ina dhiaidh sin déanfaimid lúcháir orainn féin"
"And after that we shall make ourselves merry"
Bhí ionadh thar cuimse ar an Brahman.
The Brahman was astonished beyond measure.
Ní raibh aon chuimhne aige pósadh faoi dhó.
He had no recollection marrying twice.

Chuimhnigh sé ar phósadh na mná a d'fhág sé sa bhaile.

He remembered marrying the wife he left at home.

Ach níor chuimhin leis an mbean seo a phósadh.

But he did not remember marrying this lady.

Ach chuimhnigh sé gur Kulin Brahman a bhí ann.

But he remembered that he was a Kulin Brahman.

B'fhéidir gur phós a athair é agus é ina pháiste.

Perhaps his father got him married as a child.

Ach ní raibh mórán tábhacht leis an méid a cheap sé.

But what he thought did not matter much.

Bhí an bhean cinnte gurbh é a fear céile é.

The woman was certain he was her husband.

Agus ní raibh aon chúis aige a rá nach raibh sé ina fear céile.

And he had no reason to say he was not her husband.

Mar bhí a háilleacht níos mó ná mar a d'fhéadfadh sé a shamhlú.

Because her beauty was more than he could fathom.

Chomh hálainn le Bandia neamh Indra.

As beautiful as the Goddesses of Indra's heaven.

Agus bhí sé cinnte go raibh sí saibhir freisin.

And he was sure that she was wealthy too.

Chuaigh na smaointe seo trí intinn an Brahman.

These thoughts went through the Brahman's mind.

Ach chuir an bhean isteach ar a shreabhadh smaointeoireachta.

But the lady interrupted his flow of thought.

"An bhfuil amhras ort an mise do bhean chéile?"

"Are you doubting whether I am your wife?"

"An bhfuil gach cuimhne ar an ócáid áthasach sin caillte agat?"

"Have you lost all memories of that happy event?

"Gach uile mhórgacht agus cúinsí a bhain lenár bpósadh"

"All the pomp and circumstance of our nuptials"

"Tar isteach, a ghrá geal; seo do theach."

"Come in, beloved; this is your house"

"Mar cibé rud is liomsa, is leatsa é freisin"

"Because whatever is mine is thine also"

**D'éirigh leis an mbean álainn an Brahman a chur ina luí go
héasca.**
The fair lady easily persuaded the Brahman.
Agus ghéill sé dá hachainíocha grámhara.
And he succumbed to her loving entreaties.
Agus chuaigh sé isteach i dteach na mná uaisle.
And he went into the house of the lady.
Ní raibh an teach gnáth.
The house was not an ordinary one.
Pálás iontach a bhí sa teach i ndáiríre.
The house was in fact a magnificent palace.
Bhí na hárasáin uile mór agus ard.
All the apartments were large and lofty.
Bhí gach seomra sa phálás feistithe go saibhir.
Every room in the palace was richly furnished.
Ach chuir rud amháin iontas mór ar an mBrahman.
But one thing surprised the Brahman very much.
Ní raibh aon duine eile sa teach ar fad.
There was no other person in all the house.
B'í an bhean féin an t-aon duine a bhí ann.
The only one there was the lady herself.
**Ní fhéadfadh sé míniú a thabhairt ar an bhfeiniméan
aisteach.**
He could not account for the strange phenomenon.
Buaileann siad le duine ar bith ar a siúlóidí ach an oiread.
They meet anyone on their walks either.
**B'é fírinne an scéil ná nach duine daonna a bhí sa bhean
uasal.**
The fact was that the lady was not a human being.
Rakshasi a bhí sa bhean i ndáiríre.
What the lady really was was a Rakshasi.
Bhí sí tar éis an rí agus an bhanríon a ithe.
She had eaten up the king and queen.
Agus bhí gach ball den teaghlach ríoga ite aici.
And she had eaten all the members of the royal family.
Agus de réir a chéile bhí sí ag ithe a seirbhísigh freisin.
And gradually she had eaten their servants too.

Sin é an fáth nach raibh aon daoine i bhfad agus i gcéin.
This was why there were no humans far and wide.
Bhí an Rakshasi agus an Brahman ina gcónaí le chéile anois.
The Rakshasi and the Brahman now lived together.
Tar éis seachtaine dúirt an chéad duine leis an dara duine;
After a week the former said to the latter;
"Táim an-díocasach mo dheirfiúr a fheiceáil"
"I am very anxious to see my sister"
"Mar is eol duit, is í mo dheirfiúr do bhean chéile eile "
"As you know, my sister is your other wife"
"Caithfidh tú dul agus mo dheirfiúr a thabhairt leat; do bhean eile"
"You must go and fetch my sister; your other wife"
"Ansin beidh cónaí orainn go léir le chéile go sona sásta"
"Then we shall all live together happily"
"Caithfidh tú dul chun í a fháil go luath amárach"
"You must go to get her early tomorrow"
"Tabharfaidh mé éadaí agus seodra duit di"
"I will give you clothes and jewels for her"
An mhaidin dár gcionn d'imigh an Brahman lena shiúl abhaile.
Next morning the Brahman set out for his home.
Bhí éadaí breátha air.
He was furnished with fine clothes.
Agus chaith sé ornáidí costasacha timpeall a chaol na láimhe.
And he wore around his wrists costly ornaments.

Bhí an bhean bhocht i gcruachás mór.
The poor woman was in great distress.
Bhí searmanas sochraide mháthair an rí thart.
The funeral ceremony of the king's mother was over.
Bhí na Brahmans agus na Pandits go léir ar ais.
All the Brahmans and Pandits had returned.
Agus bhí siad lán le síntiúis.
And they were loaded with donations.
Ach ní raibh a fear céile tar éis filleadh.

But her husband had not returned.

Ní fhéadfadh aon duine aon scéal a thabhairt faoi.

No one could give any news of him.

Mar ní raibh aon duine tar éis é a fheiceáil ansin.

Because no one had seen him there.

Dá bhrí sin, ní fhéadfadh an bhean teacht ach ar chonclúid amháin.

The woman therefore could only come to one conclusion.

Caithfidh gur maraíodh ar an mbóthar é ag robálaithe bóthair.

He must have been murdered on the road by highwaymen.

Bhí sí sa teannas uafásach seo.

She was in this terrible suspense.

Ach ansin lá amháin chuala sí roinnt ráflaí.

But then one day she heard some rumors.

Bhí daoine ina sráidbhaile ag caint faoina fear céile.

People in her village were talking about her husband.

Dúirt siad gur chonaic siad ag teacht ar ais é.

They said they saw him coming back.

Agus dúirt siad go raibh éadaí breátha air.

And they said he was dressed in fine clothes.

Agus dúirt siad go raibh seodra breátha aige dá bhean chéile.

And they said he had fine jewels for his wife.

Agus cinnte go leor, tháinig an Brahman chun solais go luath.

And sure enough the Brahman soon appeared.

Agus bhí seodra breátha á iompar aige dá bhean chéile.

And he was carrying fine jewels for his wife.

Nuair a chonaic an Brahman a bhean chéile, labhair sé léi mar sin;

On seeing his wife the Brahman thus accosted her;

"Tar liom, a bhean chéile is dílse dom"

"Come with me, my dearest wife"

"Fuair mé mo chéad bhean chéile"

"I have found my first wife"

"Tá cónaí uirthi i bpálás mórthaibhseach"

"She lives in a stately palace"

"In aice lena pálás tá cnoic rúipí"

"Near her palace are hillocks of rupees"

"Agus tá cnoc mór ór-mhúhur ann"

"And there is a large hill of gold-mohurs"

"Cén fáth a mbeadh tú ag crónán i ndroch-thruailliú?"

"Why should you pine away in wretchedness?"

"Cén fáth a bhfanfá san áit uafásach seo?"

"Why would you stay in this horrible place?"

"Tar liom go teach mo chéad mhná céile"

"Come with me to the house of my first wife"

"Ansin mairfimid go léir le chéile go sona sásta"

"There we shall all live together happily"

Ar dtús, cheap sí go raibh a fear leathchliste imithe ar mire.

At first, she thought her half-witted man had gone mad.

Ní fhéadfadh sí na cnocáin rúipí a shamhlú.

She could not imagine the hillocks of rupees.

Agus ní fhéadfadh sí cnoc óir-mhóhur a shamhlú.

And she could not imagine a hill of gold-mohurs.

Ach ansin chonaic sí cé chomh hálainn a bhí sé gléasta.

But then she saw how he was beautifully dressed.

Éadaí áille déanta as síodaí agus satin fíorálainn.

Beautiful clothes of exquisite silks and satins.

Ornáidí socraithe le diamaint agus clocha luachmhara.

Ornaments set with diamonds and precious stones.

Éadaí oiriúnach do bhanríon na tíre.

Clothes fit for the queen of the land.

Éadaí nach raibh de nós ag ach banphrionsaí a chur orthu.

Clothes only princesses were in the habit of putting on.

Chríochnaigh sí ina hintinn go raibh rud éigin cearr:

She concluded in her mind that something was amiss:

Is cinnte gur cuireadh a fear céile amadánach amadán amú.

Her stupid husband must have been tricked.

Caithfidh gur thit sé i mogaill Rakshasi.

He must have fallen into the meshes of a Rakshasi.

D'áitigh an Brahman, áfach, go ndeachaigh a bhean leis.

The Brahman, however, insisted his wife went with him.

"Fan anseo agus crá croí sa bhochtaineacht, gan aon leisce
ort."
"Feel free to stay here and pine away in poverty"
"Maidir liomsa, fillfidh mé ar phálás mo chéad mhná céile"
"As for me, I will return to the palace of my first wife"
Rinne an bhean mhaith a dícheall chun stop a chur lena fear
céile.
The good woman did her best to stop her husband.
Ach sa deireadh shocraigh sí dul leis.
But in the end she resolved to go with him.
B'fhéidir go bhféadfadh sí breithiúnas níos fearr a thabhairt
ar an ábhar ag an bpálás.
Perhaps she could judge the matter better at the palace.

D'imigh siad dá réir sin an mhaidin dár gcionn.
They set out accordingly the next morning.
Chuaigh siad an bóthar céanna a thaistil an Brahman.
They went the same road the Brahman had travelled.
Ní raibh an bhean beagáinín iontasaithe faoin méid a
chonaic sí.
The woman was not a little surprised by what she saw.
Chonaic sí cnuic na gcúlchlós agus na seod.
She saw the hillocks of cowries and of jewels.
Agus chonaic sí cnoic de phíosaí ocht n-anna.
And she saw hillocks of eight-anna pieces.
Agus chonaic sí na cnocáin rúipí freisin.
And she saw the hillocks of rupees too.
Agus ar deireadh chonaic sí cnoc ard de mhóhur óir.
And last of all she saw a lofty hill of gold-mohurs.
Chonaic sí bean thar a bheith álainn freisin.
She saw also an exceedingly beautiful lady.
Bhí bean an pháláis ag deifir ina treo.
The lady of the palace was hastening towards her.
Thit an bhean uasal ar mhuineál na mná Brahman.
The lady fell on the neck of the Brahman woman.
Agus ghuil sí deora áthais, agus dúirt sí:
And she wept tears of joy, and said:

"Fáilte romhat, a dheirfiúr ghrámhar!"
"Welcome, beloved sister!"
"Seo an lá is sona i mo shaol!"
"This is the happiest day of my life!"
"Feicim aghaidh mo dheirféar is ansa liom arís!"
"I see the face of my dearest sister again!"
Chuaigh an fear céile agus a bheirt bhean isteach sa phálás.
The husband and his two wives entered the palace.
Anois bhí sé i dteach mór mórthaibhseach.
Now he was lodged in a stately mansion.
Tháinig an bia ba bhlasta chun solais, amhail is dá mba le draíocht.
The most delectable food appeared, as if by enchantment.
Bhí sé geanúil agus geanúil ag a bheirt bhean chéile.
He was caressed and endeared by his two wives.
Rinne an bheirt bhean chéile a ndícheall chun é a dhéanamh sásta.
Both wives did their best to make him happy.
Rinne an bheirt bhean chéile a ndícheall é a chur ar a suaimhneas.
Both wives did their best to make him comfortable.
Bhí a dhá bhean chéile ag iomaíocht lena chéile ar son a ghrá.
His two wives were competing for his love.
Bhí am iontach ag an Brahman de.
The Brahman had a jolly time of it.
Bhí sé tumtha i bhfarraige taitneamhachta.
He was steeped in an ocean of enjoyment.
Bhí an Brahman ina chónaí sa staid seo de phléisiúr Éiliseach.
The Brahman lived in this state of Elysian pleasure.
Chaith sé cúig bliana déag nó sé bliana déag ar an mbealach seo.
Some fifteen or sixteen years he spent this way.
Le linn an ama seo thug a bheirt bhean chéile beirt mhac dó.
During this time his two wives presented him with two sons.
Ba é mac an Rakshasi an duine ba shine.

The Rakshasi's son was the elder.

Bhí cuma dhia air seachas duine.

He looked more like a god than a human being.

Sahasra-Dal a tugadh air.

He was named Sahasra-Dal.

Ciallaíonn a ainm an míle craobhach.

His name meant the thousand-branched.

Bhí mac na mná Brahman bliain níos óige.

The son of the Brahman woman was a year younger.

Tugadh Champa-Dal air.

He was named Champa-Dal

Chiallaigh a ainm brainse de chrann champaka.

His name meant the branch of a champaka tree.

Bhí grá mór ag an mbeirt deartháireacha dá chéile.

The two brothers loved each other dearly.

Cuireadh an bheirt acu chuig an scoil chéanna.

They were both sent to the same school.

Bhí an scoil roinnt míle ar shiúl ón bpálás.

The school was several miles distant from the palace.

**Gach lá bhíodh siad ag marcaíocht ar a dhá chapaill bheaga
ar scoil.**

Every day they rode their two little ponies to school.

Bhí amhras ar an mbean Brahman i gcónaí.

The Brahman woman had always been suspicious.

Thug míle cúinse beag leideanna di.

A thousand little circumstances gave her clues.

Bhí a fhios aici nach duine daonna a bhí ina deirfiúr céile.

She knew her sister-in-law was not a human being.

Bhí sí cinnte gur Rakshasi a deirfiúr céile.

She was sure her sister-in-law was a Rakshasi.

Ach ní raibh a hamhras aibí ina cinnteacht fós.

But her suspicion had not yet ripened into certainty.

Mar gur chleacht an Rakshasi féinsmacht mhór.

Because the Rakshasi exercised great self-restraint.

Ní dhearna sí aon rud riamh nach ndearna daoine.

She never did anything which human beings did not do.

Ach ní fhéadfadh sí a nádúr deamhanach a cheilt go deo.

But she couldn't hide her demonic nature forever.
Bhí a nádúr deamhanach chun é féin a nochtadh sa deireadh.
Her demonic nature was eventually going to reveal itself.

Ní raibh mórán ag an Brahman le gnóthú.
The Brahman had little to keep him busy.
Chun a chuid ama a chaitheamh chuaigh sé ag fiach.
In order to pass his time he went hunting.
An chéad lá d'fhill sé le hantalóp.
The first day he returned with an antelope.
Leagadh an t-antalóp i gclós an pháláis.
The antelope was laid in the courtyard of the palace.
Chonaic an Rakshasi an antalóp le spéis mhór.
The Rakshasi saw the antelope with great interest.
Ag radharc na feola amh thosaigh a béal ag teacht uisce.
At the sight of the raw meat her mouth began to water.
Níor tugadh an t-antalóp go dtí an chistin riamh.
The antelope was never taken to the kitchen.
Ina áit sin, thug an Rakshasi an antalóp go seomra eile.
Instead, the Rakshasi took the antelope to another room.
Sa seomra seo thosaigh sí ag ithe an antalóp.
In this room she began devouring the antelope.
Chonaic an bhean Brahman gach rud ó sheomra rúnda.
The Brahman woman saw everything from a secret room.
Strac a deirfiúr Rakshasi cos den antalóp.
Her Rakshasi sister tore a leg off the antelope.
Chonaic sí mar a d'oscail sí a giall ollmhór.
She saw how she opened her tremendous jaw.
Agus i mbéal amháin shlog sí an chos.
And in one mouthful she swallowed up the leg.
Slugadh na géaga eile ar an mbealach céanna.
The other limbs were devoured in the same manner.
Agus í ag oscailt a gialla níos faide fós, shlog sí an corp.
And opening her jaw even further, she swallowed the body.
Níor coinníodh ach beagán den fheoil don chistin.
Only a little bit of the meat was kept for the kitchen.
Ar an dara lá ghabh an Brahman antalóp eile.

On the second day the Brahman caught another antelope.

Ar an tríú lá ghabh an Brahman antalóp eile.

On the third day the Brahman caught another antelope.

Ní raibh an Rakshasi in ann a goile a choinneáil siar.

The Rakshasi was unable to restrain her appetite.

Thug an fheoil amh a nádúr deamhanach chun cinn.

The raw flesh brought out her demonic nature.

Agus d'ith sí gach antalóp mar an gceann deireanach.

And she devoured each antelope like the last.

Ar an tríú lá chuir an bhean Brahman a hiontas in iúl.

On the third day the Brahman woman expressed her surprise.

"Tá beagnach trí antalóp iomlána imithe as radharc"

"Nearly three whole antelopes have disappeared"

"Níl fágtha ach beagán feola"

"All that is left is a little bit of meat"

Níor thuig an Rakshasi an cúiseamh.

The Rakshasi did not appreciate the accusation.

"An itheann mé feoil amh?" a d'fhiafraigh sí go fíochmhar.

"Do I eat raw flesh?" she asked fiercely.

"B'fhéidir go n-itheann tú feoil amh," fhreagair an bhean Brahman.

"Perhaps you do eat raw flesh," replied the Brahman woman.

"Níl aon rud agam le cruthú a mhalairt"

"I have nothing to prove the contrary"

Bhí a fhios ag an Rakshasi go raibh sí aimsithe.

The Rakshasi knew she had been discovered.

D'éirigh a súile níos fíochmhaire fós ná riamh.

Her eyes became even fiercer than before.

Agus gheall sí go ndéanfadh sí díoltas.

And she vowed to get her revenge.

Chinn an bhean Brahman go raibh a cinniúint séalaithe.

The Brahman woman concluded her fate was sealed.

Shíl sí go mbeadh an chinniúint chéanna le sárú ag a fear céile.

She thought her husband would meet the same fate.

Ní raibh sí ag súil go sábhálfaí a mac ach an oiread.

She did not expect her son to be spared either.

Is ar éigean a chodail sí ar chor ar bith an oíche sin.

That night she hardly slept at all.

Bhí an Rakshasi tar éis cosc a chur uirthi a fear céile a fheiceáil.

The Rakshasi had prevented her from seeing her husband.

Go moch ar maidin dár gcionn chuaigh Champa-Dal ar scoil.

Early next morning Champa-Dal went to school.

Sula ndeachaigh sé ar scoil thug sí buidéal órga dá mac.

Before he went to school she gave her son a golden bottle.

Sa bhuidéal órga bhí a bainne cíche féin.

In the golden bottle was her own breast milk.

"Tabhair aird chúramach ar dhath an bhainne"

"Carefully watch the colour of the milk"

"Má chasann an bainne dearg, tá d'athair maraithe"

"If the milk turns red, your father has been killed"

"Má théann an bainne níos dearga, ansin tá mé maraithe"

"If the milk turns redder, then I have been killed"

"Má chasann an bainne dearg, caithfidh tú rith ar shiúl"

"If the milk turns red you must gallop away"

"Galop chomh tapa agus is féidir le do chapall tú a iompar"

"Gallop as fast as your horse can carry you"

"Mura rithfidh tú, sluigfear thú"

"If you do not run away, you will be devoured"

An mhaidin sin rinne an Rakshasi moladh dá fear céile.

That morning the Rakshasi made a suggestion to her husband.

"Lig dúinn folcadh san abhainn ar maidin"

"Let us bathe in the river this morning"

Ní ghlacfadh sí "ní hea" mar fhreagra.

She would not take no for an answer.

Bhí an abhainn achar beag ón bpálás.

The river was some distance from the palace.

Lean an Brahman í chomh séimh le huan.

The Brahman followed her as meekly as a lamb.

Chonaic an bhean Brahman go raibh a cinniúint ag druidim léi.

The Brahman woman saw that her doom was near.

Ach bhí sé lasmuigh dá cumhacht an tubaiste a sheachaint.

But it was beyond her power to avert the catastrophe.

Shroich an Brahman agus an Rakshasi an abhainn go deimhin.

The Brahman and the Rakshasi did indeed reach the river.

Go gairid ina dhiaidh sin d'athraigh an Rakshasi go dtí a fíorthoisí.

Soon after the Rakshasi changed into her real dimensions.

Strac sí géag an Brahman ó ghéag.

She tore the Brahman limb from limb.

Shluig sí é mar a shluig sí an antalóp.

She devoured him like she had devoured the antelope.

Ansin rith sí ar ais go dtí a pálás.

Then she ran back to her palace.

Bhí cinniúint na mná céile mar a chéile le cinniúint an Bhrahmáin.

The wife's fate was the same as the Brahman's.

Bhí an Seaimpín Óg Dal tar éis a bheith déanta mar a ordaigh a mháthair.

Young Champ Dal had done as his mother instructed.

Bhí sé ag breathnú go dícheallach ar an mbuidéal órga.

He was diligently observing the golden bottle.

Thug sé aird ar leith ar dhath an bhainne.

He paid special attention to the colour of the milk.

Bhí sé scanraithe nuair a chonaic sé go raibh an bainne beagán dearg.

He was horror-struck to find the milk redden a little.

"Maraíodh m'athair," a d'éigh sé.

"My father has been killed," he cried.

Go gairid ina dhiaidh sin dhearg an bainne go hiomlán.

Soon after the milk completely reddened.

"Anois tá mo mháthair maraithe freisin," a d'éigh sé.

"Now my mother has been killed too," he cried.

Rith sé go tapaidh chun dul ar muin a phónaí.

Quickly he rushed to mount his pony.

Bhí iontas ar a leathdhearthair, Sahasra-Dal.

His half-brother, Sahasra-Dal, was surprised.

"Cá bhfuil tú ag dul, a Champa?"

"Where are you going, Champa?"

"Cén fáth a bhfuil tú ag caoineadh, a dheartháir?"

"Why are you crying, brother?"

"Lig dom dul leat cibé áit a bhfuil tú ag dul"

"Let me accompany you to wherever you are going"

Ach bhí eagla ar Champa-Dal roimh a dheartháir anois.

But Champa-Dal now feared his brother.

"Ó! ná tar chugamsa," a agóid sé.

"Oh! do not come to me," he objected.

"D'ith do mháthair m'athair agus m'mháthair"

"Your mother has devoured my father and mother"

"Ná tar agus ná slog mé"

"Don't you come and devour me"

"Ní shlogfaidh mé thú," a gheall sé dá dheartháir.

"I will not devour you," he promised his brother.

"Sábhálfaidh mé thú," a gheall sé dá dheartháir.

"I'll save you," he promised his brother.

Agus rith sé i ndiaidh a dhearthár, Champa-Dal.

And he galloped after his brother, Champa-Dal.

Go gairid ina dhiaidh sin, tháinig a mháthair, an Rakshasi, i láthair i gcéin.

Soon his mother, the Rakshasi, appeared at a distance.

D'éiligh sí ar Champa-Dal teacht chuici.

She demanded Champa-Dal to come to her.

Ach bhí a fhios ag Champa-Dal nár cheart dó dul chuig an Rakshasi.

But Champa-Dal knew better than to go to the Rakshasi.

"Ní thiocfaidh Champa-Dal chugat, ach tiocfaidh mise"

"Champa-Dal will not come to you, but I will"

Agus ina áit sin, chuaigh Sahasra-Dal chuig a mháthair.

And instead, Sahasra-Dal went to his mother.

Bhíodh claíomh leis i gcónaí ag an prionsa óg.

The young prince always carried a sword with him.

Lena chlaíomh ghearr sé ceann a mháthar de.

With his sword he cut off his mother's head.

Ní raibh Champa-Dal tar éis fanacht le feiceáil seo.

Champa-Dal had not stayed to witness this.

Bhí sé tar éis galopáil a dhéanamh chomh fada agus a d'fhéadfadh a chapaillín é a iompar.

He had galloped off as far as his pony could carry him.

Mar bhí sé ag rith ar son a shaoil.

Because he was running for his life.

Ach níorbh fhada gur rug Sahasra-Dal ar a dheartháir.

But Sahasra-Dal soon caught up with his brother.

Agus dúirt sé leis nach raibh a mháthair ann níos mó.

And he told him that his mother was no more.

Ba bheag sólás é seo do Champa-Dal.

This was small consolation to Champa-Dal.

Bhí an Rakshasi tar éis a bheirt thuismitheoirí a shlogadh cheana féin.

The Rakshasi had already devoured both his parents.

Ach ní raibh muinín aige fós as cairdeas Sahasra-Dal.

But he could still not trust Sahasra-Dal's friendship.

Mharcaigh an bheirt acu chomh tapa agus a d'fhéadfadh a gcapaill iad a iompar.

They both rode as fast as their horses could carry them.

Agus d'fhéadfadh a gcapaill iad a iompar an-fhada.

And their horses could carry them very far.

Mar gur capaill Pakshirajes a bhí acu.

Because their horses were Pakshirajes horses.

Is iad capaill Pakshirajes ríthe na n-éan.

Pakshirajes horses are the kings of birds.

Ar a gcapaill thaistil siad na céadta míle.

On their horses they travelled over hundreds of miles.

Uair an chloig nó dhó roimh luí na gréine shroich siad sráidbhaile.

An hour or two before sundown they reached a village.

Anseo, bhí siad ina n-aíonna ag teaghlach measúil.

Here they became the guests of a respectable family.

Ach chonaic an bheirt deartháireacha go raibh an teaghlach i ndorchadas.

But the two brothers saw the family was in gloom.

Bhí rud éigin ag cur isteach go mór ar an teaghlach.

Something was agitating the family very much.
Bhí comhairliúcháin phríobháideacha ag cuid den teaghlach.
Some of the family held private consultations.
Agus bhí daoine eile sa teaghlach ag gol.
And others in the family were weeping.
Ba í an mháthair an bhean ba shine sa teach.
The mother was the eldest lady in the house.
"Rachaidh mé, mar is mise an duine is sine," a dúirt sí.
"I will go, as I am the eldest," she said.
"Tá mé beo fada go leor"
"I have lived long enough"
"Ar a mhéad, bheadh mo shaol gearrtha bliain nó dhó"
"At most my life would be cut short by a year or two"
Cailín beag ab ea an ball ab óige den teach.
The youngest member of the house was a little girl.
"Rachaidh mé, mar tá mé óg," a dúirt sí.
"I will go, as I am young," she said.
"Níl mé úsáideach don teaghlach"
"I am useless to the family"
"Mura bhfaighidh mé bás, ní bheidh aon chailliúint orm"
"If I die, I shall not be missed"
Ba é mac na seanbhean ceann an tí.
The head of the house was the son of the old lady.
"Is mise ionadaí an teaghlaigh," a dúirt sé.
"I am the representative of the family," he said.
"Níl sé ach réasúnta go dtabharfainn suas mo shaol"
"It is but reasonable that I should give up my life"
Bhí deartháir níos óige aige freisin.
He also had a younger brother.
"Is tusa colún an teaghlaigh," a dúirt sé.
"You are the pillar of the family," he said.
"Má théann tú, beidh an teaghlach ar fad millte"
"If you go the whole family is ruined"
"Níl sé réasúnta go n-imeoidh tú"
"It is not reasonable that you should go"
"Rachaidh mé, mar ní bheidh mórán in easnamh orm"
"I will go, as I shall not be much missed"

D'éist an bheirt strainséirí leis an gcomhrá seo ar fad.

The two strangers listened to all this conversation.

Is féidir leat a shamhlú nach raibh a gcuid fiosrachta beag.

You can imagine their curiosity was not little.

Bhí siad ag smaoineamh cad a bheadh sa phlé.

They wondered what the discussion could be about.

Ghlac Sahasra-Dal an baol go measfaí go raibh sé cur isteach air.

Sahasra-Dal took the risk of being thought meddlesome.

"Cad é ábhar do chomhairliúcháin?"

"What is the subject of your consultations?"

"Cad é cúis do mhíshuaimhnis dhomhain?"

"What is the reason for your deep miserable?"

"Cén fáth a bhfuil do bhriathra lán d'aghaidheanna?"

"Why are your words full of countenances?"

Thug ceann an tí an freagra seo a leanas.

The head of the house gave the following answer.

"Tá rud éigin ann nach mór daoibh a bheith ar an eolas faoi, a aíonna fiúntacha"

"There is something you must know, me worthy guests"

"Tá na tailte seo ionfhabhtaithe le Rakshasi uafásach"

"These lands are infested by a terrible Rakshasi"

"Tá an Rakshasi seo tar éis na réigiúin uile anseo a dhídhaonrú"

"This Rakshasi has depopulated all the regions here"

"Bheadh an baile seo dídhaonraithe freisin"

"This town, too, would have been depopulated"

"Ach gur achainí ár rí chuig an Rakshasi"

"But that our king became suppliant to the Rakshasi"

"D'impigh sé uirthi trócaire a thaispeáint dúinn, a mhuintir"

"He begged her to show mercy to us his people"

D'fhreagair an Rakshasi an rí.

The Rakshasi replied to the king.

"Toileoidh mé trócaire a thaispeáint do do chuid ábhar"

"I will consent to show mercy to your subjects"

"Ach tá coinníoll amháin ann maidir le mo thrócaire"

"But there is one condition for my mercy"

"Gach oíche éilím duine amháin"

"Every night I demand one human being"

"Is cuma liom más fear nó bean é"

"I don't mind if it is a male or a female"

"Cuir an duine i dteampall dom le go bhféachfaidh mé"

"Put the human being in a temple for me to feast"

"Má fhaighim duine daonna gach oíche, beidh mé sásta go deo."

"If I get a human being every night, I will rest satisfied"

"Geall dom é seo agus ní dhéanfaidh mé a thuilleadh creiche"

"Promise me this and I will commit no further depredations"

"Sábhálfar do chuid ábhar ó mo ocras rabhartach"

"Your subjects will be spared from my ravenous hunger"

"Ní raibh aon rogha eile ag ár rí ach aontú"

"Our king had no other alternative than to agree"

"Cén duine a bhféadfadh súil a bheith aige riamh dul i ngleic le Rakshasi?"

"What human can ever hope to contend against a Rakshasi?"

"Ón lá sin amach rinne an rí dlí nua"

"From that day the king made a new law"

"Caithfidh gach teaghlach ball amháin a sheoladh chuig an teampall"

"Every family has to send one member to the temple"

"Chun fearg an Rakshasi uafásaigh a mhaolú"

"To appease the wrath of the terrible Rakshasi"

"Chun ocras gan teorainn an Rakshasi a shásamh"

"To satisfy the endless hunger of the Rakshasi"

"Tá a seal faighte ag gach teaghlach sa chomharsanacht seo"

"All the families in this neighbourhood have had their turn"

"Anocht, tá seal ár dteaghlaigh ann"

"This night it is the turn of our family"

"Tá duine againn le bheith tiomanta don scrios"

"One of us is to devote ourself to destruction"

"Dá bhrí sin, táimid ag plé cé ba chóir dul chuig an Rakshasi"

"We are therefore discussing who should go to the Rakshasi"

"Is féidir leat cúis ár n-anácha a thuiscint anois"
"You can now perceive the cause of our distress"
Bhí an bheirt chairde ag comhairliú le chéile ar feadh cúpla nóiméad.
The two friends consulted together for a few minutes.
Tar éis an ama seo, chríochnaigh siad a gcomhairliúchán.
After this time they concluded their consultation.
Ba é Sahasra-Dal urlabhraí na deartháireacha.
Sahasra-Dal was the spokesman for the brothers.
"A óstach is fiúntaí, ná bíodh brón ort a thuilleadh"
"Most worthy host, do not any longer be sad"
"Bhí sibh an-chineálta linn"
"You have been very kind to us"
"Táimid tar éis cinneadh a dhéanamh bhur fáilteachas a chúiteamh"
"We have resolved to requite your hospitality"
"Rachaimid chuig an teampall in ionad tú"
"We will go to the temple instead of you"
"Rachaimid mar ionadaithe agaibh"
"We shall go as your representatives"
"Beidh muid mar bhia don Rakshasi"
"We will become the food of the Rakshasi"
Rinne an teaghlach ar fad agóid i gcoinne an togra.
The whole family protested against the proposal.
D'fhógair siad go raibh aíonna cosúil le déithe.
They declared that guests were like gods.
"Ní mór don óstach compord na n-aíonna a chinntiú"
"The host must ensure the comfort of the guests"
"Níor cheart go mbeadh na haíonna ag fulaingt ar son an óstaigh"
"The guests must not suffer for the host"
Ach níorbh fhéidir an bheirt strainséirí a chur ina luí.
But the two strangers could not be persuaded.
"Seasfaimid mar ionadaithe do do theaghlach"
"We will stand as proxies for your family"
Bhí go leor agóide i gcoinne an togra.
There was a great deal of objection to the proposal.

Ach sa deireadh thiar thall, chuir na haíonna ina luí ar a n-óstach.

But eventually the guests persuaded their hosts.

Ar deireadh thoiligh na hóstach leis an socrú.

Finally the hosts consented to the arrangement.

Chuaigh Sahasra-Dal agus Champa-Dal ar a gcapaill.

Sahasra-Dal and Champa-Dal rode off on their horses.

Díreach i ndiaidh lasadh na coinnle shroich siad an teampall.

Immediately after candle light they reached the temple.

Chuaigh siad isteach sa teampall, agus dhún siad an doras.

They went into the temple, and shut the door.

Dúirt Sahasra lena dheartháir dul a chodladh.

Sahasra told his brother to go to sleep.

"Gardóidh mé do chodladh"

"I will guard over your sleep"

"Beidh mé ag faire amach don Rakshasi uafásach"

"I will watch out for the terrible Rakshasi"

Go gairid ina dhiaidh sin, bhí Champa ina chodladh go maith.

Champa was soon in a fine sleep.

Luigh Sahasra ina dhúiseacht, ag fanacht leis na Rakshasi.

Sahasra lay awake, waiting for the Rakshasi.

Níor tharla aon rud i rith uaireanta beaga na hoíche.

Nothing happened during the early hours of the night.

Ach ansin chuala clog an rí gong.

But then the gong of the king's bell sounded.

Meán oíche a bhí ann, uair marbh na hoíche.

It was midnight, the dead hour of the night.

Chuala Sahasra an fhuaim mar a bheadh stoirm ag borradh.

Sahasra heard the sound as of a rushing tempest.

Bhain sé úsáid as an eolas a bhí aige ar Rakshasas.

He used the knowledge he had of Rakshasas.

Chríochnaigh sé go raibh an Rakshasi gar.

He concluded the Rakshasi was nigh.

Chualas cnag toirneach ar an doras.

A thundering knock was heard at the door.
Chuala na focail seo a leanas an cnag ar an doras:
The following words accompanied the knock at the door:
"Conas, bain, khow! Boladh duine daonna atá agam"
"How, mow, khow! A human being I smell"
"Cé a choinníonn garda taobh istigh den teampall seo?"
"Who keeps guard inside this temple?"
Thug Sahasra-Dal an freagra seo a leanas ar an gceist seo:
To this question Sahasra-Dal made the following reply:
"Coinníonn Sahasra-Dal garda taobh istigh den teampall seo"
"Sahasra-Dal keeps guard inside this temple"
"Coinníonn Champa-Dal garda taobh istigh den teampall seo"
"Champa-Dal keeps guard inside this temple"
"Coinníonn dhá chapall sciathánacha garda taobh istigh den teampall seo"
"Two winged horses keep guard inside this temple"
Shreabh fuil Rakshasa trí féitheacha Sahasra-Dal.
Rakshasa blood flowed through Sahasra-Dal's veins.
Bhí a fhios ag na Rakshasi nach raibh Sahasra-Dal daonna.
The Rakshasi knew Sahasra-Dal was not human.
Agus mar sin chas an Rakshasi uaidh le hosna.
And so the Rakshasi turned away with a groan.
Tar éis uair an chloig d'fhill an Rakshasi ar an teampall.
After an hour the Rakshasi returned to the temple.
Bhuail an Rakshasi torann ar an doras arís.
The Rakshasi thundered at the door again.
"Conas, bain, khow! Boladh duine daonna atá agam"
"How, mow, khow! A human being I smell"
"Cé a choinníonn garda taobh istigh den teampall seo?"
"Who keeps guard inside this temple?"
D'fhreagair Sahasra-Dal arís ar an gceist seo:
To this question Sahasra-Dal again replied:
"Coinníonn Sahasra-Dal garda taobh istigh den teampall seo"
"Sahasra-Dal keeps guard inside this temple"

"Coinníonn Champa-Dal garda taobh istigh den teampall seo"

"Champa-Dal keeps guard inside this temple"

"Coinníonn dhá chapall sciathánacha garda taobh istigh den teampall seo "

"Two winged horses keep guard inside this temple"

Lig an Rakshasi osna arís agus d'imigh sé leis.

The Rakshasi again groaned and went away.

Ag a dó a chlog tháinig an Rakshasi i láthair arís.

At two o'clock the Rakshasi appeared once more.

Agus ag a trí a chlog tháinig an Rakshasi arís.

And at three o'clock the Rakshasi came again.

Gach uair rinne an Rakshasi an fiosrúchán céanna.

Each time the Rakshasi made the same inquiry.

Agus gach uair d'imigh an Rakshasi le hosna.

And each time the Rakshasi left with a groan.

Tar éis a trí a chlog, áfach, bhraith Sahasra-Dal an-chodladh.

After three o'clock, however, Sahasra-Dal felt very sleepy.

Ní fhéadfadh sé fanacht ina dhúiseacht a thuilleadh.

He could not any longer keep awake.

Dá bhrí sin, dhúisigh sé Champa.

He therefore roused Champa.

Agus dúirt sé leis garda a choinneáil ar an teampall.

And he told him to keep guard over the temple.

"Tiocfaidh an Rakshasi arís i gceann uair an chloig"

"The Rakshasi will come again in an hour"

"Fiafróidh an Rakshasi cé a choinníonn garda anseo"

"The Rakshasi will ask who keeps guard here"

"Ní mór duit ainm Sahasra a lua ar dtús"

"You must mention Sahasra's name first"

Tar éis na treoracha seo a thabhairt dó chuaigh sé a chodladh.

Having given these instructions he went to sleep.

Ag a ceathair a chlog tháinig an Rakshasi i láthair arís.

At four o'clock the Rakshasi again made her appearance.

Bhuail an Rakshasi torann ag an doras, agus dúirt sé:

The Rakshasi thundered at the door, and said:

"Conas, bain, khow! Boladh duine daonna atá agam"
"How, mow, khow! A human being I smell"
"Cé a choinníonn garda taobh istigh den teampall seo?"
"Who keeps guard inside this temple?"
Bhí Champa-Dal faoi scanradh uafásach.
Champa-Dal was in a terrible fright.
Bhí dearmad déanta aige ar threoracha a dhearthár.
He had forgotten the instructions of his brother.
"Coinníonn Champa-Dal garda taobh istigh den teampall seo"
"Champa-Dal keeps guard inside this temple"
"Coinníonn Sahasra-Dal garda taobh istigh den teampall seo"
"Sahasra-Dal keeps guard inside this temple"
"Coinníonn dhá chapall sciathánacha garda taobh istigh den teampall seo"
"Two winged horses keep guard inside this temple"
Lig an Rakshasi scairt ardluacha amach.
The Rakshasi uttered a shout of exultation.
Agus gáire an Rakshasi mar a féidir le deamhain amháin gáire a dhéanamh.
And the Rakshasi laughed how only demons can laugh.
Le torann uafásach phléasc an doras oscailte.
With a dreadful noise the door broke open.
Dhúisigh an torann Sahasra as a chodladh.
The noise roused Sahasra from his sleep.
Laistigh de nóiméad léim sé ar a chosa.
Within a moment he sprung to his feet.
Ní hamháin i rith an lae a bhí a chlaíomh leis.
He had his sword with him not only by day.
Bhí a chlaíomh leis san oíche freisin.
He had his sword with him by night too.
Bhí a chlaíomh chomh solúbtha le duilleog pailme.
His sword was as supple as a palm-leaf.
Agus ghearr sé ceann an Rakshasi de.
And he cut off the head of the Rakshasi.
Thit an sliabh ollmhór de chorp ar an talamh.

The huge mountain of a body fell to the ground.
Rinne an corp torann mór nuair a thit sé.
The body made a great noise when it fell.
Agus chlúdaigh an corp go leor acra máguaird.
And the body covered many surrounding acres.
Choinnigh Sahasra-Dal ceann scoite an Rakshasi.
Sahasra-Dal kept the severed head of the Rakshasi.
Agus chodail sé arís leis an gceann in aice leis.
And he slept again with the head near him.

Go moch ar maidin tháinig roinnt gearrthóirí adhmaid.
Early in the morning some wood-cutters came.
Bhí na gearrthóirí adhmaid ag dul thart in aice leis an teampall.
The wood-cutters were passing near the temple.
Chonaic na gearrthóirí adhmaid an corp ollmhór ar an talamh.
The wood-cutters saw the huge body on the ground.
Mar sin shiúil siad i dtreo an teampaill.
So they walked towards the temple.
Go gairid chonaic siad gur corp marbh a bhí ann.
Soon they saw that it was a carcass.
Conablach an Rakshasi uafásaigh.
The carcass of the terrible Rakshasi.
An Rakshasi a bhí beagnach tar éis an talamh a dhídhaonraiú.
The Rakshasi that had nearly depopulated the land.
Bhí duaischiste ann don Rakshasi seo.
There had been a bounty for this Rakshasi.
Thairg an rí lámh a iníne.
The king offered the hand of his daughter.
Agus bhí leath na ríochta tairgthe ag an rí.
And the king had offered half the kingdom.
Dhéanfadh sé trádáil air go léir ar son cheann an Rakshasi.
He would trade it all for the head of the Rakshasi.
Ní fhaca na gearrthóirí adhmaid aon éilitheoir i láthair.
The wood-cutters saw no claimant at hand.

Mar sin chuaigh siad chun an luach saothair a fháil.
So they went to get the reward.
Ghearr gach gearrthóir adhmaid géag den Rakshasi.
Each wood-cutter cut off a limb from the Rakshasi.
Agus chuaigh gach gearrthóir adhmaid chuig an rí.
And each wood-cutter went to the king.
Agus rinne gach gearrthóir adhmaid iarracht an luach saothair a éileamh.
And each wood-cutter tried to claim the reward.
"Is mise scriostóir an mhóir-itheora fear"
"I am the destroyer of the great man eater"
"Tháinig mé chun mo luach saothair a éileamh"
"I have come to claim my reward"
Bhí a fhios ag an rí nach bhféadfadh ach laoch amháin a bheith ann.
The king knew there could only be one hero.
Mar sin rinne sé fiosrúchán lena aire.
So he made an inquiry with his minister.
"Cén teaghlach a bhí i mbun a sheal aréir?"
"What family's turn was it last night?"
"Agus cé hé ceann an teaghlaigh sin?"
"And who is the head of that family?"
Chuaigh aire an rí amach chun an teaghlach a aimsiú.
The king's minister set out to find the family.
Thug sé ceann an teaghlaigh chuig an rí.
He brought the head of the family to the king.
Agus d'inis ceann an teaghlaigh faoina aíonna.
And the head of the family told of his guests.
"Tháinig beirt taistealaithe óga chugam aréir"
"Last night two youthful travelers came to me"
"Thairg muid a bheith ina n-óstach dóibh don oíche"
"We offered to be their hosts for the night"
"Go luath fuair siad amach an fhadhb a bhí againn"
"Soon they discovered the problem we had"
"Agus thairg siad go deonach ár n-áit a ghlacadh"
"And they volunteered to take our place"
"Chuaigh siad go dtí an teampall, in ionad duine againn"

"They went to the temple, instead of one of us"

Thug an rí a chuid fear leis go dtí an teampall.

The king took his men to the temple.

Briseadh doras an teampaill ar oscailt.

The door of the temple was broken open.

Fuair siad an bheirt deartháireacha ina gcodladh.

They found the two brothers sleeping.

Agus bhí na capaill sábháilte sa teampall freisin.

And the horses were safe in the temple too.

Agus bhí ceann an Rakshasi ann freisin.

And the head of the Rakshasi was there too.

Ní raibh aon amhras faoi cé a mharaigh an ollphéist.

There was no doubt about who had killed the monster.

Bhí an laoch fíor aimsithe.

The real hero had been discovered.

Agus choinnigh an rí dílis dá bhriathar.

And the king kept true to his word.

Thug sé lámh a iníne do Sahasra-Dal.

He gave the hand of his daughter to Sahasra-Dal.

Agus thug sé leath a ríochta dó freisin.

And he gave him half his kingdom too.

D'fhan Champa-Dal lena chara.

Champa-Dal remained with his friend.

Agus rinne sé áthas i rathúnas Sahasra-Dal.

And he rejoiced in Sahasra-Dal's prosperity.

Agus bhí cónaí orthu le chéile go sona sásta ar feadh tamaill.

And they lived together happily for some time.

Ach lá amháin tharla míthuiscint eatarthu.

But one day a misunderstanding arose between them.

Bhí cailín aimsire áirithe ag an mbanríon-mháthair.

The queen-mother had a certain maid-servant.

Ba í an seirbhíseach tí seo an bhean tí ba úsáidí.

This maid-servant was the most useful domestic.

D'fhéadfadh sí a lámh a chasadh ar aon tasc.

She could turn her hand to any task.

Agus bhí neart neamhghnách aici do bhean.

And she had uncommon strength for a woman.
Ní raibh easpa intleachta uirthi ach an oiread.
Her intelligence was not lacking either.
Agus bhí méid suntasach fuinnimh aici.
And she had a remarkable amount of energy.
Bheadh sí in easnamh go gasta sa phálás.
She would have been quickly missed in the palace.
Bhí an zenana ag brath go hiomlán uirthi.
The zenana was completely dependent on her.
Dá bhrí sin, bhí meas mór ar a seirbhísí.
Hence her services were highly valued.
Bhí meas mór ag an mbanríon-mháthair uirthi.
The queen-mother appreciated her very much.
Agus bhí meas ag mná an pháláis uirthi freisin.
And the ladies of the palace valued her too.
Ach ní bean a bhí sa bhean luachmhar seo.
But this valuable woman was not a woman.
Rakshasi a bhí sa bhean seo.
What this woman was was a Rakshasi.
Bhí cuma mná uirthi.
She had put on the appearance of a woman.
Bhí a cúiseanna mailíseacha féin aici leis seo a dhéanamh.
She had her own nefarious reasons for doing this.
Agus ansin ghlac sí seirbhís sa teaghlach ríoga.
And then she took service in the royal household.
San oíche ghlacfadh sí a fíor-chruth féin.
At night she used to assume her own real form.
Nuair a bhí gach duine sa phálás ina gcodladh.
When everyone in the palace was asleep.
Agus ansin chuaigh sí thart ag cuardach bia.
And then she went about in search of food.
Mar nár sásaíodh a hocras ag an bpálás.
Because her hunger was not satisfied at the palace.
Teastaíonn i bhfad níos mó bia ó Rakshasi ná mar a theastaíonn ó fhear nó bean.
A Rakshasi needs much more food than a man or woman.
Ag an am seo ní raibh aon bhean chéile ag Champa-Dal.

At this time Champa-Dal had no wife.

Mar sin, is minic a chodladh sé lasmuigh den zenana.

So he often slept outside the zenana.

Ní raibh sé i bhfad ó gheata seachtrach an pháláis.

He was not far from the outer gate of the palace.

Agus as sin d'fhéadfadh sé breathnú uirthi.

And from there he could observe her.

Chonaic sé í ag ithe gabhar agus caoirigh éagsúla.

He saw her devouring sundry goats and sheep.

Agus chonaic sé í ag slogadh capaill agus eilifintí.

And he saw her devouring horses and elephants.

Ní raibh sé seo go maith don chailín seirbhíseach ar ndóigh.

This of course was not good for the maid-servant.

Bhí Champa-Dal ag cur isteach ar a suipéar.

Champa-Dal was in the way of her supper.

Mar sin bhí sí diongbháilte fáil réidh leis.

So she was determined to get rid of him.

Lá amháin chuaigh sí chuig an mbanríon-mháthair.

One day she went to the queen-mother.

"Banríon-mháthair," a dúirt sí léi.

"Queen-mother," she said to her.

"Ní féidir liom oibriú sa phálás a thuilleadh"

"I can no longer work in the palace"

"Cén fáth?" a d'fhiafraigh an bhanríon-mháthair.

"Why?" asked the queen-mother.

"Cad atá ort, a Dhaisi," a bhí sí ag iarraidh a fháil amach.

"What is the matter, Dasi" she wanted to know.

"Conas is féidir liom leanúint ar aghaidh gan tú?"

"How can I go on without you?"

"Inis dom cad iad na cúiseanna atá agat le himeacht"

"Tell me your reasons for leaving"

Mhínigh an seirbhíseach a cás.

The maid-servant explained her situation.

"Níl ionam ach bean bhocht sa phálás seo"

"I am but a poor woman in this palace"

"Ní féidir le bean cosúil liomsa a honóir a chaomhnú anseo"

"A woman like me can't preserve her honor here"

"Tá cara ag do mhac céile, Champa-Dal"

"Your son-in-law has a friend, Champa-Dal"

"Bíonn sé i gcónaí ag magadh faoi rud éigin mígheanasach liom"

"He always cracks indecent jokes with me"

"B'fhearr liom mo rís a iarraidh ná mo onóir a chailleadh"

"I would rather beg for my rice than to lose my honor"

"Má fhanann Champa-Dal sa phálás caithfidh mé imeacht"

"If Champa-Dal remains in the palace I must go away"

Bhí an seirbhíseach gan sárú sa phálás.

The maid-servant was irreplicable in the palace.

Bhí a fhios ag an mbanríon-mháthair cén íobairt a bhí le déanamh.

The queen-mother knew what sacrifice to make.

Bheadh ar Champa-Dal an pálás a fhágáil.

Champa-Dal was going to have to leave the palace.

Agus d'inis sí a cúiseanna go léir do Sahasra-Dal.

And she told Sahasra-Dal all her reasons.

"Is drochfhear é Champa-Dal"

"Champa-Dal is a bad man"

"Tá a charachtar agus a mhoráltacht scaoilte"

"His character and morals are loose"

"Caithfidh sé an pálás seo a fhágáil láithreach."

"He must leave this palace at once"

Rinne Sahasra-Dal a dhícheall í a chur ina luí ar a mhalairt.

Sahasra-Dal did his best to persuade her otherwise.

Phléadáil sé go dúthrachtach thar ceann a chara.

He earnestly pleaded on behalf of his friend.

Ach bhí a chuid iarrachtaí gan tairbhe.

But his efforts were in vain.

Bhí a intinn déanta ag an mbanríon-mháthair.

The queen-mother had made up her mind.

B'éigean é a thiomáint amach as an bpálás.

He had to be driven out of the palace.

Ní raibh an misneach ag Sahasra-Dal a insint dá chara.

Sahasra-Dal had not the courage to tell his friend.

Dá bhrí sin scríobh sé litir chuige.

He therefore wrote a letter to him.
Sa litir bhí sé doiléir faoin gcúis.
In the letter he was vague about the reason.
Ach ar aon nós, bheadh air imeacht.
But either way, he was going to have to leave.
Chuaigh Champa-Dal ag folcadh.
Champa-Dal went to have a bath.
Agus cuireadh an litir ina sheomra.
And the letter was put in his room.
Bhí Champa-Dal brónach nuair a léigh sé an litir.
Champa-Dal was grieved upon reading the letter.
Chuaigh sé ar a chabhlach capall.
He mounted his fleet of horses.
Agus ar a chapaill, d'fhág sé an pálás.
And on his horses, he left the palace.

Bhí capaill Champa thar a bheith gasta.
Champa's horses were uncommonly fleet.
Go gairid bhí na mílte míle taistealaithe aige.
Soon he had traversed thousands of miles.
Agus sa deireadh shroich sé cathair nua.
And eventually he reached a new city.
Sheas sé ag geata pálás iontach.
He stood at the gateway of a magnificent palace.
Dhírigh sé dá chapall.
He dismounted from his horse.
Agus chuaigh sé isteach sa phálás.
And he entered the palace.
Ach sa phálás níor casadh aon chréatúr air.
But in the palace he met not a single creature.
Chuaigh sé ó árasán go hárasán.
He went from apartment to apartment.
Bhí na seomraí uile maisithe go saibhir.
All the rooms were richly furnished.
Ach ní raibh cónaí ar aon cheann de na seomraí.
But none of the rooms were lived in.
Ach sa deireadh tháinig sé chuig seomra eile.

But in the end he came to a different room.
Sa seomra seo bhí bean óg.
In this room there was a young lady.
Bhí áilleacht neamhaí ar an mbean óg.
The young lady was of heavenly beauty.
Agus bhí sí ina luí ar leaba álainn.
And she was lying down on a splendid bedstead.
Bhí an bhean óg álainn ina codladh.
The beautiful young lady was asleep.
D'fhéach Champa-Dal ar an áilleacht chodladh.
Champa-Dal looked upon the sleeping beauty.
Bhí sé gafa leis an méid a bhí á fheiceáil aige.
He was captivated by what he was seeing.
Ní fhaca sé aon bhean chomh hálainn.
He had not seen any woman so beautiful.
Ar an leaba bhí dhá mhaide.
Upon the bed there were two sticks.
Bhí an dá mhaide in aice le ceann na mná.
The two sticks were near the woman's head.
Bhí ceann de na bataí déanta as airgead.
One of the sticks was made of silver.
Agus bhí an bata eile déanta as ór.
And the other stick was made of gold.
Thóg Champa an bata airgid ina láimh.
Champa took the silver stick into his hand.
Agus leis an maide bhain sé le corp na mná uaisle.
And with the stick he touched the body of the lady.
Ach ní raibh aon athrú le feiceáil ar a codladh.
But no change was perceptible to her sleep.
Ansin thóg sé an bata óir.
He then took up the gold stick.
Agus leis an maide bhain sé le corp na mná uaisle.
And with the stick he touched the body of the lady.
An uair seo dhúisigh an bhean óg.
This time the young lady did awake.
Agus súil aici ar an strainséir, d'fhiafraigh sí cé hé.
Eyeing the stranger, she inquired who he was.

"Is mise Champa-Dal," a dúirt sé léi.

"I am Champa-Dal," he told her.

"Bhí Bráhman bocht, gan chiall ann tráth."

"There was once a poor dimwitted Brahman"

"Bhí bean chéile ag an bhfear amadánach seo, ach ní raibh clann aige"

"This dimwitted man had a wife, but no children"

"Ach is dócha gurbh fhearr dó gan clann a bheith aige"

"But him not having children was probably for the best"

"Mar is ar éigean a bhí sé in ann freastal ar a chuid riachtanas féin"

"Because he was barely able to meet his own needs"

"Agus is ar éigean a bhí sé in ann dóthain a sholáthar dá bhean chéile"

"And he could hardly supply enough for his wife"

"Ach ní raibh a mhí-intinn fiú ina fhadhb ba mhó aige"

"But his dimwittedness was not even his biggest problem"

Agus lean sé leis an scéal mar a leanamar é.

And he continued the story as we have followed it.

"Chinn mo mháthair go raibh a cinniúint séalaithe"

"My mother concluded her fate was sealed"

"Agus cheap sí go mbeadh an chinniúint chéanna le sárú ag m'athair"

"And she thought my father would meet the same fate"

"Agus ní raibh sí ag súil go sábhálfaí mé ach an oiread"

"And she did not expect me to be spared either"

"An oíche sin níor chodail sí ar chor ar bith"

"That night she hardly slept at all"

"Chuir an Rakshasi cosc uirthi m'athair a fheiceáil"

"The Rakshasi had prevented her from seeing my father"

"Go moch ar maidin dár gcionn chuaigh mé ar scoil"

"Early next morning I went to school"

"Sula ndeachaigh mé ar scoil thug sí buidéal órga dom"

"Before I went to school she gave me a golden bottle"

"Sa bhuidéal órga bhí a bainne cíche féin"

"In the golden bottle was her own breast milk"

"Dúradh liom dath an bhainne a choinneáil faoi ghlas"

"I was told to carefully watch the colour of the milk"
Agus lean sé leis an scéal mar a leanamar é.
And he continued the story as we have followed it.
"Seasfaimid mar ionadaithe do do theaghlach"
"We will stand as proxies for your family"
"Bhí go leor agóide i gcoinne ár dtogra"
"There was a great deal of objection to our proposal"
"Ach sa deireadh chuireamar ár n-óstaigh ina luí"
"But eventually we persuaded our hosts"
"Ar deireadh thoiligh na hóstach leis an socrú"
"Finally the hosts consented to the arrangement"
Agus lean sé leis an scéal mar a leanamar é.
And he continued the story as we have followed it.
"Mar sin, is minic a chodail mé lasmuigh den zenana"
"So I often slept outside the zenana"
"Ní raibh mé i bhfad ó gheata seachtrach an pháláis"
"I was not far from the outer gate of the palace"
"Agus as sin bhí mé in ann breathnú uirthi"
"And from there I could observe her"
"Chonaic mé í ag ithe gabhair agus caoirigh éagsúla "
"I saw her devouring sundry goats and sheep"
"Agus chonaic mé í ag slugadh capaill agus eilifintí"
"And I saw her devouring horses and elephants"
Agus lean sé leis an scéal mar a leanamar é.
And he continued the story as we have followed it.
"Lá amháin cuireadh litir i mo sheomra"
"One day a letter was put in my room"
"Bhí brón orm nuair a léigh mé an litir"
"I was grieved upon reading the letter"
"Chuir mé mo chabhlach capall ar muir"
"I mounted my fleet of horses"
"Agus ar mo chapaill d'fhág sé an pálás"
"And on my horses he left the palace"
"Tá mo chapall thar a bheith gasta"
"My horse are uncommonly fleet"
"Go gairid bhí na mílte míle taistealaithe agam"
"Soon I had traversed thousands of miles"

"Agus sa deireadh shroich mé cathair nua"
"And eventually I reached a new city"
Agus lean sé leis an scéal mar a leanamar é.
And he continued the story as we have followed it.
"Thóg mé an bata airgid ina láimh"
"I took the silver stick into his hand"
"Agus leis an maide bhain mé le do chorp"
"And with the stick I touched your body"
"Ach ní raibh aon athrú le feiceáil ar do chodladh"
"But no change was perceptible to your sleep"
"Ansin thóg mé an bata óir"
"I then took up the gold stick"
Agus leis an maide bhain sé le do chorp.
And with the stick he touched your body.
"An uair seo dhúisigh tú as do chodladh"
"This time you did awake from your sleep"
Bhí an bhean óg tar éis éisteacht le scéal Champa-Dal.
The young lady had listened to Champa-Dal's story.
Ba banphrionsa í an bhean óg i ndáiríre.
The young lady was in fact a princess.
"A dhuine mhíshásta! cén fáth ar tháinig tú anseo?"
"Unhappy man! why have you come here?"
"Is í seo tír na Rakshasas"
"This is the country of Rakshasas"
"Ní lú ná seacht gcéad Rakshasas ina gcónaí anseo"
"No less than seven hundred Rakshasas live here"
"Gach maidin imíonn na Rakshasas"
"Every morning the Rakshasas leave"
"Téann siad go dtí an taobh eile den aigéan"
"They go to the other side of the ocean"
"Agus tá siad ag cuardach soláthairtí ann"
"And they search for provisions there"
"Agus roimh luí na gréine filleann siad arís"
"And before dusk they return again"
"Bhí m'athair ina rí sna réigiúin seo"
"My father was king in these regions"
"Bhí na milliúin ábhar ina ríocht"

"His kingdom had millions of subjects"
"Bhí cónaí orthu i mbailte agus i gcathracha rathúla"
"They lived in flourishing towns and cities"
"Ach rinne na Rakshasas ionradh roinnt blianta ó shin"
"But some years ago the Rakshasas invaded"
"Agus shlog siad gach duine de mhuintir na ríochta"
"And they devoured all the subjects of the kingdom"
"D'ith na Rakshasas m'athair agus mo mháthair"
"The Rakshasas devoured my father and my mother"
"D'ith na Rakshasas mo dheartháireacha agus mo dheirfiúracha"
"The Rakshasas devoured my brothers and sisters"
"Agus d'ith siad gach eallach sa tír"
"And they devoured all the cattle of the country"
"Níl aon duine beo sna réigiúin seo"
"There is no living human being in these regions"
"Is mise an duine beo deireanach atá fágtha"
"I am the last human living left"
"Bheadh mise féin slugtha fadó freisin"
"I too would have been devoured long ago"
"Ach tháinig dúil mhór agam i sean-Rakshasi"
"But an old Rakshasi took a liking to me"
"Cuireann sí cosc ar na Rakshasas eile mé a ithe"
"She prevents the other Rakshasas from eating me"
"An bhfeiceann tú na bataí airgid agus óir sin?"
"Do you see those sticks of silver and gold?"
"Gach maidin maraíonn sí mé leis an maide airgid"
"Every morning she kills me with the silver stick"
"Gach tráthnóna athbheochan sí mé leis an maide óir"
"Every evening she re-animates me with the gold stick"
"Níl a fhios agam conas comhairle a thabhairt duit"
"I do not know how to advise you"
"Má fheiceann na Rakshasas thú, is fear marbh thú"
"If the Rakshasas see you, you are a dead man"
Ansin labhair siad ar bhealach an-ghrámhar.
Then they talked in a very affectionate manner.
Agus leag siad a gcinn le chéile.

And they laid their heads together.
Agus shíl siad bealach éalaithe a cheapadh.
And they thought to devise a means of escape.
Bealach éigin le éalú ó lámha na Rakshasas.
Some way to get out of the hands of the Rakshasas.

Bhí uair fhilleadh na Rakshasas ag teacht.
The hour of the return of the Rakshasas was coming.
Bhí na seacht gcéad fear-ithe feola ag filleadh go luath.
The seven hundred flesh-eaters were soon returning.
Ghlaoigh Keshavati ar Champa-Dal.
Keshavati called out to Champa-Dal.
(Mar gurbh é sin ainm na banphrionsa)
(Because that was the name of the princess)
"Folaigh thú féin i gcarn na tríolóige naofa"
"Hide yourself in the heaps of the sacred trefoil"
Ach ar dtús thog Champ Dal an bata airgid.
But first Champ Dal picked up the silver stick.
Bhain sé le Keshavati leis an maide airgid.
He touched Keshavati with the silver stick.
Agus a luaithe is a bhain sé léi, fuair sí bás.
And as soon as he touched her, she died.
Ansin chuaigh sé go lár theampall Shiva.
Then he went to the center of the temple of Siva.
Agus d'fholaigh sé faoi na carnáin trídhuilleog naofa.
And he hid beneath the heaps of sacred trefoil.
Óna áit fholaigh chuala sé fuaim na gaoithe ag ruaigeadh.
From his hiding place he heard the sound of wind rushing.
Ansin chuala sé torann uafásach sa phálás.
Then he heard terrible noises in the palace.
Bhí na Rakshasas tagtha abhaile óna bhfiach.
The Rakshasas had come home from their hunt.
Bhí a mbolg líonta acu le feoil.
They had filled their stomachs with meat.
Gabhair, caoirigh, ba, capaill, buabhaill éagsúla.
Sundry goats, sheep, cows, horses, buffaloes.
Agus bhí eilifintí sluagtha acu freisin.

And they had devoured elephants too.

D'fhill an sean-Rakshasi ar an bpálás freisin.

The old Rakshasi returned to the palace too.

Chuaigh sí go seomra na banphrionsa codlata.

She went to the room of the sleeping princess.

Agus dhúisigh sí í leis an maide déanta as ór.

And she woke her with the stick made of gold.

"Hí, mé, mé! Boladh duine atá agam"

"Hye, mye, khye! A human being I smell"

"Is mise an t-aon duine daonna anseo," a dúirt an banphrionsa.

"I am the only human being here," said the princess.

"Ith mé más mian leat," a dúirt Keshavati.

"Eat me if you like," added Keshavati.

D'fhreagair an Rakshasi seo:

To this the Rakshasi replied:

"Lig dom do naimhde a ithe suas"

"Let me eat up your enemies"

"Cén fáth a n-íosfainn thú?" a d'fhiafraigh sí den bhanphrionsa.

"Why should I eat you?" she asked the princess.

Leag sí í féin síos ar an talamh.

She laid herself down on the ground.

Bhí sí chomh fada agus chomh hard le Cnocáin Vindhya.

She was as long and high as the Vindhya Hills.

Agus sa phost seo thit sí ina codladh.

And in this position she fell asleep.

Thit na Rakshasas agus na Rakshasis eile ina gcodladh go luath freisin.

The other Rakshasas and Rakshasis soon fell asleep too.

Mar bhí siad tuirseach óna saothar ollmhór.

Because they were tired from their gigantic labor.

Chuaigh Keshavati i bhfostú freisin.

Keshavati also composed herself to sleep.

Ach níor leomh Champa teacht amach ó faoi na duilleoga.

But Champa did not dare to come out from under the leaves.

Agus rinne sé a dhícheall guí le dia na suaimhnis.

And he tried his best to pray to the god of repose.

Ag breacadh an lae d'éirigh na seacht gcéad Rakshasas arís.
At daybreak all seven hundred Rakshasas got up again.
Chuaigh siad ar a dturas creiche is gnách.
They went on their usual predatory excursion.
Agus chuaigh an sean-Rakshasi leo.
And along with them went the old Rakshasi.
Ach ar dtús thog an sean-Rakshasi an bata airgid.
But first the old Rakshasi picked up the silver stick.
Agus bhain sí le Keshavati leis an maide airgid.
And she touched Keshavati with the silver stick.
Go gairid bhí an cósta glan do Champa-Dal.
Soon the coast was clear for Champa-Dal.
Agus leomh sé teacht amach ó faoin gcarn duilleogach.
And he dared to come out from under the pile of leaves.
Shiúil sé ar ais isteach i seomra na banphrionsa.
He walked back into the room of the princess.
Agus bhain sé léi leis an maide órga.
And he touched her with the golden stick.
Agus tháinig an banphrionsa ar ais óna bás arís.
And the princess revived from her death again.
Shiúil siad thart sna gairdíní.
They sauntered about in the gardens.
Bhain siad taitneamh as gaoth fhionnuar na maidine.
They enjoyed the cool breeze of the morning.
D'fholc siad i linn uisce gléineach.
They bathed in a lucid pool of water.
Agus d'ith agus d'ól siad bia sa phálás.
And they ate and drank food in the palace.
Agus chaith siad an lá i gcomhrá milis.
And they spent the day in sweet converse.
Agus cheap siad plean chun a saortha.
And they concocted a plan for their deliverance.
Bhí Keshavaity chun labhairt leis an sean-Rakshasi.
Keshavaity was going to speak to the old Rakshasi.

Bhí sí chun a fhiafraí de cad a raibh saol Rakshasa ag brath air.

She was going to ask on what a Rakshasa's life depended.

Agus leis an rún sin bhí siad chun gníomhú dá réir.

And with that secret they were going to act accordingly.

Bhí uair fhilleadh na Rakshasas ag teacht arís.

The hour of the return of the Rakshasas was coming again.

Agus tharla na himeachtaí mar a tharla siad an oíche roimhe sin.

And events unfolded as they had the evening before.

Bhí na seacht gcéad fear-ithe feola ag filleadh ar an bpálás.

The seven hundred flesh-eaters were returning to the palace.

Bhain an Seaimpín Dal le Keshavati leis an maide airgid.

Champ Dal touched Keshavati with the silver stick.

Fuair sí bás mar a fuair sí bás an oíche roimhe sin.

She died like the had died the night before.

Chuaigh Champa-Dal go lár theampall Shiva.

Champa-Dal went to the center of the temple of Siva.

D'fholaigh sé faoi na carnáin trídhuilleog naofa arís.

He hid beneath the heaps of sacred trefoil again.

Chuala sé fuaim na gaoithe ag ruaigeadh.

He heard the sound of wind rushing.

Agus chuala sé torann uafásach sa phálás.

And he heard terrible noises in the palace.

Bhí na Rakshasas tagtha abhaile óna bhfiach.

The Rakshasas had come home from their hunt.

Bhí a mbolg líonta acu le feoil.

They had filled their stomachs with meat.

Gabhair, caoirigh, ba, capaill, buabhaill éagsúla.

Sundry goats, sheep, cows, horses, buffaloes.

Agus bhí eilifintí sluagtha acu freisin.

And they had devoured elephants too.

D'fhill an sean-Rakshasi ar an bpálás freisin.

The old Rakshasi returned to the palace too.

Chuaigh sí go seomra na banphrionsa codlata.

She went to the room of the sleeping princess.

Agus dhúisigh sí í leis an maide déanta as ór.
And she woke her with the stick made of gold.
"Hí, mé, mé! Boladh duine atá agam"
"Hye, mye, khye! A human being I smell"
"Is mise an t-aon duine daonna anseo," a dúirt an banphrionsa.
"I am the only human being here," said the princess.
"Ith mé más mian leat," a dúirt Keshavati.
"Eat me if you like," added Keshavati.
D'fhreagair an Rakshasi seo:
To this the Rakshasi replied:
"Lig dom do naimhde a ithe suas"
"Let me eat up your enemies"
"Cén fáth a n-íosfainn thú?" a d'fhiafraigh sí den bhanphrionsa.
"Why should I eat you?" she asked the princess.
Leag sí í féin síos ar an talamh.
She laid herself down on the ground.
Agus bhí cuma cuid de shléibhte na Himiléithe uirthi.
And she looked like a part of the Himalaya mountains.
Bhí fial d'ola mustaird téite ag Keshavati.
Keshavati had a phial of heated mustard oil.
Agus chuaigh sí i dtreo bhun an Rakshasi.
And she approached the foot of the Rakshasi.
"A Mháthair, tá do chosa tinn ón siúl"
"Mother, your feet are sore from walking"
"Lig dom do chosa tinne a chuimilt le hola"
"Let me rub your sore feet with oil"
Agus thosaigh sí ag cuimilt cosa an Rakshasi le hola.
And she began to rub with oil the Rakshasi's feet.
Ansin thit cúpla deoir ó shúile na banphrionsa.
Then a few tear-drops fell from the eyes of the princess.
Agus thuirling na deora ar chosa an ollphéist.
And the tear-drops landed on the monster's legs.
Bhlais an Rakshasi na deora lena liopaí.
The Rakshasi tasted the tear-drops with her lips.
Agus fuair sí go raibh blas saillte ar na deora.

And she found the tear-drops tasted briny.

"Cén fáth a bhfuil tú ag gol, a stór?" d'fhiafraigh an Rakshasi.

"Why are you weeping, darling?" asked the Rakshasi.

"Cad atá ort?" a bhí sí ag iarraidh a fháil amach.

"What aileth thee?" she wanted to know.

Rinne an banphrionsa iarracht stop a chur le caoineadh.

The princess tried to stop herself from crying.

"A Mháthair, táim ag gol mar tá tú sean"

"Mother, I am weeping because you are old"

"Nuair a gheobhaidh tú bás, sluigfidh duine de na Rakshasas mé"

"When you die one of the Rakshasas will devour me"

"Nuair a gheobhaidh mé bás?! Ná bí amaideach, a chailín"

"When I die?! Don't be foolish, girl"

"Nach bhfuil a fhios agat nach bhfaigheann Rakshasas bás choíche?"

"Don't you know that Rakshasas never die?"

"Níl muid neamhbhásmhar go nádúrtha"

"We are not naturally immortal"

"Tá rún dár neart"

"There is a secret to our strength"

"Ach ní féidir le haon duine an rún seo a nochtadh"

"But no human can unravel this secret"

"Ach lig dom an rún a insint duit"

"But let me tell you the secret"

"Chun go mbeadh beagán sóláis agat"

"So that you are comforted a little"

"An bhfeiceann tú an linn uisce sa phálás?"

"Do you see the pool of water in the palace?"

"Sa linn uisce sin tá Sphatikasthamba"

"In that pool of water is a Sphatikasthamba"

"Tá an Sphatikasthamba domhain san uisce"

"The Sphatikasthamba is deep in the water"

"Agus ar an Sphatikasthamba tá dhá bheach"

"And on the Sphatikasthamba are two bees"

"Bheadh ar dhuine tumadh isteach san uisce"

"A human being would have to dive into the water"
"Bheadh ar an duine na beacha a thabhairt amach ar thalamh tirim "
"The human being would have to bring the bees onto dry land"
"Ansin bheadh ar an duine an dá bheach a mharú"
"Then the human being would have to kill the two bees"
"Ach ní féidir le braon dá gcuid fola teagmháil a dhéanamh leis an talamh"
"But not a drop of their blood must touch the ground"
"Ní féidir le duine Rakshasa a mharú ach ansin"
"Only then can a human kill a Rakshasa"
"Ach má bhaineann an fhuil leis an talamh, éireoidh míle Rakshasas"
"But if the blood touches the ground, a thousand Rakshasas will rise"
"Ach cén duine a gheobhaidh amach an rún seo?"
"But what human will find out this secret?"
"Agus cén duine a d'fhéadfadh an gaisce seo a bhaint amach?"
"And what human can achieve this feat?"
"Níl a fhios ag aon duine rún shaol Rakshasa"
"No human knows the secret to the life of a Rakshasa"
"Agus ní féidir le haon duine éacht den sórt sin a bhaint amach"
"And no human can achieve such a feat"
"Mar sin níl aon chúis le bheith brónach, a ghrá geal"
"So there is no reason to be sad, my darling"
"Táim beagnach neamhbhásmhar," a dheimhnigh sí.
"I am practically immortal," she confirmed.
Choinnigh Keshavati an rún ina cuimhne.
Keshavati treasured the secret in her memory.
Agus ansin chuaigh sí ar ais a chodladh.
And then she went back to sleep.

An mhaidin dár gcionn, d'imigh na Rakshasas, mar is gnách.
Next morning the Rakshasas, as usual, went away.

Tháinig Champa amach as a áit fholaigh.

Champa came out of his hiding-place.

Agus dhúisigh sé Keshavati as a codladh.

And he roused Keshavati from her sleep.

D'inis an banphrionsa dó an rún a bhí foghlamtha aici.

The princess told him the secret she had learnt.

Thosaigh Champa-Dal ag ullmhú láithreach.

Champa-Dal immediately started to prepare himself.

Thug sé scian leis chuig an linn snámha.

He brought to the pool a knife.

Agus thug sé méid luaithreach leis.

And he brought a quantity of ashes.

Bhain sé a chuid éadaí troma de.

He took off his heavy clothes.

Chuir sé braon nó dhó d'ola mustaird i ngach cluas.

He put a drop or two of mustard oil into each ear.

Chun cosc a chur ar uisce dul isteach ina chluasa.

To prevent water from entering into his ears.

Shnámh sé amach i lár an uisce.

He swam out into the middle of the water.

Agus as sin chuaigh sé síos isteach sa linn.

And from there he dove down into the pool.

Go gairid shroich sé barr an cholúin chriostail.

Soon he reached the top of the crystal pillar.

Agus ar Sphatikasthamba bhí an dá bheach.

And on Sphatikasthamba were the two bees.

Rug sé greim ar an dá bheach a fuair sé ansin.

He caught hold of the two bees he found there.

Agus shnámh sé suas arís in aon anáil amháin.

And he swam up again in a singular breath.

Thóg sé an scian a bhí fágtha aige ar bhruach an uisce.

He took the knife he had left at the edge of the water.

Agus thar an luaithreach ghearr sé suas na beacha.

And over the ashes he cut up the bees.

Thit braon nó dhó den fhuil ó na beacha.

A drop or two of the blood fell from the bees.

Ach níor bhain a gcuid fola leis an talamh.

But their blood did not touch the ground.
Ina áit sin, thuirling a gcuid fola ar an luaithreach.
Instead, their blood landed on the ashes.
Chualas scread uafásach i gcéin.
A terrible scream was heard at a distance.
Ba é an scread caoineadh na Rakshasas.
The scream was the wailing of the Rakshasas.
Bhí siad go léir ag rith abhaile chomh tapa agus a d'fhéadfaidís.
They were all running home as fast as they could.
Bhí siad ag iarraidh cosc a chur ar na beacha a bheith maraithe.
They wanted to prevent the bees from being killed.
Ach ní raibh siad in ann an pálás a bhaint amach in am.
But they could not reach the palace in time.
Mar bhí na beacha básaithe cheana féin.
Because the bees had already perished.
An nóiméad a maraíodh na beacha, fuair na Rakshasas go léir bás.
The moment the bees were killed, all the Rakshasas died.
Thit a gcorpaigh ar an láthair chéanna a raibh siad ina seasamh.
Their carcasses fell on the very spot they were standing.
Chuir a gcorpaigh bac ar gheata an pháláis anois.
Their carcasses now blocked the gateway of the palace.
Ar an mbealach seo scriosadh na seacht gcéad Rakshasas.
In this manner the seven hundred Rakshasas were destroyed.

Ina dhiaidh sin, phós Champa-Dal agus Keshavati.
Afterwards Champa-Dal and Keshavati got married.
Rinne siad an malartú traidisiúnta garland bláthanna.
They made the traditional exchange of garlands of flowers.
Ní raibh an banphrionsa riamh as an teach.
The princess had never been out of the house.
Mar sin léirigh sí go nádúrtha fonn an domhan lasmuigh a fheiceáil.
So she naturally expressed a desire to see the outer world.

Gach maidin agus tráthnóna théadh siad ar shiúlóidí fada.
Every morning and evening they went on long walks.
Bhí abhainn mhór ann inar theastaigh ó Keshavati snámh.
There was a large river Keshavati wished to bathe in.
Agus í ag níochán, tháinig ceann de ribí gruaige Keshavati de.
As she bathed one of Keshavati's hairs came off.
Bhí nós speisialta ann sna hamanna sin.
There was a special custom in those times.
Níor chaith bean ribín riamh uaithi féin.
A woman never threw away a hair away by itself.
Bhí sliogán mara ag snámh san uisce.
A sea-shell was floating in the water.
Mar sin cheangail Keshavati an snáithe gruaige leis an sliogán mara.
So Keshavati tied the strand of hair to the sea-shell.
Agus ansin d'fhill an lánúin ar an bpálás.
And then the couple returned to the palace.
Idir an dá linn, shnámh an sliogán mara síos an sruth.
Meanwhile the sea-shell floated down the stream.
Agus i gceann tamaill shroich an sliogán mara áit snámha eile.
And in due time the sea-shell reached another bathing spot.
Ba é seo an láthair snámha ar chuaigh Sahasra-Dal chuige.
This was the bathing spot Sahasra-Dal went to.
Anseo a rinne deartháir Champa-Dal a nigh.
Here Champa-Dal's brother performed his ablutions.
Ar an lá seo bhí Sahasra-Dal san uisce.
On this day Sahasra-Dal was in the water.
Bhí sé ag folcadh agus ag snámh lena chairde.
He was bathing and swimming with his friends.
Agus mar sin shnámh an sliogán mara thar na fir.
And so the sea-shell floated past the men.
Bhí giúmar spraíúil ar na fir an lá sin.
The men were in a playful mood that day.
"An té a shroicheann an sliogán mara ar dtús, buafaidh sé"
"Whoever gets to the sea-shell first wins"

Agus mar sin shnámh siad go léir i dtreo na sliogáin mhara.
And so they all swam towards the sea-shell.
Ba é Sahasra-Dal an snámhaí ba láidre i measc a chairde.
Sahasra-Dal was the strongest swimmer among his friends.
Agus mar sin ba é an chéad duine a shroich an sliogán mara.
And so he was the first the reach the sea-shell.
Agus é ag scrúdú na sliogáin mhara, fuair sé gruaig ceangailte léi.
Examining the seashell, he found a hair tied to it.
Ach ba ghruaig d'fhad neamhghnách í.
But it was a hair of extraordinary length.
Ní fhaca sé gruaig chomh fada sin riamh.
He had never seen such a long hair.
Bhí an snáithe gruaige seacht gcubhad go díreach ar fhad.
The strand of hair was exactly seven cubits long.
"Is le bean an snáithe gruaige seo."
"This strand of hair must belong to a woman"
"Agus caithfidh an bhean seo a bheith an-suntasach"
"And this woman must be very remarkable"
"Caithfidh mé a fheiceáil cé hí an bhean iontach seo"
"I must see who this remarkable woman is"
Bhí Sahasra-Dal diongbháilte an bhean iontach a aimsiú.
Sahasra-Dal was determined to find the remarkable woman.
Chuaigh sé abhaile ón abhainn agus é machnamhach.
He went home from the river in a pensive mood.
Agus ní dheachaigh sé ar aghaidh go dtí an zenana le haghaidh bricfeasta.
And he did not proceed to the zenana for breakfast.
Ina áit sin d'fhan sé sa chuid sheachtrach den phálás.
Instead he remained in the outer part of the palace.
Chuala an bhanríon-mháthair faoi dhúlagar Sahasra-Dal.
The queen-mother heard about Sahasra-Dal's melancholy.
Agus chuala sí nach raibh sé tagtha chun bricfeasta.
And she heard he had not come to breakfast.
Mar sin chuaigh sí chuige agus d'fhiafraigh sí de cad é an chúis.
So she went to him and asked the reason.

Thaispeáin sé di an snáithe gruaige a fuair sé.
He showed her the strand of hair he had found.
"Ní mór dom an bhean a bhfuil an snáithe gruaige seo maisithe ar a ceann a fheiceáil"
"I must see the woman who's head this strand of hair adorned"
Bhí an bhanríon-mháthair sásta cabhrú lena cliamhain.
The queen-mother was happy to help her son-in-law.
"An-mhaith," a dúirt sí leis.
"Very well," she said to him.
"Beidh an bhean uasal sin sa phálás go luath agat"
"You shall soon have that lady in the palace"
"Geallaim duit í a thabhairt anseo"
"I promise you to bring her here"
Bhí plean ag an mbanríon mháthair cheana féin.
The queen mother already had a plan.
Bheadh a cailín aimsire is fearr léi go maith sa phost.
Her favourite maid-servant would be good at the job.
Mar bhí an seirbhíseach seo an-acmhainneach.
Because this maid-servant was very resourceful.
Ar ndóigh, ní raibh aithne cheart ag an mbanríon-mháthair ar a cailín aimsire.
Of course the queen-mother did not really know her maid.
Ní raibh a fhios aici gur Rakshasi a bhí ina cailín aimsire is ansa léi.
She did not know her favourite maid was a Rakshasi.
"Faigh amach úinéir an tsnáithe gruaige seo, le do thoil," a d'fhiafraigh sí.
"Please find the owner of this strand of hair," she asked.
Agus d'aontaigh a seirbhíseach go níos mó ná go béasach.
And her maid-servant more than politely agreed.
"Bheadh áthas orm an bhean seo a aimsiú"
"It would my pleasure to find this woman"
"Tabharfaidh mé go dtí an pálás í go luath"
"I will soon bring her to the palace"
"Beidh bád déanta as adhmad Hajol ag teastáil uaim"
"I will need a boat build from Hajol wood"

"Ní mór rámha an bháid a bheith déanta as adhmad Mon-Paban"

"The oars of the boat must be made from Mon-Paban wood"

Go gairid ina dhiaidh sin, rinne na déantóirí bád an bád.

The boat makers soon made the boat.

Agus seoladh an bád ar an sruth.

And the boat was launched on the stream.

Chuaigh an seirbhíseach ar bord an bháid.

The maid-servant went on board of the boat.

Thug sí roinnt ciseán saileach léi.

With her she took some baskets of wicker.

Bhí na ciseáin saileach déanta as ceardaíocht aisteach.

The baskets of wicker were of curious workmanship.

Thug sí roinnt milseán léi freisin.

She also took with her some sweetmeats.

Bhí nimh éigin measctha isteach sna milseáin.

Into the sweetmeats some poison had been mixed.

Shnag sí a méara trí huaire.

She snapped her fingers thrice.

Agus ansin dúirt sí an geasa seo a leanas:

And then she uttered the following charm:

"Bád Hajol! Rámha Mhóin Phabáin!"

"Boat of Hajol! Oars of Mon Paban!"

"Tabhair go dtí an Ghat mé,"

"Take me to the Ghat,"

"An Ghat ina ndéanann Keshavati folcadh"

"The Ghat in which Keshavati bathes"

D'éist an bád lena hordú.

The boat heeded to her command.

Agus d'eitil an bád cosúil le tintreach thar na huiscí.

And the boat flew like lightning over the waters.

Agus d'fhág an bád go leor bailte agus cathracha ina diaidh.

And the boat left many towns and cities behind.

Faoi dheireadh stad an bád ag áit snámha.

At last the boat stopped at a bathing-place.

Bhí a sprioc bainte amach ag an gcailín Rakshasi.

The Rakshasi maid-servant had reached her goal.

Chinn sí gurbh é ghat folctha Keshavati a bhí ann.

She concluded it was the bathing ghat of Keshavati.

Thuirling sí agus na milseáin ina láimh.

She landed with the sweetmeats in her hand.

Chuaigh sí go geata an pháláis agus scread sí os ard:

She went to the gate of the palace, and cried aloud:

"Ó, a Cheshavati! a Cheshavati! Is mise d'aintín"

"Oh Keshavati! Keshavati! I am your aunt"

"A Keshavati, is mise deirfiúr do mháthar"

"Oh Keshavati, I am your mother's sister"

"Tháinig mé chun tú a fheiceáil, a ghrá geal."

"I have come to see you, my darling"

"Tháinig mé tar éis an oiread sin blianta"

"I have come after so many years"

"An bhfuil tú sa bhaile, a Keshavati?" a d'fhiafraigh sí.

"Are you home, Keshavati?" she asked.

Chuala an banphrionsa focail na haintín bréige.

The princess heard the words of the false-aunt.

Tháinig sí amach as a seomra agus go dtí bealach isteach an pháláis.

She came out of her room and to the entrance of the palace.

Ní raibh aon amhras uirthi gurbh í a haintín a bhí ann i ndáiríre.

She had no doubt that it was really her aunt.

Agus thug sí barróg agus phóg sí a haintín.

And she embraced and kissed her aunt.

Ghoil an bheirt acu aibhneacha áthais.

They both wept rivers of joy.

Cé gur cheart go mbeadh a fhios agat gur ghuil an Rakshasi ar dtús.

Although you should know the Rakshasi wept first.

Ghuil Keshavati léi as comhbhá.

Keshavati wept with her out of empathy.

Chreid Champa-Dal freisin gurbh í an Rakshasi a haintín.

Champa-Dal also believed the Rakshasi to be her aunt.

D'ith agus d'ól siad go léir agus bhain siad taitneamh as an ócáid áthasach.

They all ate and drank and enjoyed the happy occasion.
Agus ansin ghlac siad scíth i lár an lae.
And then they took rest in the middle of the day.
Agus cheiliúradh siad arís tráthnóna.
And they celebrated again in the evening.

An lá dár gcionn lean na ceiliúradh ar aghaidh ag bricfeasta.
The next day the celebrations continued at breakfast.
Bhíodh nós ag Champa-Dal codladh i ndiaidh an bhricfeasta.
Champa-Dal had a habit of sleeping after breakfast.
I dtreo an tráthnóna, dúirt an t-aintín líomhnaithe le Keshavati:
Towards afternoon, the supposed aunt said to Keshavati:
"Téimis beirt go dtí an abhainn agus nighimis sinn féin:
"Let us both go to the river and wash ourselves:
D'fhreagair Keshavati, "Conas is féidir linn imeacht anois?"
Keshavati replied, "How can we go now?"
"Tá mo fhear céile ina chodladh," a mhínigh sí.
"My husband is sleeping," she explained.
"Ná bíodh imní ort faoi chodladh d'fhear céile," a dúirt an aintín.
"Do not worry about your husband's sleep," said the aunt.
"Lig dó codladh an oiread agus is mian leis"
"Let him sleep as much as he likes"
"Lig dom na milseáin seo a chur in aice a leapa"
"Let me put these sweetmeats near his bedside"
"Ar an mbealach sin, nuair a dhúisíonn sé, bíonn rud éigin le hithe aige"
"That way, when he awakes, he has something to eat"
Ansin chuaigh siad go dtí bruach na habhann.
Then they then went to the river-side.
Chuaigh siad gar don áit a raibh an bád.
They went close to the spot where the boat was.
Ó chian chonaic Keshavati na ciseáin déanta as saileach.
From a distance Keshavati saw the baskets of wicker-work.
"Aintín, nach iad na rudaí áille iad sin!"

"Aunt, what beautiful things are those!"
"Is mian liom go bhféadfainn cuid de na ciseáin saileach sin a fháil"
"I wish I could get some of those wicker baskets"
D'aontaigh a haintín léi go fonnmhar.
Her aunt happily obliged her.
"Tar anseo, a leanbh, agus féach ar na ciseáin saileach"
"Come, my child, and look at the wicker baskets"
"Is féidir leat an oiread ciseán agus is mian leat a bheith agat"
"You can have as many baskets as you like"
Dhiúltaigh Keshavati dul isteach sa bhád ar dtús.
Keshavati at first refused to go into the boat.
Ach bhí a haintín an-chinntitheach.
But her aunt was very persuasive.
Agus ar deireadh chuaigh sí ar an mbád.
And finally she went onto the boat.
Ach nuair a bhí sí ar an mbád rinne a haintín rud aisteach.
But once on the boat her aunt did a strange thing.
Shnag an aintín a méara trí huaire agus dúirt sí:
The aunt snapped her fingers thrice and said:
"Bád Hajol! Raimh Mhóin Phabáin!"
"Boat of Hajol! Oars of Mon-Paban!"
"Tabhair go dtí an Ghat mé,"
"Take me to the Ghat,"
"An Ghat ina ndéanann Sahasra-Dal folcadh"
"The Ghat in which Sahasra-Dal bathes"
Agus d'éist an bád lena hordú.
And the boat heeded to her command.
Agus d'eitil an bád cosúil le saighead thar na huiscí.
And the boat flew like an arrow over the waters.
Bhí Keshavati scanraithe agus thosaigh sé ag caoineadh.
Keshavati was frightened and began to cry.
Ach lean an bád ar aghaidh in ainneoin a caoineadh.
But the boat went on despite her crying.
Agus d'fhág an bád go leor bailte agus cathracha ina diaidh.
And the boat left behind many towns and cities.

I gceann nóiméid shroich an bád a ceann scríbe.

In a trice the boat reached its destination.

An ghat inar ghnách le Sahasra-Dal folcadh.

The ghat where Sahasra-Dal was in the habit of bathing.

Tugadh Keshavati chuig an bpálás.

Keshavati was taken to the palace.

Bhí meas ag Sahasra-Dal ar a háilleacht agus ar fhad a cuid gruaige.

Sahasra-Dal admired her beauty and the length of her hair.

Agus rinne mná an pháláis a ndícheall í a chompord.

And the ladies of the palace tried their best to comfort her.

Ach chuir sí scread ard agóide ar bun.

But she set up a loud cry of protest.

Agus theastaigh uaithi a bheith tugtha ar ais chuig a fear céile.

And she wanted to be taken back to her husband.

Faoi dheireadh chonaic sí gur gabhadh í i mbraighdeanas.

Finally she saw that she had been taken captive.

Mar sin labhair sí le mná an pháláis.

So she spoke to the ladies of the palace.

"Nuair a phós mé thug mé gealltanas do m'fhear céile"

"Upon marriage I made a vow to my husband"

"Gheall mé nach bhfeicfinn aghaidh aon fhir eile"

"I promised not to look upon the face of any other man"

"Gheall mé go gcomhlíonfainn an gealltanas seo ar feadh sé mhí"

"I promised to uphold this vow for six months"

Ansin cuireadh lóistín uirthi i bhfad ó na daoine eile sa phálás.

She was then lodged away from the others in the palace.

Agus tugadh teach beag di le maireachtáil ann.

And she was given a small house to live in.

Bhí radharc amach ar an mbóthar ó fhuinneog an tí.

The window of the house overlooked the road.

Chaith sí an lá fada saoil ann.

There she spent the livelong day.

Agus chaith sí an oíche ar fad ann.

And there she spent the livelong night.

Mar gheall gur bheagán codlata a bhí aici.

Because she had very little sleep.

Mar gur chaith sí a ham ag osnaíl agus ag gol.

Because her time was spent in sighing and weeping.

Idir an dá linn dhúisigh Champa-Dal as a chodladh.

In the meantime Champa-Dal awoke from his sleep.

Bhí sé ag cur isteach ar an mbrón nár aimsigh sé a bhean chéile.

He was distracted with the grief of not finding his wife.

Chas a amhras ar aintín Keshavati.

His suspicions turned to the aunt of Keshavati.

Bhí a fhios aige gur mealltóir agus calaoiseoir í.

He knew she was a cheat and an impostor.

Is dócha gurbh í a thug Keshavati leis.

It must have been her who carried away Keshavati.

Níor ith sé na milseáin a fágadh dó.

He did not eat the sweetmeats left for him.

Mar bhí amhras air go raibh na milseáin nimhithe.

Because he suspected the sweets to have been poisoned.

Chaith sé ceann de na milseáin chuig préachán.

He threw one of the sweets to a crow.

An nóiméad a d'ith an préachán an milseán, thit sí síos marbh.

The moment the crow ate the sweet, it dropped down dead.

Dheimhnigh sé seo a amhras faoin aintín bréige.

This confirmed his suspicion of the pretend aunt.

Ar mire le brón, rith sé amach as an teach.

Maddened with grief, he rushed out of the house.

Bhí sé diongbháilte dul cibé áit a threoródh a chosa é.

He was determined to go wherever his feet took him.

Cosúil le fear ar mire, scread sé go hard, "Ó, a Keshavati! Ó, a Keshavati!"

Like a madman he blubbered, "Oh Keshavati! Oh Keshavati!"

Thaistil sé de shiúl na gcos lá i ndiaidh lae.

He travelled on foot day after day.

Agus lean sé cibé treo a thug a chosa é.

And he followed whatever way his feet took him.

Sé mhí a chaith sé ag taisteal ar an mbealach tuirsiúil seo.

Six months he spent travelling in this wearisome manner.

Tar éis sé mhí shroich sé príomhchathair Sahasra-Dal.

After six month he reached the capital of Sahasra-Dal.

Chuaigh sé thar gheata an pháláis.

He passed by the gate of the palace.

Agus ón mbóthar d'fhéadfadh sé teach beag a fheiceáil.

And from the road he could see a small house.

Agus ó istigh sa teach d'fhéadfadh sé osna a chloisteáil.

And from in the house he could hear sighs.

D'aithin Champa-Dal a bhean chéile láithreach.

Champa-Dal instantly recognized his wife.

Agus d'aithin Keshavita a fear céile láithreach.

And Keshavita instantly recognized her husband.

D'inis Keshavita dá fear céile gach a tharla.

Keshavita told her husband everything that had happened.

"D'iarr an bhean dul ag folcadh i ndiaidh an bhricfeasta"

"The woman asked to go bathing after breakfast"

"Bhí bád ag an abhainn"

"At the river there was a boat"

"Tharraing an bhean aird orm dul ar an mbád"

"The woman persuaded me onto the boat"

"Agus ansin thug an bád sinn go dtí an áit seo"

"And then the boat took us to this place"

"Thuig mé gur cuireadh i mbraighdeanas mé"

"I realized that I had been made captive"

"Mar sin d'inis mé dóibh faoi mo ghealltanais duit"

"So I told them of my vows to you"

"Ach amárach beidh deireadh sé mhí ann"

"But tomorrow will be the end of six month"

Bhí nós ann sna laethanta sin.

There was a custom in those days.

Aithrisíodh comhlíonadh na móide go poiblí.

The fulfilments of vows were publicly recited.

De ghnáth, chomhlíonadh Brahman foghlamtha é seo.

This was normally fulfilled by a learned Brahman.

Bhí sé beartaithe acu go nglacfadh Champa-Dal an ról seo.

They planned for Champa-Dal to take on this role.

Agus mar sin an tráthnóna sin bhuaileadh druma an pháláis.

And so that evening the palace drum was beat.

Bhí an rí ag iarraidh go ndéanfadh Brahman foghlamtha aithris.

The king wanted a learned Brahman to make a recitation.

Scéal Keshavati agus í ag comhlíonadh a gealltanais.

The story of Keshavati on the fulfilment of her vow.

Bhain Champa-Dal leis an druma agus thairg sé é.

Champa-Dal touched the drum and volunteered.

"Déanfaidh mé aithris ar mhionnanna Keshavita"

"I will make the recitation of Keshavita's vows"

An mhaidin dár gcionn bhailigh siad go léir le chéile sa chlós.

The next morning all assembled in the courtyard.

An sean-rí agus an bhanríon mháthair.

The old king and the queen mother.

Bhí Sahasra-Dal agus a bhean chéile ann.

Sahasra-Dal and his wife were there.

Gach cúirtéir agus na Brahmáin léannta sa tír.

All the courtiers and the learned Brahmans of the country.

Bhí an ríchíosa go léir faoi cheannbhrat ollmhór síoda.

All royalty was under a huge canopy of silk.

Bhí Keshavati ann freisin, ach taobh thiar de bhrat.

Keshavati was also there, but behind a veil.

Ionas nach mbeadh sí nochtaithe do shúile drochbhéasacha daoine.

So that she wouldn't be exposed to the rude gaze of people.

Shuigh Champa-Dal, an t-aithriseoir, ar ardán.

Champa-Dal, the reciter, sat on a dais.

Agus thosaigh sé ag insint scéal Keshavati.

And he began to tell the story of Keshavati.

"Bhí Bráhman bocht, gan chiall ann tráth."

"There was once a poor dimwitted Brahman"

"Bhí bean chéile ag an bhfear amadánach seo, ach ní raibh
clann aige"
"This dimwitted man had a wife, but no children"
"Ach is dócha gurbh fhearr dó gan clann a bheith aige"
"But him not having children was probably for the best"
"Mar is ar éigean a bhí sé in ann freastal ar a chuid
riachtanas féin"
"Because he was barely able to meet his own needs"
"Agus is ar éigean a bhí sé in ann dóthain a sholáthar dá
bhean chéile"
"And he could hardly supply enough for his wife"
"Ach ní raibh a mhí-intinn fiú ina fhadhb ba mhó aige"
"But his dimwittedness was not even his biggest problem"
Agus lean sé leis an scéal mar a leanamar é.
And he continued the story as we have followed it.
Agus uaireanta chas sé timpeall ar Keshavati.
And sometimes he turned around to Keshavati.
Agus d'fhiafraigh sé di an raibh sé ag insint an scéil i gceart.
And he asked her if he was telling the story correctly.
Agus dúirt sí leis go raibh sé ag insint an scéil i gceart.
And she told him he was telling the story correctly.
"Chinn an bhean Brahman go raibh a cinniúint séalaithe"
"The Brahman woman concluded her fate was sealed"
"Agus cheap sí go mbeadh an chinniúint chéanna le sárú ag
a fear céile"
"And she thought her husband would meet the same fate"
"Agus ní raibh sí ag súil go sábhálfaí a mac ach an oiread"
"And she did not expect her son to be spared either"
"Is ar éigean a chodail sí ar chor ar bith an oíche sin"
"That night she hardly slept at all"
"Chuir an Rakshasi cosc uirthi a fear céile a fheiceáil"
"The Rakshasi had prevented her from seeing her husband"
"Go moch ar maidin dár gcionn chuaigh Champa-Dal ar
scoil"
"Early next morning Champa-Dal went to school"
"Sula ndeachaigh sé ar scoil, thug sí buidéal órga dá mac"
"Before he went to school, she gave her son a golden bottle"

"Sa bhuidéal órga bhí a bainne cíche féin"
"In the golden bottle was her own breast milk"
"Tabhair aird chúramach ar dhath an bhainne "
"Carefully watch the colour of the milk"
Le linn an aithriseoireachta, d'éirigh an chailín Rakshasi bán.
During the recitation the Rakshasi maid-servant grew pale.
Thuig sí go raibh a fíorcharachtar le nochtadh.
She perceived that her real character was going to be discovered.
Agus bhí ionadh ar Sahasra-Dal faoi eolas an aithriseora.
And Sahasra-Dal was astonished at the knowledge of the reciter.
D'inis an aithriseoir stair shaol an phrionsa go soiléir.
The reciter clearly told the history of the prince's life.
"Thit braon nó dhó den fhuil ó na beacha"
"A drop or two of the blood fell from the bees"
"Ach níor bhain a gcuid fola leis an talamh"
"But their blood did not touch the ground"
"Ina áit sin, thit a gcuid fola ar an luaithreach"
"Instead, their blood landed on the ashes"
"Chualaeadh scread uafásach i gcéin"
"A terrible scream was heard at a distance"
"Ba é an scread caoineadh na Rakshasas"
"The scream was the wailing of the Rakshasas"
"Bhí siad go léir ag rith abhaile chomh tapa agus a d'fhéadfaidís"
"They were all running home as fast as they could"
"Bhí siad ag iarraidh cosc a chur ar na beacha a bheith maraithe"
"They wanted to prevent the bees from being killed"
"Ach ní raibh siad in ann an pálás a bhaint amach in am"
"But they could not reach the palace in time"
"Mar gheall gur maraíodh na beacha cheana féin"
"Because the bees had already been killed"
"An nóiméad a maraíodh na beacha, fuair na Rakshasas go léir bás"

"The moment the bees were killed, all the Rakshasas died"
"Thit a gcorpaigh ar an láthair chéanna a raibh siad ina seasamh"
"Their carcasses fell on the very spot they were standing"
"Chuir a gcorpaigh bac ar gheata an pháláis anois"
"Their carcasses now blocked the gateway of the palace"
"Ar an mbealach seo scriosadh na seacht gcéad Rakshasas"
"In this manner the seven hundred Rakshasas were destroyed"
Bhí siad uile faoi gheasa ag scéal na Rakshasas.
All where enthralled by the story of the Rakshasas.
Mar gheall gur scéalaí fíor a bhí ag insint an scéil.
Because the story was being told by a true storyteller.
Bhain gach duine taitneamh as an scéal ach amháin an seirbhíseach.
All enjoyed the story except for the maid-servant.
Mar bhí a fíorcharachtar le nochtadh.
Because her real character was bound to be discovered.
"Bhain Champa-Dal an druma agus thairg sé a chuid oibre go deonach."
"Champa-Dal touched the drum and volunteered.
"Déanfaidh mé aithris ar mhionnanna Keshavita"
"I will make the recitation of Keshavita's vows"
"An mhaidin dár gcionn bhailigh siad go léir le chéile sa chlós"
"The next morning all assembled in the courtyard"
"An sean-rí agus an bhanríon mháthair"
"The old king and the queen mother"
"Bhí Sahasra-Dal agus a bhean chéile ann"
"Sahasra-Dal and his wife were there"
"Gach cúirtéir agus Brahmáin léannta na tíre"
"All the courtiers and the learned Brahmans of the country"
"Bhí an ríchíosa go léir faoi cheannbhrat ollmhór síoda"
"All royalty was under a huge canopy of silk"
"Bhí Keshavati ann freisin, ach taobh thiar de bhrat"
"Keshavati was also there, but behind a veil"

"Ionas nach mbeadh sí nochtaithe do shúile drochbhéasacha daoine"

"So that she wouldn't be exposed to the rude gaze of people"

"Shuidhe Champa-Dal, an aithriseoir, ar ardán"

"Champa-Dal, the reciter, sat on a dais"

"Agus thosaigh sé ag insint scéal Keshavati"

"And he began to tell the story of Keshavati"

Léim Sahasra-Dal aníos as a shuíochán.

Sahasra-Dal jumped up from his seat.

Agus ghabh sé barróg ar aithriseoir an scéil.

And he embraced the reciter of the story.

"Ní féidir leat a bheith ina aon duine eile ach mo dheartháir Champa-Dal"

"You can be none other than my brother Champa-Dal"

Ansin las an prionsa le fearg.

Then the prince was inflamed with rage.

D'ordaigh sé don mhaighdean tí teacht ina láthair.

He ordered the maid-servant to come into his presence.

Tochladh poll chomh hard le fear sa talamh.

A hole the height of a man was dug in the ground.

Agus cuireadh an mhaighdean isteach sa pholl, ina seasamh.

And the maid-servant was put into the hole, standing.

Bhí dealga carntha timpeall uirthi.

Prickly thorns were heaped around her.

Suas go barr a cinn bhí sí clúdaithe le dealga.

Up to the crown of her head she was covered in thorns.

Ar an mbealach seo adhlacadh an seirbhíseach beo.

In this way the maid-servant was buried alive.

Tar éis seo, mhair siad go léir le chéile go sona sásta ar feadh blianta fada.

After this all lived happily together for many years.

Sahasra-Dal agus a bhanphrionsa, agus Champa-Dal agus Keshavati.

Sahasra-Dal and his princess, and Champa-Dal and Keshavati.

Scéal Swet agus Bachanta
The Story of Swet and Bachanta

Bhí ceannaí saibhir ann fadó.
There was once upon a time a rich merchant.
Ní raibh ach mac amháin ag an gceannaí saibhir seo.
This rich merchant had only one son.
Agus bhí grá mór aige dá aonmhac.
And he loved his only son very much.
Thug sé dá mhac cibé rud a theastaigh uaidh.
He gave to his son whatever he wanted.
Ar ndóigh, theastaigh teach álainn óna mhac.
Of course his son wanted a beautiful house.
Agus theastaigh uaidh gairdín mór a bheith aige freisin.
And he also wanted to have a large garden.
Mar sin tógadh teach álainn dó.
So a beautiful house was built for him.
Agus rinneadh gairdín breá dó freisin.
And a fine garden was made for him too.
Bhí mac an cheannaí sásta leis an ngairdín.
The merchant's son was pleased with the garden.
Agus bhain sé taitneamh as siúl sa ghairdín.
And he enjoyed walking in the garden.
Lá amháin tharraing nead éin a aird.
One day a bird's nest caught his attention.
Tarlaíonn sé go bhfuil Toontooni mar ainm ar an éan seo.
This bird happens to be called Toontooni.
Chuir sé a lámh isteach i nead an éin bhig.
He put his hand into the small bird's nest.
Agus fuair sé ubh sa nead.
And in the nest he found an egg.
Thóg sé an ubh as a nead.
He took the egg out of its nest.
Bhí almirah i mballa a thí.
There was an almirah in the wall of his house.
Mar sin chuir sé an ubh san almirah.
So he put the egg in the almirah.

Dhún sé doras an almirah.

He closed the door of the almirah.

Agus ansin níor smaoinigh sé níos mó ar an ubh.

And then he thought no more of the egg.

Bhí teach dá chuid féin ag mac an cheannaí.

The merchant's son had a house of his own.

Ach bhí teach aige gan teaghlach.

But he had a house without a household.

Mar sin ní raibh aon chócaire ina theach.

So in his house there was no cook.

Ach ní raibh aon ghá aige lena chócaire féin.

But he had no need for his own cook.

Mar gur chuir a mháthair bia chuige go rialta.

Because his mother regularly sent him food.

Ar maidin chuir sí bricfeasta chuige.

In the morning she sent him breakfast.

Agus gach lá bhíodh dinnéar á sheoladh chuici.

And every day she had dinner sent to him.

Lá amháin phléasc an ubh san almirah.

One day the egg in the almirah burst.

Ach ní éan a tháinig amach as an ubh.

But it was not a bird that came out of the egg.

Tháinig naíonán álainn amach as an ubh.

Out of the egg came a beautiful infant.

Ní éan a bhí sa naíonán, ach cailín daonna.

The infant was not a bird, but a human girl.

Ach ní raibh a fhios ag mac an cheannaí tada faoin eachtra.

But the merchant's son knew nothing of the event.

Bhí gach rud faoin ubh dearmadta aige.

He had forgotten everything about the egg.

Bhí doras an bhalla-almirah coinnithe dúnta.

The door of the wall-almirah had been kept closed.

Níor ghlas mac an cheannaí an doras, áfach.

However, the merchant's son did not lock the door.

D'fhás an páiste aníos laistigh den bhalla-almirah.

The child grew up within the wall-almirah.

Ní raibh aon eolas aici faoi mhac an cheannaí.

She had no knowledge of the merchant's son.
Ní raibh aithne aici ar aon duine eile ach an oiread.
Nor did she know of anyone else.
Nuair a bhí an páiste in ann siúl, d'éirigh sé fiosrach.
When the child could walk it grew curious.
Agus as fiosracht d'oscail sí an doras.
And out of curiosity she opened the door.
An lá sin freisin, chuir an mháthair bricfeasta chugam.
That day, too, the mother had sent breakfast.
Agus bhí an bricfeasta curtha ar an urlár.
And the breakfast had been put on the floor.
Chonaic an páiste an bia a bhí ar an urlár.
The child saw the food that was on the floor.
Ar ndóigh, d'ith an páiste ón mbia.
Of course the child ate from the food.
Agus ansin d'fhill an páiste isteach sa bhalla.
And then the child returned into the wall.
Bhíodh máthair an cheannaí i gcónaí ag déanamh go leor bia.
The merchant's mother always made a lot of food.
Ba mhó bia é ná mar a d'fhéadfadh sé a ithe.
It was more food than he could possibly eat.
Mar sin níor thug sé faoi deara go raibh aon bhia ar iarraidh.
So he didn't notice that any food was missing.
Thagadh cailín an bhalla-almirah amach gach lá.
The girl of the wall-almirah came out every day.
Agus gach lá d'ith sí cuid den bhia.
And every day she ate a part of the food.
Tar éis di an bia a ithe d'fhill sí ar an almirah.
After eating the food she returned to the almirah.
Ach le himeacht ama d'éirigh an cailín níos sine agus níos sine.
But with time the girl got older and older.
Agus le haois d'éirigh sí níos mó agus níos mó.
And with age she got bigger and bigger.
Agus dá mhéad a d'éirigh sí is ea is mó a d'éirigh ocras uirthi.

And the bigger she got the hungrier she got.

Agus thosaigh sí ag ithe níos mó den bhia gach lá.

And she began to eat more of the food each day.

Faoi dheireadh thug mac an cheannaí faoi deara an bia a bhí ar iarraidh.

Eventually the merchant's son noticed the missing food.

Ach ní raibh aon bhealach aige a fhios a bheith aige cá ndeachaigh an bia.

But he had no way of knowing where the food went.

An rud deireanach a raibh amhras air ná cailín ón taobh istigh den almirah.

The last thing he suspected was a girl from inside the almirah.

Agus mar sin tháinig sé ar chonclúid an-difriúil.

And so he came to a very different conclusion.

"Cén fáth a bhfuil an oiread sin bia á sheoladh ag mamaí?".

"Why is mother sending such a small quantity of food?".

Agus bhí teachtaireacht seolta aige chuig a mháthair.

And he had a message sent to his mother.

"Cén fáth nach bhfuil dóthain bia á sheoladh chugam?".

"Why am I being sent insufficient food?".

"Agus cén fáth a bhfuil an mhias á sheirbheáil chomh scaoilte sin?".

"And why is the dish served so slovenly?".

Ar ndóigh, tá a fhios againn cén fáth nach raibh an bia leordhóthanach.

Of course we know why the food was insufficient.

Agus tá a fhios againn cén fáth ar cuireadh an bia i láthair go neamh-shlachtmhar.

And we know why the food was presented slovenly.

D'ith an cailín ón mballa dá bhia.

The girl from in the wall ate from his food.

Agus í ag ithe, bhain sí den rís agus den churaí.

And as she ate she fingered the rice and curry.

Agus bhíodh sí i gcónaí ag brostú ar ais isteach ina cill sa bhalla.

And she always hurried back into her cell in the wall.

Ionas nach bhfeicfeadh aon duine í.

So that she would not be seen by anyone.
Ní raibh am aici an rís a chur in ord ceart.
She had no time to put the rice in proper order.
Bhí ionadh ar an máthair faoi ghearán a mic.
The mother was astonished at her son's complaint.
Thug sí níos mó dó ná mar a d'fhéadfadh sé a ithe.
She gave him more than he could eat.
Bhí an bia á sheirbheáil ar phláta airgid.
The food was served up on a silver plate.
Agus d'eagraigh sí an bia go néata í féin.
And she neatly arranged the food herself.
Ach rinne a mac an gearán céanna arís.
But her son repeated the same complaint again.
Lá i ndiaidh lae bhí sé ag gearán faoi na codanna beaga.
Day after day he complained of the small portions.
Lá i ndiaidh lae bhí sé ag gearán faoin mbia salach.
Day after day he complained of the messy food.
Agus mar sin thosaigh a mháthair ag amhras faoi dhroch-imirt.
And so his mother began to suspect foul play.
Dúirt sí lena mac faire a choinneáil ar an mbia.
She told her son to watch over the food.
"Féach an bhfuil aon duine ag ithe do bhia".
"See if anyone is eating your food".
An lá dár gcionn thug seirbhíseach an bia.
The next day a servant brought the food.
Leag an seirbhíseach an bia in áit ghlan.
The servant laid the food in a clean place.
De ghnáth, ghlac mac an cheannaí folcadh.
Normally the merchant's son took a bath.
Ach ní dheachaigh sé ag folcadh an lá seo.
But this day he did not go for a bath.
Ina áit sin, ar an lá seo d'fholaigh sé é féin in aice láimhe.
Instead, on this day he hid himself nearby.
Óna áit fholaigh d'fhéadfadh sé an bia a fheiceáil.
From his hiding place he could see the food.
Ní raibh ar mhac an cheannaí fanacht i bhfad.

The merchant's son did not have to wait for long.

Go gairid chonaic sé an balla-almirah oscailte.

Soon he saw the wall-almirah open.

Agus chonaic sé cailín álainn ag teacht amach.

And he saw a beautiful damsel step out.

Ní fhéadfadh sí a bheith níos sine ná sé bliana déag d'aois.

She could not have been more than sixteen.

Shuigh sí ar an gcairpéad ag an mbricfeasta.

She sat on the carpet by the breakfast.

Agus thosaigh sí ag ithe ón mbia a fágadh ar an urlár.

And she began to eat from the food left on the floor.

Tháinig mac an cheannaí amach as a áit fholaigh.

The merchant's son came out of his hiding-place.

Agus ní raibh an cailín in ann éalú uaidh.

And the damsel could not escape from him.

"Cé thusa, a chréatúr álainn?"

"Who are you, beautiful creature?".

"Ní cosúil gur rugadh ar an talamh thú."

"You do not seem to be earth-born".

"An duine de iníonacha na ndéithe thú?"

"Are you one of the daughters of the gods?".

D'fhreagair an cailín, "Níl a fhios agam cé mé féin".

The girl replied, "I do not know who I am".

"Ach tá rud amháin ar eolas agam," ar lean an cailín.

"But there is one thing I do know," the girl continued.

"Lá amháin fuair mé mé féin san almirah sa bhalla".

"One day I found myself in the almirah in the wall".

"Agus ó shin i leith táim i mo chónaí sa bhalla."

"And since then I have been living in the wall".

Cheap mac an cheannaí go raibh a scéal aisteach.

The merchant's son thought her story was strange.

Ach ansin smaoinigh sé beagán níos mó ar an scéal.

But then he thought a bit more about the story.

Agus chuimhnigh sé ar a tharla sé bliana déag ó shin.

And he remembered what happened sixteen years ago.

Chuimhnigh sé ar nead an éin toonoori.

He remembered the nest of the toontoori bird.

Agus chuimhnigh sé ar ubh a fháil sa nead.

And he remembered finding an egg in the nest.

Agus chuimhnigh sé ar an ubh a chur san almirah.

And he remembered putting the egg in the almirah.

Bhí áilleacht neamhghnách ag baint leis an gcailín ón mballa-almirah.

The wall-almirah girl was of uncommon beauty.

Agus bhain a háilleacht mac an cheannaí an-taitneamh as.

And the merchant's son was struck by her beauty.

D'fhág a háilleacht tionchar domhain ar a intinn.

Her beauty made a deep impression on his mind.

Agus shocraigh sé ina intinn í a phósadh.

And he resolved in his mind to marry her.

Ó shin i leith níor fhan an cailín san almirah.

From then on the girl didn't stay in the almirah.

Tugadh seomra di i dteach mhac an cheannaí.

She was given a room in the merchant's son's house.

An lá dár gcionn scríobh mac an cheannaí teachtaireacht.

The next day the merchant's son wrote a message.

Agus bhí an teachtaireacht seolta aige chuig a mháthair.

And he had the message sent to his mother.

Is féidir leat buille faoi thuairim a thabhairt faoi théama ginearálta an teachtaireachta.

You can guess the general theme of the message.

Dúirt mac an cheannaí gur mhaith leis pósadh.

The merchant's son said he would like to get married.

Cháin máthair mhac an cheannaí í féin.

The mother of the merchant's son reproached herself.

Ní raibh sí tar éis iarracht a dhéanamh bean chéile a aimsiú dá mhac.

She had not tried to find a wife for his son.

Bhraith sí gur cheart di smaoineamh ar a phósadh.

She felt she should have thought of his marriage.

Agus mar sin d'fhreagair sí teachtaireacht a mic láithreach.

And so she promptly replied to her son's message.

Bhí sí féin agus a hathair chun ghataks a sheoladh amach.

She and her father were going to send out ghataks.

Bhí na ghataks ag dul chuig tíortha éagsúla.
The ghataks were going to go to different countries.
Bhí siad ag dul a lorg brídeacha oiriúnacha ansin.
There they were going to look for suitable brides.
Ach dúirt mac an cheannaí nach mbeadh aon ghá leis.
But the merchant's son said there would be no need.
Bhí bean óg álainn faighte aige dó féin.
He had secured himself a lovely young lady.
Mura mbeadh aon agóid acu, chuirfeadh sé in aithne dóibh í.
If they had no objection, he would introduce her to them.
Agus mar sin tugadh an bhean óg go teach an cheannaí.
And so the young lady was taken to the merchant's house.
Chuir an ceannaí agus a bhean fáilte roimh an strainséir.
The merchant and his wife welcomed the stranger.
Agus bhain a háilleacht gan sárú an-taitneamh astu freisin.
And they were also struck by her unmatched beauty.
Bhí an cailín lán de ghrástacht agus de áilleacht.
The girl was of perfect loveliness and grace.
Ní raibh aon cheist ag na tuismitheoirí faoina breith.
The parents made no questions to her birth.
Agus ceiliúradh an pósadh ansin agus ansiúd.
And the nuptials were celebrated there and then.

Le himeacht ama, rugadh beirt mhac ag mac an cheannaí.
In the course of time the merchant's son had two sons.
Thug sé Swet mar ainm ar an mac ba shine de na mic.
The elder of the sons he named Swet.
Agus thug sé Basanta mar ainm ar an mac ab óige.
And the younger son he named Basanta.
Tar éis níos mó ama fuair an seancheannaí bás.
After the passing of more time the old merchant died.
Mar sin, rinneadh ceannaí de mhac an cheannaí anois.
So the merchant's son now became the merchant.
Agus tar éis tamaill fuair a mháthair bás freisin.
And after some time his mother died too.
D'fhás Swet agus Basanta aníos ina mbuachaillí breátha.

Swet and Basanta grew up to be fine lads.

Agus phós an mac ba shine tráth cuí.

And the elder son was in due time married.

Tamall éigin i ndiaidh phósadh Swet fuair a mháthair bás freisin.

Sometime after Swet's marriage his mother also died.

Ní raibh an cailín ón mballa ann níos mó.

The girl from in the wall was no more.

Níor chaill an baintreach fear aon am ag pósadh arís.

The widower lost no time in marrying again.

Agus bhí bean chéile nua óg agus álainn aige.

And he had a new young and beautiful wife.

Bhí bean chéile Swet níos sine ná a leasmháthair.

Swet's wife was older than his stepmother.

Mar sin, rinneadh bean chéile den teach dá bhean chéile.

So his wife became the mistress of the house.

Bhí an leasmháthair cosúil le gach leasmháthair.

The stepmother was like all stepmothers are.

Bhí fuath aici do Swet agus Basanta le fuath foirfe.

She hated Swet and Basanta with a perfect hatred.

Agus ní raibh an bheirt bhan in ann seasamh lena chéile ach an oiread.

And the two ladies also couldn't stand each other.

Tharla lá amháin gur tháinig iascaire.

It so happened one day that a fisherman came.

Thug an t-iascaire iasc chuig an gceannaí.

The fisherman brought to the merchant a fish.

Bhí áilleacht uathúil agus suntasach ag baint leis an iasc seo.

This fish was of singular and remarkable beauty.

Bhí sé difriúil ó aon iasc eile a chonacthas riamh.

It was unlike any other fish that had been seen.

Agus bhí cáilíochtaí eile ag an iasc freisin.

And the fish had other qualities too.

Mhínigh an t-iascaire iontais an éisc.

The fisherman explained the wonders of the fish.

"Tarlóidh dhá rud má itheann tú an t-iasc seo".

"Two things will happen if you eat this fish".

"Nuair a bheidh tú ag gáire, titeann manic as do bhéal."
"When you laugh maniks will drop from your mouth".
"Agus nuair a bheidh tú ag gol, titfidh péarlaí ó do shúile."
"And when you weep pearls will drop from your eyes".
Bhí an ceannaí iontasaithe ag an méid a chuala sé.
The merchant was astounded by what he had heard.
Agus bhí airíonna iontacha an éisc ag teastáil uaidh.
And he wanted the wonderful properties of the fish.
Agus mar sin cheannaigh sé an t-iasc ar mhíle rúipí.
And so he bought the fish at one thousand rupees.
Agus chuir sé an t-iasc i lámha bhean Swet.
And he put the fish into the hands of Swet's wife.
Mar gur bean chéile Swet bean an tí.
Because Swet's wife was the mistress of the house.
D'ordaigh sé di go docht an t-iasc a chócaráil go maith.
He strictly instructed her to cook the fish well.
Agus dúirt sé léi an t-iasc a thabhairt dó féin le hithe.
And he told her to give the fish to him alone to eat.
Bhí a fhios ag an máthair tí rún an éisc, áfach.
The house-mother however knew the fish's secret.
Bhí sí tar éis a chloisteáil cad a dúirt an t-iascaire.
She had overheard what the fisherman had said.
Go rúnda rinne sí plean difriúil ina hintinn.
Secretly she made a different plan in her mind.
Bhí sí chun an t-iasc a chócaráil dá fear céile.
She was going to cook the fish for her husband.
Agus bhí sí chun an t-iasc a roinnt lena dheartháir.
And she was going to share the fish with his brother.
Bhí sí chun frog a ullmhú dá hathair céile.
For her father-in-law she was going to prepare a frog.
Go gairid ina dhiaidh sin bhí sí críochnaithe ag cócaireacht an iasc iontach.
Soon she had finished cooking the marvelous fish.
Agus bhí sí críochnaithe ag cócaireacht frog freisin.
And she had finished cooking a frog too.
Ach ón gcistin chuala sí círéib.
But from the kitchen she could hear a squabble.

D'fhéadfadh sí a chloisteáil cé a bhí ag argóint.
She could hear who it was that was arguing.
A leasmháthair chéile agus dearthair a fir chéile.
Her stepmother-in-law and her husband's brother.
Agus thuig sí cúis na hargóna.
And she understood the cause of the argument.
Ní raibh i Basanta ach buachaill óg fós.
Basanta was still but a young lad.
Ach bhí dúil mhór aige ina cholúir.
But he was passionately fond of his pigeons.
Agus cheansaigh sé a chuid colúir go han-mhaith.
And he tamed his pigeons very well.
Mar sin féin, bhí ceann dá cholúir tar éis éalú.
Nonetheless, one of his pigeons had escaped.
Agus d'eitil an colúr isteach i seomra a leasmháthar.
And the pigeon flew into his stepmother's room.
Chuir a leasmháthair an colúr i bhfolach ina cuid éadaí.
His stepmother hid the pigeon in her clothes.
Rith Basanta isteach sa seomra i ndiaidh an cholúir.
Basanta rushed after the pigeon into the room.
Agus d'éiligh sé go hard an colúr a fháil ar ais.
And he loudly demanded to have the pigeon back.
Shéan a leasmháthair go raibh an colm aici.
His stepmother denied having the pigeon.
Bhí a fhios ag Swet, áfach, go raibh an colúr aici.
Swet, however, did know she had the pigeon.
Agus thóg an dearthair níos sine an t-éan le fórsa.
And the older brother forcibly took the bird.
Agus shaor sé an colúr óna cuid éadaí.
And he freed the pigeon from her clothes.
Agus thug sé an colúr ar ais dá dhearthair.
And he gave the pigeon back to his brother.
Mhallaigh agus mhionnaigh an leasmháthair, agus dúirt sí freisin;
The stepmother cursed and swore, and added;
"Fan go dtiocfaidh ceann an tí abhaile."
"Wait until the head of the house comes home".

"Ní bhfaighidh sé uisce go dtí go ndoirtfidh sé do chuid fola."

"He will get no water till he sheds your blood".

Ghlaoigh bean Swet ar a fear céile agus dúirt sí leis;

Swet's wife called her husband and said to him;

"A thiarna uasal, is bean thar a bheith olc í an bhean sin."

"My dearest lord, that woman is a most wicked woman".

"Agus tá tionchar gan teorainn aici ar m'athair céile."

"And she has boundless influence over my father-in-law".

"Cuirfidh sí iallach air a dhéanamh an rud a bhagair sí."

"She will make him do what she has threatened".

"Tá ár saolta uile i mbaol láithreach."

"All our lives are in imminent danger".

"Ach ithimis beagán ar dtús," a dúirt sí.

"But let us first eat a little," she added.

"Agus ansin lig dúinn triúr teitheadh as an áit seo."

"And then let us all three run away from this place".

Ghlaoigh Swet ar Basanta chuige láithreach.

Swet forthwith called Basanta to him.

Agus d'inis sé dó a raibh cloiste aige óna bhean chéile.

And he told him what he had heard from his wife.

Shocraigh siad rith ar shiúl roimh thitim na hoíche.

They resolved to run away before nightfall.

Chuir an bhean an t-iasc os comhair a fir chéile.

The woman placed before her husband the fish.

Agus d'ith a deartháir céile den iasc freisin.

And her brother-in-law ate of the fish too.

Agus d'ith siad den iasc go croíúil.

And they ate of the fish heartily.

Phacáil an bhean a seodra go léir i mbosca.

The woman packed up all her jewels in a box.

Ní raibh ach capall amháin sna stáblaí.

There was only one horse in the stables.

Ach bhí an capall luasghéar neamhghnách.

But the horse was of uncommon fleetness.

D'fhéadfaidís go léir suí ar an gcapall le chéile.

They could all sit on the horse together.

Bhí Swet i gceannas ar an gcapall.

Swet held the reins of the horse.

Shuigh an bhean i lár an chapaill.

The woman sat in the middle of the horse.

Agus bhí an bosca seodra ina hucht.

And she had the jewel-box in her lap.

Agus shuigh Basanta ar chúl an chapaill.

And Basanta sat on the rear of the horse.

Ghalopáil an capall leis an luas is mó.

The horse galloped with the utmost swiftness.

Chuaigh siad trí go leor baile simplí agus clúiteach.

They passed through many a plain and noted town.

Tar éis meán oíche fuair siad iad féin i bhforaois.

After midnight they found themselves in a forest.

Agus ní raibh siad i bhfad ó bhruach abhann.

And they were not far from the banks of a river.

Anseo a tharla an eachtra ba mhíthaitneamhaí.

Here the most untoward event took place.

Thosaigh bean chéile Swet ag mothú pianta na breithe linbh.

Swet's wife began to feel the pains of child-birth.

D'éirigh siad den chapall gan mhoill.

They dismounted from the horse without delay.

Agus laistigh d'uair an chloig rug bean chéile Swet mac.

And within an hour Swet's wife gave birth to a son.

Cad a bhí le déanamh ag an mbeirt deartháireacha sa choill seo?

What were the two brothers to do in this forest?

Bhí a fhios acu go raibh gá tine a lasadh.

They knew that a fire had to be kindled.

Bhí teas ag teastáil ón máthair agus ón leanbh nuabheirthe.

The mother and the new-born baby needed warmth.

Ach cá as a raibh an tine le fáil?

But from where was there fire to be gotten?

Ní raibh aon áitribh dhaonna le feiceáil.

There were no human habitations visible.

Mar sin féin, b'éigean tine a chur ar siúl.

Nonetheless, a fire had to be procured.

Agus ba é mí na Nollag an gheimhridh a bhí ann.

And it was the winter month of December.

Bheadh an mháthair agus an leanbh básaithe cinnte.

The mother and the baby would certainly perish.

Dúirt Swet le Basanta suí in aice lena bhean chéile.

Swet told Basanta to sit beside his wife.

Agus d'imigh sé i ndorchadas na hoíche.

And he set out in the darkness of the night.

Agus chuaigh sé ag cuardach adhmaid le tine a dhéanamh.

And he went in search of wood to make a fire.

Shiúil Swet go leor míle tríd an dorchadas.

Swet walked many a mile through the darkness.

Ach in ainneoin an achair ní fhaca sé aon áitribh dhaonna.

But despite the distance he saw no human habitations.

Ach sa deireadh fuair a shúile cúnamh éigin.

But eventually his eyes were given some help.

Shoilsigh solas geanúil Sukra a chosán go pointe áirithe.

The genial light of Sukra somewhat illumined his path.

Agus chonaic sé i gcéin rud a raibh cuma cathair mhór air.

And he saw at a distance what seemed a large city.

Bhí sé ag comhghairdeas leis féin ar dheireadh a thurais.

He was congratulating himself on his journey's end.

Agus chomhghairdeas sé leis féin as tine a aimsiú.

And he congratulated himself for finding fire.

An tine a bhí chun leasa a bhean bhocht.

The fire that was going to benefit his poor wife.

A bhean chéile a bhí ina luí fuar sa choill.

His wife that was lying cold in the forest.

An tine a bhí chun a leanbh nuabheirthe a shábháil.

The fire that was going to save his new-born child.

An leanbh nuabheirthe a rugadh sa fhuacht.

The new-born baby born into the coldness.

Go tobann, scaoil eilifint trasna a chosáin.

Suddenly an elephant shot across his path.

Bhí an eilifint gléasta go hálainn.

The elephant was gorgeously caparisoned.

Agus phioc an eilifint go réidh é lena thrunc.
And the elephant gently picked him with his trunk.
Chuir sé ar an howdah saibhir ar a dhroim é.
He placed him on the rich howdah on its back.
Shiúil an eilifint go gasta i dtreo na cathrach ansin.
The elephant then walked rapidly towards the city.
Bhí Swet an-tógtha leis na himeachtaí.
Swet was quite taken aback by the events.
Níor thuig sé gníomhartha an eilifint.
He did not understand the elephant's actions.
Agus bhí sé ag smaoineamh cad a bhí i ndán dó.
And he wondered what was in store for him.
Coróin is ea an rud a bhí i ndán dó.
A crown is that which was in store for him.
Bhí sé á thabhairt chuig príomhchathair ríochta.
He was being taken to the chief city of a kingdom.
Sa ríocht seo toghadh rí gach maidin.
In this kingdom every morning a king was elected.
Mar níor mhair ríthe na cathrach seo ach lá amháin.
Because the kings of this city lasted but a day.
Gach oíche, thiocfadh an rí nua isteach in éineacht leis an mbanríon ina seomra.
Every night the new king joined the queen in her room.
Agus gach maidin fuarthas an rí roimhe sin marbh.
And every morning the previous king was found dead.
Ní raibh a fhios ag aon duine cad ba chúis le bás na ríthe.
No one knew what caused the deaths of the kings.
Ní raibh a fhios ag an mbanríon fiú cad ba chúis lena mbás.
Not even the queen knew what caused their death.
Mar sin bhí a rí-dhéantóir féin ag an ríocht seo.
So this kingdom had its own king-maker.
An eilifint a rug ar Swet go tobann.
The elephant who suddenly took hold of Swet.
Go moch ar maidin bhí an eilifint ag fánaíocht thart.
Early in the morning the elephant roamed about.
Uaireanta théadh an eilifint go háiteanna i bhfad i gcéin.
Sometimes the elephant went to distant places.

Agus gach tráthnóna d'fhill an eilifint le fear.
And every evening the elephant returned with a man.
Rinneadh rí den fhear ar an eilifint.
The man on the elephant's became their king.
Mháirseáil an eilifint go maorga trí na sráideanna.
The elephant majestically marched through the streets.
Chuir slua mór fáilte roimh a rí nua.
A crowd of people welcomed their new king.
Ach níor thuig Swet a gcuid gártha fós.
But Swet did not yet understand their cheers.
Chuaigh an eilifint isteach i bpálás na ríochta.
The elephant entered the kingdom's palace.
Agus chuir an eilifint Swet ar an ríchathaoir.
And the elephant placed Swet on the throne.
I measc mór áthais fógraíodh ina rí é.
Amid much rejoicing he was proclaimed king.
Ach bhí caoineadh sa slua freisin.
But there were lamentations in the crowd too.
I rith an lae chuala sé trácht ar an mallacht.
In the course of the day he heard of the curse.
Bás oíche gach rí nua-thofa.
The nightly death of every newly elected king.
Ach bhí discréid mhór ag Swet.
But Swet was possessed of great discretion.
Agus bhí an misneach aige gan iarracht a dhéanamh éalú.
And he had the courage not to try an escape.
Ghlac sé gach réamhchúram a d'fhéadfadh sé a ghlacadh.
He took every precaution that he could take.
Ach ní raibh a fhios aige conas an tubaiste a sheachaint.
But he did not know how to avert the catastrophe.
Agus ní raibh a fhios aige cad iad na réitigh a ghlacfadh sé.
And he knew not what expedients to adopt.
Mar nach raibh a fhios aige cén cineál contúirte a bhí ann.
Because he didn't know the nature of the danger.
Shocraigh sé, áfach, ar dhá rud;
He resolved, however, upon two things;
Bhí sé chun dul isteach sa seomra leapa armtha.

He was going to go armed into the bedchamber.
Agus bhí sé chun fanacht ina dhúiseacht an oíche ar fad.
And he was going to stay awake the whole night.
Bhí an bhanríon óg agus áilleacht iontach aici.
The queen was young and of exquisite beauty.
Gan chiontacht agus cineálta a bhí ar a haghaidh.
Guileless and benevolent was the expression of her face.
Bhí sé dodhéanta aon mhailís a chur i leith di.
It was impossible to attribute her any malice.
Níor chreid aon duine gurbh í ba chúis le básanna na ríthe go léir.
No one believed she caused all the kings' deaths.
I seomra na banríona chaith Swet tráthnóna taitneamhach.
In the queen's chamber Swet spent an agreeable evening.
De réir mar a chuaigh an oíche ar aghaidh, thit an bhanríon ina codladh.
As the night advanced the queen fell asleep.
Ach d'fhan Swet ina dhúiseacht, agus bhí sé ar an airdeall.
But Swet kept awake, and was on the alert.
D'fhéach sé ar gach sruthán agus cúinne den seomra.
He looked at every creek and corner of the room.
Agus bhí sé ag súil gach nóiméad go ndúnmharófaí é.
And he expected every minute to be murdered.
Ach níor éirigh an bhanríon chun é a dhúnmharú.
But the queen did not rise to murder him.
Agus níor chuaigh aon duine isteach sa seomra chun é a dhúnmharú ach an oiread.
And no one entered the room to murder him either.
Níor bhraith sé tada seachas codlatacht ach an oiread.
Nor did he feel anything other than sleepiness.
Ach i lár na hoíche bhraith sé rud éigin.
But in the dead of night he perceived something.
Bhí snáithe ag teacht amach as poill sróine na banríona.
A thread was coming out the queen's nostril.
Bhí an snáithe chomh tanaí sin nach raibh sé beagnach dofheicthe.
The thread was so thin that it was almost invisible.

De réir a chéile shroich an snáithe roinnt slat ar fhad.
Slowly the thread reached several yards in length.
Agus sa deireadh tháinig an snáithe ar fad amach.
And eventually all the thread came out.
Ansin amháin a thosaigh an snáithe ag fás níos tibhe.
Only then did the thread begin to grow thicker.
Go gairid ina dhiaidh sin ghlac an snáithe a chruth fíor.
Soon the thread took on its real shape.
Nathair ollmhór a bhí sa snáithe i ndáiríre.
The thread was in fact a huge serpent.
Láithreach ghearr Swet ceann na nathrach.
Immediately Swet cut off the head of the serpent.
Chroith corp na nathrach go foréigneach.
The body of the serpent wriggled violently.
Shuigh sé go ciúin sa seomra, ag súil le heachtraí eile.
He sat quiet in the room, expecting other adventures.
Ach níor tharla aon rud eile don chuid eile den oíche.
But nothing else happened the rest of the night.
Chodail an bhanríon níos faide ná mar is gnách.
The queen slept longer than usual.
Mar gheall gur saoradh an nathair ollmhór di.
Because she had been relieved of the huge snake.
Go moch ar maidin dár gcionn tháinig na hairí.
Early next morning the ministers came.
Bhí siad ag súil le cloisteáil faoi bhás an rí.
They were expecting to hear of the king's death.
Bhuail mná an tseomra leapa ar an doras.
The ladies of the bedchamber knocked at the door.
Ach chun a n-iontais tháinig Swet amach.
But to their astonishment Swet come out.
D'fhoghlaim na daoine rúndiamhair bhásanna na ríthe uile.
The folk learned the mystery of all the kings' deaths.
Agus anois rinne an tír lúcháir ar a rí buan.
And now the country rejoiced their permanent king.
Tá rud aisteach ann is dócha gur thug tú faoi deara.
There is a strange thing you probably noticed.

Níor chuimhin le Swet ar a bhean chéile a d'fhág sé ina dhiaidh.

Swet did not remember his wife he left behind.

Is rud aisteach é, ach is fíor é.

It is a strange thing, nevertheless it is true.

Níor chuimhin leis an naíonán nuabheirthe gan chosaint ach an oiread.

Nor did he remember the defenseless new-born babe.

Agus níor chuimhin leis a dheartháir ach an oiread.

And he did not remember his brother either.

Ní raibh am aige cuimhneamh cathain a tháinig an eilifint.

He had no time to remember when the elephant came.

An chéad oíche b'éigean dó a bheith buartha faoina shaol féin.

On the first night he had to worry for his own life.

Agus anois thug an choróin air dearmad a dhéanamh.

And now the crown brought on his forgetfulness.

Ach bhí a bhean chéile agus a leanbh curtha ar iontaoibh aige de chuid Basanta.

But he had entrusted his wife and child to Basanta.

Agus shuigh a dheartháir ag fanacht ar feadh go leor uaireanta tuirseacha.

And his brother sat waiting for many weary hours.

Gach nóiméad bhí sé ag súil le Swet a fheiceáil ag filleadh le tine.

Every moment he expected to see Swet return with fire.

Ach chuaigh an oíche ar fad thart gan a fhilleadh.

But the whole night passed away without his return.

Ag éirí na gréine chuaigh sé go dtí bruach na habhann.

At sunrise he went to the bank of the river.

Ansin d'fhéach sé thart go himníoch ar a dheartháir.

There he anxiously looked about for his brother.

Ach bhí a chuid feithimh agus cuardaigh go léir in aisce.

But his waiting and searching were all in vain.

Gan mórán buartha faoi, ghuil sé cois abhann.

Distressed beyond measure, he wept at the riverside.

Agus é ag gol bhí bád ag dul thart.

As he was weeping a boat was passing by.
Sa bhád bhí ceannaí ag filleadh ó ghnó.
In the boat a merchant was returning from business.
Ní raibh an bád i bhfad ón gcladach.
The boat was not far from the shore.
Mar sin, d'fhéadfadh an ceannaí Basanta a fheiceáil ag gol.
So the merchant could see Basanta weeping.
Tharraing rud éigin aird an cheannaí.
Something struck the attention of the merchant.
Le taobh an fhir a bhí ag gol, bhí carn péarlaí le feiceáil.
By the weeping man appeared to be a pile of pearls.
D'iarr an ceannaí ar an mbádóir stopadh.
The merchant requested the boatman to halt.
Agus chuaigh an ceannaí chuig an bhfear a bhí ag gol.
And the merchant went to the weeping man.
In aice leis an bhfear a bhí ag gol bhí carn péarlaí i ndáiríre.
By the weeping man was in fact a pile of pearls.
Agus bhí na péarlaí den chaighdeán is airde.
And the pearls were of the highest quality.
Agus chuir rud eile iontas ar an gceannaí.
And another thing astonished the merchant.
D'fhás an carn péarlaí níos mó gach soicind.
The pile of pearls grew larger every second.
Mar bhí an fear ag caoineadh, ach ní raibh deora ann.
Because the man was crying, but not tears.
Mar gur chas a dheora ina bpéarlaí ar an talamh.
Because his tears turned to pearls on the ground.
Chuir an ceannaí na péarlaí i bhfolach ina bhád.
The merchant stowed away the pearls into his boat.
Ansin fuair an ceannaí a shearbhóntaí chun cabhrú leis.
Then the merchant got his servants to help him.
Agus le chéile ghabh siad an fear a bhí ag gol.
And together they captured the crying man.
Chuir siad ar bord an tsoithigh é.
They put him on board of the vessel.
Agus cheangail sé é le ceann de chrainn na loinge.
And he tied him to one of the ship's masts.

Rinne Basanta a dhícheall, ar ndóigh, cur i gcoinne.
Basanta, of course, tried his best to resist.
Ach cad a d'fhéadfadh sé a dhéanamh i gcoinne an oiread sin mairnéalach?
But what could he do against so many sailors?
Smaoinigh sé ar a dheartháir nár fhill riamh.
He thought of his brother who never returned.
Smaoinigh sé ar a dheirfiúr chéile sa choill.
He thought of his sister-in-law in the forest.
Agus smaoinigh sé ar a neacht nua-bhreithe.
And he thought of his newly born niece.
Agus ghoil sé níos searbh fós ná riamh.
And he cried even more bitterly than before.
Chuir a chaoineadh an-áthas ar an gceannaí.
His weeping mightily pleased the merchant.
Mar bhí níos mó péarlaí fós ag titim ar an talamh.
Because even more pearls were falling to the ground.
Agus d'éirigh an ceannaí níos saibhre agus níos saibhre.
And the merchant became richer and richer.
Faoi dheireadh shroich an ceannaí a bhaile dúchais.
Eventually the merchant reached his native town.
Nuair a shroich siad ann chuir sé Basanta faoi ghlas i seomra.
When they got there he confined Basanta in a room.
Ag uaireanta socraithe gach lá bhíodh sé á bhualadh.
At stated hours every day he had him whipped.
Chun go ndoirtfeadh sé níos mó deora fós.
In order to make him shed yet more tears.
Agus gach deoir tiontaíodh ina phéarla geal.
And every tear converted into a bright pearl.
Lá amháin dúirt an ceannaí lena sheirbhísigh;
The merchant one day said to his servants;
"Tá an fear ag déanamh saibhris díom lena chaoineadh."
"The fellow is making me rich by his weeping".
"Feicfimid cad a thugann sé dom trí gáire."
"Let us see what he gives me by laughing".
Dá réir sin, thosaigh sé ag ticliú a phríosúnaigh.

Accordingly, he began to tickle his captive.

Nuair a cuireadh tic air, thosaigh Basanta ag gáire.

Upon being tickled Basanta began to laugh.

Ar ndóigh, ní raibh sé ag gáire as áthas.

Of course he was not laughing out of happiness.

Ach mar sin féin, thit manic as a bhéal.

But none the less maniks dropped from his mouth.

Ina dhiaidh sin, ní hamháin gur bhuailtí Basanta a thuilleadh.

After this Basanta was not just whipped anymore.

Anois bhíodh sé á bhualadh agus á thochailt go mall eatarthu.

Now he was alternately whipped and tickled.

Rinneadh leas a bhaint as an lá ar fad agus isteach san oíche i bhfad.

All day and far into the night he was exploited.

Mhéadaigh saibhreas an cheannaí de lá agus d'oíche.

The merchant's wealth increased day and night.

Go gairid ina dhiaidh sin, ba é an fear ba shaibhre sa tír é.

Soon he became the wealthiest man in the land.

Ach fillfimid ar cheansú Basanta níos déanaí.

But let us return to Basanta's subjugation later.

Anois, díreoimid ár n-aird ar bhean chéile Swet.

Now let us turn our attention to Swet's wife.

Bhí bean chéile tréigthe Swet fós sa choill.

Swet's abandoned wife was still in the forest.

Bhí sí díreach tar éis breith a thabhairt dá leanbh.

She had just given birth to her child.

Ach anois bhí sí ina haonar sa choill.

But now she was alone in the forest.

Ar dtús, thréig a fear céile í.

First her husband had abandoned her.

Agus anois thréig a deartháir céile í freisin.

And now her brother-in-law abandoned her too.

Samhlaigh cé chomh mór is a mhothaigh sí le brón.

Imagine how overwhelmed with grief she felt.

I m'aonar, agus i bhforaois, i bhfad ó shibhialtacht.
Alone, and in a forest, far from civilization.
Bhí comhbhrón tuillte aici go deimhin.
Her case was indeed deserving of sympathy.
Ghuil sí aibhneacha deora brónacha agus uaigneacha.
She wept rivers of sad and lonely tears.
Thug brón iomarcach faoiseamh di, áfach.
Excessive grief, however, brought her relief.
Thit sí ina codladh leis an nuabheirthe ina baclainn.
She fell asleep with the new-born in her arms.
Agus í ina codladh go domhain, tharla tragóid eile.
While she was deep in sleep another tragedy took place.
Tharla sé go raibh an Kotwal ag dul thart.
It so happened that the Kotwal was passing by.
Bhí a mhí-ádh féin tar éis fulaingt le déanaí.
He had recently suffered his own misfortune.
Ach bhí a mhí-ádh de chineál difriúil.
But his misfortune was of a different nature.
**Fuair na páistí a rugadh dá bhean bás go gairid i ndiaidh
breithe.**
The children his wife bore died shortly after birth.
Agus bhí sé chun an naíonán deireanach a adhlacadh anois.
And he was now going to bury the last infant.
Bhí sé ag dul go bruach na habhann.
He was heading to the banks of the river.
An áit inar cuireadh na naíonáin eile.
The place where the other infants were buried.
Ach ansin chonaic sé an bhean ina codladh sa choill.
But then he saw the woman sleeping in the forest.
Agus ina baclainn chonaic sé í ag coinneáil linbh.
And in her arms he saw her holding a baby.
Buachaill beoga agus álainn ab ea an naíonán.
The infant was a lively and beautiful boy.
Níor chuir a bheocht isteach ar chodladh a mháthar.
His liveliness did not disturb his mother's sleep.
Bhí fonn mór ar an Kotwal an naíonán álainn.
The Kotwal wanted the lovely infant very much.

Thóg sé an leanbh óna mháthair go ciúin.
He quietly took the child from his mother.
Agus chuir sé a leanbh marbh féin ina baclainn.
And in her arms he placed his own dead child.
Ar ndóigh, ní hé seo a d'fhéadfadh sé a rá lena bhean chéile.
Of course this is not what he could tell his wife.
"Cheapamar beirt go raibh ár mac básaithe."
"We both thought that our son had died".
"Agus thug mé a chorp go bruach na habhann."
"And I carried his body to the river bank".
"Agus sin an uair a tharla míorúilt."
"And that was when a miracle occurred".
"D'oscail ár mac a shúile óga arís."
"Once more our son opened his young eyes".
"Agus anois tá buachaill álainn agus beoga againn."
"And now we have a beautiful and lively boy".
Ach ní raibh a fhios ag bean chéile Swet na fíor-imeachtaí.
But Swet's wife did not know the true events.
Nuair a dhúisigh sí, choinnigh sí an leanbh marbh ina baclainn.
When she woke she held the dead child in her arms.
Agus cheap sí gurbh í a leanbh a fuair bás.
And she thought it was her child that had died.
Is furasta an trioblóid a bhí ina hintinn a shamhlú.
The distress of her mind may easily be imagined.
D'éirigh an domhan ar fad dorcha di.
The whole world became dark to her.
Bhí sí ag cur isteach ar a cuid oibre mar gheall ar chailliúint a linbh.
She was distracted by the loss of her child.
Agus ina seachrán rinne sí rún.
And in her distraction she formed a resolution.
Bhí sí cinnte go raibh sí sásta a beatha féin a bhaint di féin.
She had resolved to take her own life.
Ní raibh an abhainn i bhfad ón áit a raibh sí ina codladh.
The river was not far from where she had slept.
Agus chinn sí í féin a bháthadh san abhainn.

And she determined to drown herself in the river.

Thóg sí an beart seod ina láimh.

She took in her hand the bundle of jewels.

Agus ansin chuaigh sí ar aghaidh go dtí bruach na habhann.

And then she proceeded to the river-side.

Ní raibh sean-Brahmán i bhfad uaidh.

An old Brahman was at no great distance.

Bhí an Brahman ag déanamh a níocháin maidine.

The Brahman was performing his morning ablutions.

Thug sé faoi deara an bhean ag dul isteach san uisce.

He noticed the woman going into the water.

Ar ndóigh, cheap sé go raibh sí ag dul ag folcadh.

Naturally he thought that she was going to bathe.

Ach ansin chonaic sé í ag dul isteach sna huiscí doimhne.

But then he saw her going into the deep waters.

Tháinig rud éigin cosúil le hamhras chun cinn ina intinn.

Something akin to suspicion arose in his mind.

Chuir an Brahman deireadh lena dhílseacht.

The Brahman discontinued his devotions.

Shiúil seisean amach i dtreo doimhneacht na habhann freisin.

He too waded out towards the river's depth.

Agus d'ordaigh sé don bhean teacht chuige.

And he ordered the woman to come to him.

Chuala bean chéile Swet an seanfhear ag glaoch uirthi.

Swet's wife heard the old man calling her.

Mar sin d'fhill sí ar a céimeanna go dtí an seanfhear.

So she retraced her steps to the old man.

"Cad a bhí i gceist agat?" a d'fhiafraigh an Braham.

"What were your intentions?" asked the Braham.

Agus dheimhnigh an bhean a amhras.

And the woman confirmed his suspicions.

"Bhí mé chun deireadh a chur le mo shaol".

"I was going to put an end to my life".

Agus ghabh sí buíochas leis an mBrahmán as í a shábháil.

And she thanked the Brahman for saving her.

"Glac leis na seoda seo mar chomhartha buíochais".

"Accept these jewels as a sign of appreciation".
Ghlac an Brahman leis an gcomhartha buíochais.
The Brahman accepted the sign of appreciation.
Ach bhí níos mó suime aige ina scéal.
But he was more interested in her story.
Agus ar a iarratas d'inis sí a scéal dó.
And at his request she related her story.
Bhí sí tar éis éalú óna leasmháthair chéile.
She had escaped from her stepmother in law.
Sa choill rug sí leanbh.
In the forest she gave birth to a child.
Ar dtús chuaigh a fear céile ag lorg tine.
First her husband went looking for fire.
Ach níor tháinig a fear céile ar ais chuici riamh.
But her husband never came back to her.
Ansin chuaigh a deartháir céile ag lorg a fir chéile.
Then her brother-in-law looked for her husband.
Ach níor fhill a deartháir céile ach an oiread.
But her brother-in-law did not return either.
Faoi dheireadh thit sí ina codladh lena leanbh.
Eventually she fell asleep with her child.
Ach nuair a dhúisigh sí bhí a leanbh marbh.
But when she woke her child was dead.
Agus sin nuair a shocraigh sí í féin a bháthadh.
And that's when she decided to drown herself.
Mhothaigh sí faoiseamh a bhí ann a cinniúint a insint.
She felt the relieve of telling her fate.
Thug an Brahman cuireadh don bhean teacht chuig a theach.
The Brahman invited the woman to his house.
Agus glacadh leis an mbean ina theaghlach.
And the woman was accepted into his family.
Chaith bean an Brahman léi mar iníon.
The Brahman's wife treated her like a daughter.
Agus chaith sí blianta lena teaghlach nua.
And she spent years with her new family.
Chaith Swet na blianta sin ina ríocht.
Swet spend those years in his kingdom.

Chaith Basanta na blianta sin á chéasadh.
Basanta spent those years being tortured.
Agus d'fhás mac uchtaithe an Kotwal aníos.
And the adopted son of the Kotwal grew up.
Ní raibh teach an Brahman i bhfad ó theach na Kotwal.
The Brahman's house was not far from the Kotwal's.
Mar sin, bhuail mac na Kotwal le hiníon uchtaithe an Brahman.
So the Kotwal's son met the Brahman's adopted daughter.
Agus cheap an buachaill gur thit sé i ngrá léi.
And the lad thought he fell in love with her.
Labhair sé lena athair faoin mbean.
He spoke to his father about the woman.
Agus labhair an t-athair leis an mBrahman faoin mbean.
And the father spoke to the Brahman about the woman.
Ní raibh aon teorainn le fearg an Brahman.
The Brahman's rage knew no bounds.
"Cad é an míshuaimhneas seo!" a agóidigh an Bráhman.
"What is this insolence!" the Brahman protested.
"Is mac anachreidmhigh do mhac."
"Your son is the son of an infidel".
"Conas is féidir leis lámh iníne Brahman a shamhlú!?"
"How can he aspire to the hand of a Brahman's daughter!?".
"Is fearr d'abhac iarracht a dhéanamh greim a fháil ar an ngealach!"
"A dwarf may as well aspire to catch hold of the moon!".
Ach chinn mac Kotwal í a fháil le fórsa.
But the Kotwal's son determined to have her by force.
Lá amháin dhreap sé balla theach an Bhrámáin.
One day he scaled the wall of the Brahman's house.
Chuaigh sé suas ar dhíon tuí an tí bó.
He got upon the thatched roof of the cow-house.
Agus ón áit ard sin rinne sé taiscéalaíocht.
And from that lofty position he reconnoitered.
Agus chonaic sé dhá lao óga faoi.
And he saw two young calves below him.
Agus chuala sé comhrá beirt laonna óga.

And he overheard the conversation of two young calves.

"Cúisíonn fir aineolas brúidiúil agus neamhmhoráltacht orainn."

"Men accuse us of brutish ignorance and immorality".

"Ach i mo thuairimse tá fir caoga uair níos measa."

"But in my opinion men are fifty times worse".

"Cad a fhágann go ndeir tú é sin, a dheartháir?" a d'fhiafraigh an lao.

"What makes you say so, brother?" the calf asked.

"An bhfaca tú samplaí de mhí-iompar daonna?".

"Have you witnessed instances of human depravity?".

"Cé is ollphéist níos mó ná mac Kotwal?"

"Who is a greater monster than the Kotwal's son?".

"An buachaill céanna ina sheasamh ar an díon tuí".

"The same lad standing on the thatched roof".

"Díon an bhotháin seo os cionn ár gcinn".

"The roof of this hut above our heads".

"Shíl mé nach raibh ann ach mac lenár Kotwal."

"I thought he was just the son of our Kotwal".

"Ní chuala mé riamh go raibh sé thar a bheith cruálach".

"I never heard that he was exceptionally vicious".

"B'fhéidir nár chuala tú trácht ar a uilc riamh."

"You may have never heard of his wickedness".

"Ach anois cloisfidh tú faoina mhí-chiontacht uaimse."

"But now you will hear of his wickedness from me".

"Tá an buachaill olc seo ag déanamh pleananna neamh-mhorálta anois."

"This wicked lad is now making immoral plans".

"Tá sé ag iarraidh pósadh lena mháthair féin!"

"He is trying get married to his own mother!".

Ansin d'inis an Chéad Lao an scéal ar fad.

The First Calf then related the whole story.

Agus d'éist an Dara Lao fiosrach.

And the inquisitive Second Calf listened.

Agus d'inis an lao scéal Swet agus Basanta.

And the calf told Swet's and Basanta's story.

"Thóg ceannaí teach dá mhac"

"A merchant built a house for his son"
"Bhí éan Toontooni i ngairdín an tí"
"In the garden of the house was a Toontooni bird"
"Bhí ubh i nead an éin Toontooni"
"In the nest of the Toontooni bird was an egg"
"Chuir mac an cheannaí an ubh in almirah"
"The merchant's son put the egg in an almirah"
"Tháinig cailín álainn as an ubh"
"Out of the egg came a beautiful girl"
"Sa deireadh phós mac an cheannaí an cailín álainn seo"
"Eventually the merchant's son married this beautiful girl"
"Bhí beirt pháistí acu le chéile; Swet agus Basanta"
"Together they had two children; Swet and Basanta"
"Tamall ina dhiaidh sin fuair seanathair na bpáistí bás"
"Some time later the grandfather of the children died"
"Tamall ina dhiaidh sin fuair a seanmháthair bás freisin"
"Some time later again their grandmother died too"
"Ag an am ceart, phós an mac ba shine, Swet"
"At the right time, the oldest son, Swet, got married"
"Fuair a mháthair, bean Toontooni, bás tamall ina dhiaidh sin"
"His mother, the Toontooni woman, died sometime later"
"Go gairid ina dhiaidh sin phós a n-athair bean níos óige"
"Soon after their father married a younger woman"
"Ach bhí fuath ag a leasmháthair nua dá leasmhic"
"But their new stepmother hated her stepsons"
"Agus bhí fuath aici dá leasiníon nua freisin"
"And she also hated her new stepdaughter-in-law"
"Lá amháin, tharla gur thug iascaire cuairt ar an gceannaí"
"One day a fisherman happened to visit the merchant"
"Dhíol an t-iascaire iasc draíochta leis an gceannaí"
"The Fisherman had sold the merchant a magical fish"
"Gáire mór a dhéanfadh cibé duine a d'íosfadh an t-iasc"
"Whoever ate the fish would laugh maniks"
"Agus cibé duine a d'íosfadh an t-iasc, ghoilfeadh sé péarlaí"
"And whoever ate the fish would weep pearls"
"An lá céanna bhí argóint ann faoi roinnt colmán"

"The same day there was an argument over some pigeons"
"Bhí an leasmháthair thar a bheith díoltasach i leith a leasmhic"
"The stepmother was terribly vengeful to her stepsons"
"Agus mhionnaigh sí díoltas ar a leasmhic "
"And she swore revenge on her stepsons"
"An lá sin d'éalaigh Swet, a bhean chéile, agus Basanta"
"That day Swet, his wife, and Basanta escaped"
"Ach sular imigh siad d'ith siad an t-iasc draíochta"
"But before leaving they ate the magical fish"
"Ar a dturas rug bean chéile Swet buachaill beag"
"On their journey Swet's wife gave birth to a baby boy"
Chuaigh Swet ag lorg adhmaid le tine a dhéanamh
"Swet went to look for wood to make a fire"
"Ach d'iompair eilifint leis é"
"But he was carried away by an elephant"
"Tugadh chuig Banríon é a raibh nathair ag taibhse uirthi "
"He was taken to a Queen haunted by a snake"
"Ach d'éirigh leis an nathair a mharú"
"But he succeeded in killing the serpent"
"Agus mar sin rinneadh rí den tír de"
"And so he became king of the land"
"Chuaigh Basanta ag lorg a dhearthár"
"Basanta went looking for his brother"
"Ach gabhadh é ag ceannaí"
"But he was captured by a merchant"
"Agus anois tá sé á bhualadh agus á chiclú gach lá"
"And now he's flogged and tickled daily"
"Agus caoineann sé péarlaí agus gáireann sé go mall"
"And he cries pearls and laughs maniks"
"Bhí mac na Kotwal tar éis bháis an oíche sin"
"The Kotwal's son had died that night"
"Mar sin, mhalartaigh an Kotwal an dá leanbh"
"So the Kotwal exchanged the two babies"
"Ní raibh an mháthair in ann cailliúint a linbh a sheasamh"
"The mother couldn't bear the loss of her child"
"Mar sin rinne sí an cinneadh í féin a bháthadh"

"So she made the decision to drown herself"
"Ach bhí Brahman ann a shábháil a saol"
"But there was a Brahman that saved her life"
"Agus thug an Brahman seo isteach ina theach í"
"And this Brahman took her into his home"
"D'fhás mac na Kotwal suas ina bhuachaill cróga"
"The Kotwal's son grew up a hardy boy"
"Agus thit sé i ngrá leis an mbean"
"And he fell in love with the woman"
"Agus anois seasann sé ar an díon"
"And now he stands on the roof"
"Agus tá sé meáite ar an mbean a bheith aige"
"And he's intent on having the woman"
Chuala mac Kotwal seo go léir.
All this the Kotwal's son heard.
Agus bhuail uafás é.
And he was struck with horror.
Tháinig sé anuas ón tuí láithreach.
He forthwith got down from the thatch.
Agus chuaigh sé abhaile chuig a athair.
And he went home to his father.
Agus dúirt sé go gcaithfeadh sé labhairt leis an rí.
And he said he must speak with the king.
Rinne an t-athair agóid i gcoinne an iarratais.
The father protested against the request.
Ach fuair sé agallamh leis an rí.
But he got an interview with the king.
D'inis sé don rí faoi na dhá lao.
He told the king about the two calves.
Agus d'athdhúirt sé an scéal ar fad.
And he repeated the whole story.
Chuimhnigh an rí anois ar a bhean bhocht.
The king now remembered his poor wife.
Mar sin cuireadh seirbhíseach chuig an Brahman.
So a servant was sent to the Brahman.
Agus tugadh luach saothair flúirseach don Brahman.
And the Brahman was richly rewarded.

Agus tugadh a bhean ar ais go dtí an pálás.
And his wife was brought back to the palace.
Cuireadh a bhean chéile ina post ceart.
His wife was put in her proper position.
Agus rinneadh banríon na ríochta di.
And she became queen of the kingdom.
Athghlacadh mac líomhnaithe na Kotwal.
The reputed son of the Kotwal was readopted.
Agus fógraíodh é mar oidhre ar an ríchathaoir.
And he was proclaimed heir to the throne.
Tugadh Basanta amach as an uaimh.
Basanta was brought out of the dungeon.
Agus cuireadh an ceannaí olc beo.
And the wicked merchant was buried alive.
Agus cuireadh dealga ina adhlac.
And thorns were put in his burying-place.
Agus bhí cónaí orthu go léir le chéile go sona sásta ar feadh blianta fada.
And all lived together happily for many years.
Swet, a bhean chéile agus a mhac, agus Basantas.
Swet, his wife and son, and Basantas.

Súil Olc Sani
The Evil Eye of Sani

Fadó fadó, thit Sani agus Lakshmi amach le chéile.

Once upon a time Sani and Lakshmi fell out with each other.

Is é Sani, ar a dtugtar Satarn freisin, Dia an droch-ádh.

Sani, also known as Saturn, is the God of bad luck.

Agus is í Lakshmi bandia an ádh mór.

And Lakshmi is the Goddess of good luck.

Agus thit an dá Dhia seo ar neamh lena chéile.

And these two Gods fell out with each other in heaven.

Dúirt Sani go raibh sé níos airde i rang ná Lakshmi.

Sani said he was higher in rank than Lakshmi.

Agus dúirt Lakshmi go raibh sí níos airde i rang ná Sani.

And Lakshmi said she was higher in rank than Sani.

Ach bhí an oiread céanna Déithe ann agus a bhí Bandia ann.

But there were just as many Gods as there were Goddesses.

Dá bhrí sin ní fhéadfaí an díospóid a réiteach ar neamh.

Therefore the dispute could not be settled in heaven.

D'aontaigh na déithe iomaíocha an t-ábhar a tharchur chuig daoine.

The contending deities agreed to refer the matter to humans.

Bhí ainm ar na daoine as eagna agus ceartas.

The humans had a name for wisdom and justice.

Bhí fear darbh ainm Sribatsa ina chónaí ar talamh ag an am sin.

There lived at that time upon earth a man named Sribatsa.

(Is ainm eile de chuid Lakshmi é Sri).

(Sri is another name of Lakshmi).

(Agus is focal eile é "batsa" do leanbh).

(And "batsa" is another word for child).

(mar sin ciallaíonn Sribatsa "leanbh na fortún" go litriúil).

(so Sribatsa literally means "the child of fortune").

Bhí an oiread céanna eagna agus a bhí saibhreas ag Sribatsa.

Sribatsa had as much wisdom as he had wealth.

Agus bhí sé chomh cothrom agus a bhí sé saibhir freisin.

And he was as fair as he was rich, too.

Dá bhrí sin, ba bhreitheamh maith é don díospóid.

He was therefore a good judge for the dispute.

Agus d'aontaigh an Dia agus an Bandia go bhféadfadh sé breithiúnas a thabhairt ar a gcás.

And the God and Goddess agreed he could judge their case.

Lá amháin, dá réir sin, rinneadh teagmháil le Sribatsa.

One day, accordingly, Sribatsa was contacted.

Dúradh leis go dtiocfadh Sani agus Lakshmi chuige.

He was told that Sani and Lakshmi would come to him.

Agus dúradh leis gur mhian leo go réiteodh sé a n-aighneas.

And he was told they wished for him to settle their dispute.

Chuir sé seo Sribatsa i staid leochaileach.

This put Sribatsa in a delicate situation.

D'fhéadfadh sé a rá go raibh Sani níos airde i rang ná Lakshmi.

He could say Sani was higher in rank than Lakshmi.

Ach ansin bheadh sí feargach leis agus thréigfeadh sí é.

But then she would be angry with him and forsake him.

D'fhéadfadh sé a rá go raibh Lakshmi níos airde i rang ná Sani.

He could say Lakshmi was higher in rank than Sani.

Ach ansin chaithfeadh Sani a shúil olc air.

But then Sani would cast his evil eye upon him.

Shocraigh sé gan aon rud a rá go díreach.

He made up his mind not to say anything directly.

B'éigean don dia agus don bhandia breathnú ar a ghníomhartha.

The god and the goddess had to observe his actions.

Agus óna ghníomhartha d'fhéadfaidís a dtuairimí a bhailiú.

And from his actions they could gather their opinions.

D'ordaigh Sribatsa dhá chathaoir a dhéanamh.

Sribatsa ordered two chairs to be made.

Bhí ceann de na cathaoireacha déanta as ór.

One of the chairs was made from gold.

Agus bhí an chathaoir eile déanta as airgead.

And the other chair was made from silver.

Agus chuir sé an dá chathaoir in aice leis féin.

And he placed the two chairs beside himself.
Tháinig an lá nuair a thug Sani agus Lakshmi cuairt ar Sribatsa.
The day came when Sani and Lakshmi visited Sribatsa.
Dúirt sé le Sani suí ar an gcathaoir airgid.
He told Sani to sit upon the silver chair.
Agus dúirt sé le Lakshmi suí ar an gcathaoir óir.
And he told Lakshmi to sit upon the gold chair.
Chuaigh Sani ar mire le buile, agus labhair sí go feargach;
Sani became mad with rage, and spoke angrily;
"Meastar tú go bhfuilim níos ísle i rang ná Lakshmi"
"You consider me lower in rank than Lakshmi"
"Caithfidh mé mo shúil ort ar feadh trí bliana"
"I will cast my eye on you for three years"
"Feicfimid conas a éireoidh leat ag deireadh na tréimhse sin"
"We shall see how you fare at the end of that period"
D'imigh an dia ansin i bhfeirg mhór.
The god then went away in great anger.
Dúirt Lakshmi, sular imigh sí, le Sribatsa;
Lakshmi, before she went away, said to Sribatsa;
"A leanbh, ná bíodh eagla ort. Déanfaidh mé cairdeas leat."
"My child, do not fear. I'll befriend you"
D'imigh an dia agus an bandia ansin.
The god and the goddess then went away.
Labhair Sribatsa lena bhean chéile, Chantamani;
Sribatsa spoke to his wife, Chantamani;
"A ghrá geal, beidh súil olc Sani orm"
"Dearest, the evil eye of Sani will be upon me"
"Is fearr dom imeacht ón teach"
"I had better go away from the house"
"Má fhanfaidh mé, beidh olc orainn féin agus orainn"
"If I stay evil will befall you and me"
"Ach má imeoidh mé, ní bheidh ach an t-olc i réim orm"
"But if I go, evil will overtake me only"
Dúirt Chintamani, "ní féidir é a bheith mar sin"
Chintamani said, "it cannot be that way"
"Pé áit a rachaidh tú, rachaidh mise leat"

"Wherever you go, I will go with you"
"Is é do ádh mór mo ádh mór"
"Your good luck shall be my good luck"
"Agus is é do dhroch-ádh mo dhroch-ádh féin"
"And your bad luck shall be my bad luck"
Rinne an fear céile iarracht mhór a bhean chéile a chur ina luí uirthi fanacht.
The husband tried hard to persuade his wife to stay.
Ach ní raibh aon úsáid ina chuid iarrachtaí go léir.
But all his efforts were of no use.
Dhiúltaigh sí a fear céile a thréigean.
She refused to abandon her husband.
Dúirt Sribatsa lena bhean chéile poll a dhéanamh ina tocht.
Sribatsa told his wife to make an opening in their mattress.
Agus dúirt sé léi a gcuid airgid agus seodra go léir a chur i bhfolach.
And he told her to stow away all their money and jewels.
Ar an oíche roimh imeacht as a dteach, d'iarr Sribatsa ar Lakshmi.
On the eve of leaving their house, Sribatsa invoked Lakshmi.
Nuair a glaodh air, tháinig Lakshmi i láthair láithreach.
Upon being invoked, Lakshmi forthwith appeared.
"A Mháthair Lakshmi, tá súil olc Sani orainn"
"Mother Lakshmi, the evil eye of Sani is upon us"
"Táimid ag imeacht ar deoraíocht"
"We are going away into exile"
"Déan cairdeas linn, le do thoil, agus tabhair aire dár maoin"
"Please befriend us, and take care of our property"
D'fhreagair bandia an ádh mhóir.
The goddess of good luck answered.
"Ná bíodh eagla ort; déanfaidh mé cairdeas leat"
"Do not fear; I'll befriend you"
"Beidh gach rud ceart go leor sa deireadh"
"In the end all will be right"
Ansin chuir siad rompu ar a dturas.
They then set out on their journey.
Rolladh Sribatsa an tocht suas agus chuir sé ar a cheann é.

Sribatsa rolled up the mattress and put it on his head.
Ní raibh siad imithe mórán míle nuair a chonaic siad abhainn.
They had not gone many miles when they saw a river.
Bhí canú ann agus fear ina shuí ann.
There was a canoe with a man sitting in it.
D'iarr na taistealaithe ar an bhfear farantóireachta iad a thabhairt trasna.
The travelers requested the ferryman to take them across.
Dúirt an fear farantóireachta nach bhféadfadh sé ach ceann amháin a thógáil ag an am.
The ferryman said he could only take one at a time.
"Tá triúr agaibh ann," a agóid sé.
"Tere are three of you," he objected.
"Sin tusa, do bhean chéile, agus do thocht"
"There is you, your wife, and your mattress"
Mhol Sribatsa cén ord ina ndéanfaidís an abhainn a iompar.
Sribatsa proposed in what order they should ferry over the river.
"Ar dtús ba chóir mo bhean chéile a thabhairt trasna na habhann"
"First my wife should be taken across the river"
"Tar éis mo mhná céile, tabhair an tocht trasna na habhann"
"After my wife, take the mattress across the river"
"Agus ansin is féidir leat mé a thabhairt trasna na habhann"
"And then you can take me across the river"
Ach ní chloisfeadh an fear farantóireachta trácht air.
But the ferryman would not hear of it.
"Ceann amháin ag an am," a dúirt sé arís.
"Only one at a time," he repeated.
"Lig dom an tocht a thabhairt trasna ar dtús"
"First let me take across the mattress"
Ní fhaca Sribatsa aon chúis le agóid a dhéanamh i gcoinne an togra.
Sribatsa saw no reason to object to the proposal.
Thosaigh an fear farantóireachta ag tabhairt an tocht trasna na habhann.

The ferryman started taking the mattress across the river.
Bhí sé sroichte leathbhealach trasna na habhann.
He had reached halfway across the river.
Ach ansin, as áit ar bith, tháinig gaille fíochmhar chun cinn.
But then, from nowhere, a fierce gale arose.
Chaill an fear farantóireachta smacht ar a chanú.
The ferryman lost control of his canoe.
Séideadh an tocht isteach san abhainn.
The mattress was blown into the river.
Thug an abhainn gach rud léi.
The river carried everything away with it.
Agus ní fhacthas na fir farantóireachta, an canú, ná an tocht arís choíche.
And the ferrymen, canoe, and mattress were never seen again.
Ach ní raibh sin fiú ar na himeachtaí is aisteach.
But that was not even the strangest events.
Mar gheall gur imigh an abhainn as radharc freisin.
Because the river also disappeared into thin air.
In áit a raibh uisce bhí talamh tirim ann anois.
Where there was water there was now dry ground.
Bhí a fhios ag Sribatsa go raibh súil olc Sani ag faire.
Sribatsa knew the evil eye of Sani had been watching.

Ní raibh pingin amháin ina bpócaí ag Sribatsa ná a bhean chéile.
Sribatsa and his wife had not a pice in their pockets.
Le chéile, bocht, chuaigh siad go sráidbhaile in aice láimhe.
Together, impoverished, they went to a nearby village.
Gearrthóirí adhmaid den chuid is mó a bhí ina gcónaí sa sráidbhaile.
The village was dwelt in mostly by wood-cutters.
Ag éirí na gréine chuaigh na gearrthóirí adhmaid ag gearradh adhmaid.
At sunrise the woodcutters went to cut wood.
Agus an t-adhmad a ghearr siad dhíol siad i mbaile i bhfad i gcéin.
And the wood they cut they sold in a faraway town.

D'iarr Sribatsa oibriú leis na gearrthóirí adhmaid.

Sribatsa asked to work with the wood-cutters.

Agus d'aontaigh na gearrthóirí adhmaid ligean dó adhmad a ghearradh.

And the wood-cutters agreed to let him cut wood.

D'fhéadfadh sé crainn a leagan chomh maith leis na cinn is fearr díobh.

He could fell trees as well as the best of them.

Ach bhí Sribatsa difriúil ó na gearrthóirí adhmaid.

But Sribatsa was different from the wood-cutters.

Gearrann na gearrthóirí adhmaid gach cineál adhmaid.

The wood-cutters cut any and every sort of wood.

Ach níor ghearr Sribatsa ach na cineálacha adhmaid luachmhara.

But Sribatsa cut only the precious types of wood.

Dhírigh a chuid iarrachtaí ar adhmad sandail a ghearradh síos.

His efforts were focused on cutting down sandal-wood.

Thug na gearrthóirí adhmaid luchtanna móra adhmaid choitinn chuig an margadh.

The wood-cutters brought to market large loads of common wood.

Níor thug Sribatsa ach cúpla píosa adhmaid sandal chuig an margadh.

Sribatsa brought only a few pieces of sandal-wood to the market.

Íocadh i bhfad níos mó airgid leis ná na daoine eile.

He was paid a great deal more money than the others.

Lean rudaí ar aghaidh ar an mbealach seo ar feadh roinnt laethanta.

Things went on this way for some days.

Agus tháinig éad ar na gearrthóirí adhmaid le Sribatsa.

And the wood-cutters became jealous of Sribatsa.

Ina n-éad, chomhcheilg siad i gcoinne Sribatsa.

In their jealousy they plotted against Sribatsa.

Agus ar deireadh thiomáin siad Sribatsa agus a bhean chéile amach as an sráidbhaile.

And finally they drove Sribatsa and his wife from the village.

Rinne Sribatsa agus a bhean chéile a mbealach go sráidbhaile eile.
Sribatsa and his wife made their way to another village.
Sa sráidbhaile seo bhí go leor ban a bhí ag fíodóireacht.
In this village there were many women that weaved.
Anseo, rinne Chintamani í féin úsáideach trí chadás a shníomh.
Here Chintamani made herself useful by spinning cotton.
Bean chliste agus oilte ab ea Chintamani.
Chintamani was an intelligent and skillful woman.
Mar sin shníomh sí snáithe níos míne ná na mná eile.
So she spun finer thread than the other women.
Agus fuair sí níos mó airgid ná na mná eile.
And she got paid more money than the other women.
Mhuscail sé seo éad i measc mhná dúchasacha an tsráidbhaile.
This roused the envy of the native women of the village.
Ach ní raibh éad na mban eile ar fad.
But the envy of the other women was not all.
Bhí Sribatsa ag iarraidh dea-ghrá na bhfíodóirí a fháil.
Sribatsa wanted to gain the good grace of the weavers.
Mar sin thug sé cuireadh do na mná a bhí ag sníomh cadáis chuig féasta.
So he invited the women that spun cotton to a feast.
Bhí na miasa go léir a bhain leis an gcluiche cócaráilte ag a bhean chéile.
The dishes of the feat were all cooked by his wife.
Fíodóir maith ab ea Chintamani, agus cócaire den scoth.
Chintamani was a good weaver, and an excellent in cook.
Chuir sí na milseáin os comhair na mban.
She placed the delicacies before the women.
Agus bhí na fíodóirí barbaracha an-draíochtúil.
And the barbarous weavers were quite charmed.
Chuaigh na fir a dtithe agus a mbolg lán.
The men went to their homes with their bellies full.

Ach nuair a shroich siad abhaile, cháin siad a mná céile.

But when they got home, they reproached their wives.

"Cén fáth nach mbíonn tú ag cócaireacht cosúil le bean chéile Sribatsa?"

"Why do you not cook like the wife of Sribatsa"

Agus thug na fir mná gan tairbhe ar a mná céile.

And the men called their wives good-for-nothing women.

Mar thoradh air sin, bhí fuath níos mó ag na mná do Chintamani.

This made the women hate Chintamani the more.

Lá amháin chuaigh Chintamani go dtí bruach na habhann.

One day Chintamani went to the river-side.

Bhí sí ag iarraidh folcadh a thógáil in éineacht leis na mná eile sa sráidbhaile.

She wanted to bathe along with the other women of the village.

Bhí bád ina luí ar an mbruach, sáinnithe ar an ngaineamh.

A boat had been lying on the bank, stranded on the sand.

Bhí an bád sáinnithe ansin le fada an lá.

The boat had been stranded there for many days.

Bhí siad tar éis iarracht a dhéanamh an bád a bhogadh, ach níor éirigh leo.

They had tried to move the boat, but in vain.

Tharla gur bhain Chintamani leis an mbád.

It so happened that Chintamani touched the boat.

Timpiste a bhí ann, mar ní raibh sí i gceist teagmháil a dhéanamh leis an mbád.

It was an accident, for she did not mean to touch the boat.

Ach cibé acu a bhí sé i gceist aici nó nach raibh, bhog an bád.

But whether she meant to or not, the boat moved.

Agus go luath bhí an bád ag dul amach go dtí an abhainn.

And soon the boat was heading off to the river.

Bhí ionadh ar na báideoirí faoin méid a chonaic siad.

The boatmen were astonished by what they had seen.

Cheap siad go raibh cumhacht neamhghnách ag an mbean.

They thought that the woman had uncommon power.

Agus mar sin cheap siad go bhféadfadh sí a bheith
úsáideach amach anseo.
And so they thought she might be useful in future.
Dá bhrí sin, rug siad uirthi, i gcoinne a tola.
They therefore caught hold of her, against her will.
Agus chuir siad sa bhád í, agus rámhaigh siad leo.
And they put her in the boat, and rowed off.
Bhí mná an tsráidbhaile i láthair don fhuadach seo.
The women of the village were present for this kidnapping.
Ach níor thairg siad aon chúnamh do Chintamani.
But they did not offer Chintamani any assistance.
Mar gheall gur chuir Chintamani droch-sholas orthu.
Because Chintamani had put them in a bad light.

Chuala Sribatsa conas a d'iompair báid a bhean chéile ar
shiúl.
Sribatsa heard how his wife had been carried away by
boatmen.
Ligfidh mé duit a shamhlú conas a chuaigh sé ar mire le
brón.
I will let you imagine how he became mad with grief.
D'fhág sé an sráidbhaile agus chuaigh sé go dtí bruach na
habhann.
He left the village and went to the river-side.
Agus shocraigh sé cúrsa an tsrutha a leanúint.
And he resolved to follow the course of the stream.
Feadh an tsrutháin bhí sé cinnte go mbuailfeadh sé le bád na
bhfuadaitheoirí.
Along the stream he was sure to meet the kidnappers' boat.
Thaistil sé ar aghaidh agus ar aghaidh, feadh bhruach na
habhann.
He travelled on and on, along the side of the river.
Agus thaistil sé go dtí gur tháinig dorchadas air faoi
dheireadh.
And he travelled till it eventually became dark.
Ní raibh aon bhotháin le feiceáil san áit a raibh sé.
Where he was there were no huts to be seen.

Mar sin dhreap sé isteach i gcrann le codladh don oíche.
So he climbed into a tree to sleep for the night.
Ar maidin dár gcionn tháinig sé anuas den chrann.
In the next morning he got down from the tree.
Ag bun an chrainn chonaic sé bó Kapila.
At the foot of the tree he saw a Kapila-cow.
Ní bhíonn aon laonna ag bó Kapila riamh.
A Kapila-cow never has any calves of her own.
Ach is féidir í a bhleán ag gach uair den lá.
But she can be milked at all hours of the day.
Bhleán Sribatsa an bhó gan agóid a dhéanamh.
Sribatsa milked the cow without her objecting.
Agus d'ól sé an bainne go dtí sástacht a chroí.
And he drank the milk to his heart's content.
Agus ansin thug sé faoi deara rud éigin eile faoin mbó.
And then he noticed something else about the cow.
Bhí dath buí geal ar aoileach na bó.
The dung of the cow was of a bright yellow color.
Go deimhin, bhí aoileach na bó déanta as ór íon.
In fact, the dung of the cow was made of pure gold.
Bhí aoileach órga na mbó fós bog.
The golden cow dung was still in a soft state.
Mar sin bhí sé in ann a ainm a scríobh sa chnapán órga.
So he was able to write his name in the golden dung.
I rith an lae chruaigh an aoileach.
During the course of the day the dung hardened.
Agus ar deireadh bhí cuma bríce óir ar an aoileach.
And finally the dung looked like a brick of gold.
D'fhás an crann inar chodail sé ar bhruach na habhann.
The tree he had slept in grew on the river-side.
Agus thug an bhó Kapila bainne dó an lá ar fad.
And the Kapila-cow supplied him with milk all day.
Mar sin shocraigh Sribatsa fanacht ansin leis an mbád.
So Sribatsa decided to wait there for the boat.
Ar maidin leag an bhó an t-earra luachmhar i leataobh.
In the morning the cow deposited the precious article.
Agus san oíche chuir an bhó an t-earra luachmhar i leataobh.

And at night the cow deposited the precious article.
Mar sin mhéadaigh na brící óir gach lá.
So the gold bricks increased every day.
Agus bhí a ainm greanta aige ar gach bríce órga.
And on each golden brick he had engraved his name.
Chruach sé na brící ar bharr a chéile.
He stacked the bricks on top of each other.
Ó chian bhí cuma chnoc óir air.
From a distance it looked like a hillock of gold.

Ach anois ní mór dúinn Sribatsa a fhágáil chun a chuid óir a charnadh.
But now we must leave Sribatsa to stack his gold.
Agus ní mór dúinn ár n-aird a dhíriú ar Chintamani.
And we must turn our attention to Chintamani.
Bean ghrástúil agus áille ab ea Chintamani.
Chintamani was a graceful woman of great beauty.
Bhí imní uirthi go bhféadfadh a háilleacht a bheith ina scrios uirthi.
She had worried her beauty might be her ruin.
Mar sin, d'ofráil sí paidir agus í á fuadach.
So she offered a prayer as she was being kidnapped.
"A Lakshmi, a Mháthair Lakshmi! déan trua dom"
"Lakshmi, O Mother Lakshmi! have pity upon me"
"Rinne tú álainn mé, rinne tú"
"Thou hast made me beautiful, you have"
"Ach anois is cinnte go mbeidh mo áilleacht ina scrios orm"
"But now my beauty will undoubtedly be my ruin"
"Táim i ndán mo onóir agus mo mheanmnacht a chailleadh"
"I am bound to loss my honor and my chastity"
"Dá bhrí sin, impím ort, a Mháthair ghrástúil;"
"I therefore beseech thee, gracious Mother;"
"Bain mo áilleacht díom, agus déan gránna díom"
"Take my beauty from me, and make me ugly"
"Clúdaigh mo chorp le galar gránna éigin"
"Cover my body with some loathsome disease"

"**Ar an mbealach sin, ní fhéadfadh na báidéirí teagmháil a
dhéanamh liom**"
"That way the boatmen might not touch me"
Bhí Chintamani i mbaiclíní na mbádóirí.
Chintamani was in the arms of the boatmen.
Ach chuala Bandia an ádh mhóir a paidir.
But the Goddess of good fortune heard her prayer.
I gcnapán súl d'athraigh a cruth.
In the twinkling of an eye her form changed.
D'imigh a cruth álainn nádúrtha as radharc.
Her naturally beautiful form faded away.
Agus rinneadh corp gránna di.
And she was turned into a vile carcass.
Bhí na báideoirí ag cur síos sa bhád í.
The boatmen were putting her down in the boat.
**Fuair siad amach go raibh a corp clúdaithe le créachta
gránna.**
They found her body was covered with loathsome sores.
Agus bhí boladh gránna ag teacht amach ó na créachta.
And the sores were giving out a disgusting stench.
Dá bhrí sin, chaith siad isteach i mbolg an bháid í.
They therefore threw her into the hold of the boat.
Agus d'fhág siad í i measc lasta na loinge.
And they left her amongst the cargo of the ship.
Ar maidin agus tráthnóna chuir siad roinnt bia chuici.
Morning and evening they sent her some food.
Beagán ríse bruite, agus roinnt uisce le hól.
A little boiled rice, and some water to drink.
Bhí Chintamani trua i gcabhail na loinge.
Chintamani was miserable in the hull of the ship.
Ach b'fhearr léi anró ná an rogha eile.
But she greatly preferred misery to the alternative.
B'fhearr léi a bheith trua ná a geanmnacht a chailleadh.
She would rather be miserable than loss her chastity.

Bhí na báideoirí imithe go calafort éigin chun lasta a dhíol.
The boatmen had gone to some port to sell cargo.

Agus iad ag seoladh ar ais chonaic siad rud éigin.

While sailing back they caught sight something.

Cois abhann, is cosúil go raibh cnoc óir.

By the river-side there seemed to be a hillock of gold.

Bhí Sribatsa ag faire cois na habhann.

Sribatsa had been keeping watch by the river.

Mar sin bhí áthas air bád a fheiceáil ag teacht chuige.

So he was delighted to see a boat approach him.

Mar gur shamhlaigh sé go geanúil go bhféadfadh a bhean chéile a bheith ar bord.

Because he fondly imagined his wife might be on board.

Chuaigh na báideoirí go santach go dtí an cnoc óir.

The boatmen went greedily to the hillock of gold.

Ar ndóigh, dúirt Sribatsa leo gur leis an ór.

Of course Sribatsa told them the gold was his.

Ach níor chuidigh sin mórán le Sribatsa.

But that didn't help Sribatsa very much.

Thug na mairnéalaigh ina phríosún é ar an mbád.

The sailors took him prisoner on the boat.

Agus luchtáil siad an t-ór ar a soitheach.

And they loaded the gold onto their vessel.

Tharla gur chuir siad i bpríosún é gar don bhean ghránna.

They happened to imprison him close to the ugly woman.

Ar ndóigh, d'aithin an fear céile agus an bhean chéile a chéile.

Of course the husband and wife recognized each other.

In ainneoin an athraithe a bhí tagtha ar Chintamani.

In spite of the change Chintamani had undergone.

Agus in ainneoin a sceitimíní choinnigh siad a suaimhneas.

And despite their excitement they kept their composure.

Agus cheap siad gurbh é an rud ciallmhar gan labhairt lena chéile.

And they thought it prudent not to speak to each other.

Ina áit sin, chuir siad a gcuid smaointe in iúl trí ghothaí.

Instead they communicated their ideas through gestures.

Tá rud éigin ba chóir duit a bheith ar eolas agat faoi na báideoirí.

There is something you should know about the boatmen.
Bhí an-dúil ag na bádóirí seo i ndísle a imirt.
These boatmen were very fond of playing at dice.
Bhí cuma fhear measúil ar Sribatsa dóibh.
Sribatsa appeared to them to be a respectable man.
Mar sin d'iarr siad air i gcónaí páirt a ghlacadh sa chluiche.
So they always asked him to join in the game.
Tharla gur imreoir dísle saineolach a bhí i Sribatsa.
Sribatsa happened to be an expert dice player.
In ainneoin a gcuid iarrachtaí bhuaigh sé beagnach gach cluiche.
Despite their efforts he won almost every game.
Is féidir leat a shamhlú conas a mhothaigh na mairnéalaigh faoin gcaillteanas.
You can imagine how the sailors felt about losing.
Agus le héad chaith na báideoirí thar bord é.
And in jealousy the boatmen threw him overboard.
Chonaic Chintamani na fir ag caitheamh a fir chéile thar bord.
Chintamani saw the men throw her husband overboard.
Ar ámharaí an tsaoil do Sribatsa, bhí láithreacht mheabhrach iontach ag a bhean chéile.
Fortunately for Sribatsa, his wife had great presence of mind.
Bhí piliúr ligthe ag na báideoirí di le go scíth a ligean ar a ceann.
The boatmen had allowed her a pillow to rest her head.
Agus chaith sí an piliúr seo isteach san uisce ag an am céanna.
And she simultaneously threw this pillow into the water.
D'éirigh le Sribatsa greim a fháil ar an bpilliún.
Sribatsa was able to grab hold of the pillow.
Agus chabhraigh an piliúr leis snámh síos an sruth.
And the pillow helped him float down the stream.
Go dtí titim na hoíche, thug an abhainn síos an abhainn é.
Up until nightfall the river carried him downstream.
Ag titim na hoíche shroich sé rud a dhealraigh a bheith ina ghairdín.

At nightfall he arrived at what seemed to be a garden.
Mar gheall go raibh sé dorcha ní raibh aon rud a d'fhéadfadh sé a dhéanamh.
Because it was dark there was nothing he could do.
Mar sin d'fhan sé sa ghairdín ar feadh na hoíche, fuar agus fliuch.
So all night he stayed in the garden, cold and wet.
Ba chóir dom a insint duit cé leis an ngairdín seo.
I should tell you who this garden belonged to.
Ba é seo gairdín seanbhean bhaintreach.
This was the garden of an old widowed woman.
Bhíodh an bhean seo ag soláthar bláthanna don rí.
This woman used to supply flowers for the king.
Ach lá amháin tháinig plá éigin ar a gairdín.
But one day some blight had come over her garden.
Scoir beagnach gach crann agus planda de bhláthú.
Almost all the trees and plants ceased flowering.
Dá bhrí sin, bhí sí tar éis éirí as an ngnó a bhí aici.
She had therefore given up the business she had.
Agus ní raibh sí ina soláthraí bláthanna ríoga a thuilleadh.
And she was no longer the royal flower supplier.
Mar sin féin, bhí teacht Sribatsa tar éis athnuachan a dhéanamh ar a gairdín.
However, Sribatsa's arrival had rejuvenated her garden.
Is ar éigean a chreid sí a súile ar maidin.
She could scarcely believe her eyes in the morning.
Bhí an gairdín ar fad trí thine le bláthanna arís.
The whole garden was ablaze with flowers again.
Ní raibh aon phlanda nach raibh faoi bhláth.
There was no plant that was not in bloom.
Agus bhí gach crann a bhí aici clúdaithe le bláthanna.
And every tree she had was begemmed with flowers.
Ní raibh aon bhealach aici cúis na míorúilte a fháil amach.
She had no way of knowing the cause of the miracle.
Agus mar sin shiúl sí tríd an ngairdín.
And so she took a walk through the garden.
Ach fuair sí cúis na bláthanna go léir go luath.

But she soon found the cause of all the flowers.
Ar imeall a gairdín bhí fear fuar, fliuch.
At the edge of her garden was a cold, wet man.
Bhí sé ag crith agus beagnach marbh de bharr hipiteirme.
He was shivering and almost dead from hypothermia.
Thug sí an fear isteach ina teachín láithreach.
She immediately brought the man into to her cottage.
Agus las sí tine chun roinnt teasa a thabhairt dó.
And she lighted a fire to give him some warmth.
Thug sí aire dó agus thaispeáin sí gach aird dó.
She nursed him and showed him every attention.
Agus chuir sí an mhíorúilt i leith a láithreachta.
And she ascribed the miracle to his presence.
Chuir sí chomh compordach agus ab fhéidir leis é.
She made him as comfortable as she could.
Agus ansin rith sí go dtí pálás an rí.
And then she ran to the king's palace.
D'iarr sí labhairt le príomhsheirbhíseach an rí.
She asked to speak to the king's chief servant.
Agus d'inis sí dó an t-ádh a bhí uirthi.
And she told him the good fortune she had had.
"Is féidir liom bláthanna a sholáthar don phálás arís"
"I can again supply the palace with flowers"
Bhí a bláthanna in easnamh go mór sa phálás.
Her flowers had been very much missed at the palace.
Mar sin cuireadh ar ais ina post roimhe sin í láithreach.
So she was immediately restored to her former position.
Ba í bean bláthanna an teaghlaigh ríoga arís.
She was again the flower-woman of the royal household.

Chaith Sribatsa cúpla lá eile ag téarnamh óna shláinte.
Sribatsa spent a few more days recovering his health.
Agus sa deireadh bhí a bheocht go léir ar ais aige.
And eventually he had all his vitality back.
D'fhiafraigh sé den bhean an bhféadfadh sé labhairt le ministir.
He asked the woman if he could speak with a minister.

Mar sin thug an bhean léi go dtí an pálás é.

So the woman took him to the palace with her.

Thug duine de airí an rí ceapachán dó.

One of the king's ministers gave him an appointment.

Agus fuarthas amach láithreach gur fear cliste a bhí ann.

And he was at once found to be a man of intelligence.

Mar sin tairgeadh post dó i seirbhís an rí.

So was offered a position in the king's service.

Go deimhin, bhí cead aige an post a theastaigh uaidh a roghnú.

In fact, he was allowed to choose what job he wanted.

D'iarr sé bheith ina bhailitheoir dolaí ar an abhainn.

He asked to be collector of tolls on the river.

Bhí an tAire sásta an post a thabhairt do Sribatsa.

The minister was happy to give Sribatsa the job.

Bhí duine éigin ag teastáil ón ríocht chun dolaí abhann a bhailiú.

The kingdom needed someone to collect river-tolls.

Agus thosaigh Sribatsa láithreach ar a phost nua.

And Sribatsa immediately started his new job.

Níorbh fhada gur tháinig a phlean i gcrích.

It wasn't long before his plan came to fruition.

Bhí an bád a raibh a bhean chéile air ag teacht síos an abhainn.

The boat his wife was on was coming down the river.

Faoi údarás an rí choinnigh sé an bád.

Under the king's authority he detained the boat.

Agus chuir sé na báideoirí i leith goid brící óir.

And he charged the boatmen with the theft of gold-bricks.

Thaitin fuaim báid lán óir leis an rí.

The king liked the sound of a boat full of gold.

Mar sin tháinig an rí féin go dtí bruach na habhann.

So the king himself came to the river-side.

Bhí ionadh air féin faoin méid óir a bhí acu.

Even he was amazed by the quantity of gold they had.

Agus bhí inscríbhinn Sribatsa ar gach bríce óir.

And every gold brick had Sribatsa's inscription.

Ag an am céanna tharrtháil sé a bhean chéile ó na báideoirí.

At the same time he rescued his wife from the boatmen.

Ar ais ar thalamh tirim d'fhill sí ar a háilleacht roimhe seo.

Back on dry land she returned to her previous beauty.

D'inis sé scéal a mí-ádh don rí.

He told the king the story of their misfortune.

Agus bhí siad mar aoi ag an rí ina phálás.

And the king had them as a guest in his palace.

Thug an rí bronntanais dóibh - capaill agus eilifintí.

The king gave them presents of horses and elephants.

Agus ar na capaill agus na heilifintí a mharcaigh siad go dtí a dtír.

And on the horses and elephants they rode to their country.

Bhí súil olc Sani iompaithe ó Sribatsa anois.

The evil eye of Sani was now turned away from Sribatsa.

Agus bhí sé arís mar a bhí sé roimhe.

And he again became what he formerly was.

Ba é Sribatsa é arís; Leanbh na Fortún.

He was again Sribatsa; the Child of Fortune.

An Buachaill a raibh seachtar máthar ag cíoradh
The Boy whom Seven Mothers Suckled

Bhí rí ann fadó fadó a raibh seacht mbanríon aige.
Once on a time there reigned a king who had seven queens.
Bhí sé an-bhrónach, mar bhí na seacht banríon go léir lom.
He was very sad, for the seven queens were all barren.
Lá amháin, áfach, casadh air bean naofa.
One day, however, he met a holy mendicant.
D'inis an bearthóir naofa don rí faoi fhoraois áirithe.
The holy mendicant told the king about a certain forest.
Sa choill seo bhí cineál speisialta crainn ag fás.
In this forest there grew a special kind of tree.
Bhí seacht manga crochta ar bhrainse den chrann seo.
On a branch of this tree hung seven mangoes.
D'fhéadfadh na mangaí seo torthúlacht a bhanríona a athbhunú.
These mangos could restore the fertilities of his queens.
Ach b'éigean don rí na mangónna a bhaint é féin.
But the king had to pluck the mangoes himself.
Lean an rí comhairle an fhir mharaigh.
The king followed the advice of the mendicant.
Agus d'imigh sé chun na coille leis an gcrann manga.
And he set off to go to the forest with the mango tree.
Go gairid ina dhiaidh sin fuair sé an crann a raibh an t-iarrthóir ag caint faoi.
Soon he had found the tree the mendicant spoke of.
Agus bhain sé na seacht mangó a bhí ag fás ar aon bhrainse amháin.
And he plucked the seven mangoes that grew upon one branch.
Thug sé manga do gach banríon le hithe.
He gave a mango to each of the queens to eat.
I mbeagán ama líonadh croí an rí le lúcháir.
In a short time the king's heart was filled with joy.
Dúradh leis go raibh na seacht banríon go léir torrach.
He was told that the seven queens were all with child.

Lá amháin bhí an rí amuigh ag seilg.
One day the king was out hunting.
Ar a chosán chonaic sé bean óg áilleachta gan sárú.
On his path he saw a young lady of peerless beauty.
Thit sé i ngrá leis an mbean álainn láithreach.
He instantly fell in love with the beautiful woman.
Agus thug sé chuig a phálás í, agus phós sé í.
And he brought her to his palace, and married her.
Ní duine a bhí sa bhean seo, áfach.
This lady was, however, not a human being.
Ach Rakshasi a bhí sa bhean seo.
But what this woman was was a Rakshasi.
Ach ní raibh a fhios seo ag an rí ar ndóigh.
But the king of course did not know this.
Tháinig an rí i ngrá go mór léi.
The king became dotingly fond of her.
Agus rinne sé cibé rud a dúirt sí leis a dhéanamh.
And he did whatever she told him to do.
Lá amháin rinne sí iarratas an-sonrach ar an rí.
One day she made a very particular request of the king.
"Deir tú go bhfuil grá agat dom níos mó ná aon duine eile"
"You say that you love me more than anyone else"
**"Lig dom a fheiceáil an bhfuil an oiread grá agat dom agus a
deir tú"**
"Let me see whether you really love me as much as you say"
"Más breá leat mé, déan do sheacht banríon eile dall."
"If you love me, make your seven other queens blind"
"Agus nuair a bheidh siad dall, lig dóibh a bheith maraithe"
"And once they are blind, let them be killed"
Tháinig brón mór ar an rí faoin iarratas uafásach.
The king became very sad at the terrible request.
**Bhí brón air go háirithe mar go raibh na banríona go léir
torrach.**
He was especially sad because the queens were all pregnant.
Ach ní raibh aon rogha aige ach géilleadh dá hiarratas.
But he had no choice but to comply with her request.

Baineadh súile na banríona as a soicéid.

The eyes of the queens were plucked out of their sockets.

Agus tugadh na banríona suas don phríomh-aire.

And the queens were delivered up to the chief minister.

Bhí sé de dhualgas ar an bpríomh-aire na banríona a scrios.

It was up to the chief minister to destroy the queens.

Ach fear trócaireach ab ea an príomh-aire.

But the chief minister was a merciful man.

I taobh an chnoic bhí uaimh rúnda.

In the side of the hill there was secret a cave.

In ionad na banríona a mharú, chuir an ministir i bhfolach iad.

Instead of killing the queens, the minister hid them.

Le himeacht ama, rug an banríon ba shine de na seacht banríon.

In course of time the eldest of the seven queens gave birth.

"Cad a dhéanfaidh mé leis an leanbh," a dúirt sí.

"What shall I do with the child," said she.

"Táimid dall agus ag fáil bháis de bharr easpa bia."

"We are blind and are dying for want of food."

"Lig dom an leanbh a mharú," a mhol sí.

"Let me kill the child," she proposed.

"Lig dúinn go léir ithe de fheoil an linbh," a dúirt sí.

"Let us all eat of the child's flesh," she added.

Díreach mar a dúirt sí a dhéanfadh sí, mharaigh sí an naíonán.

Just as she said she would, she killed the infant.

Thug sí cuid den leanbh do gach ceann dá deirfiúracha-banríona.

She gave to each of her sister-queens a part of the child.

Agus d'ith na banríona deirfiúracha a gcuid den leanbh.

And the sister queens ate their part of the child.

Ach níor ith an bhanríon ab óige a sciar.

But the youngest queen did not eat her share.

Ina áit sin, leag sí a cuid den leanbh in aice léi.

Instead, she laid her part of the child beside her.

I gceann cúpla lá, rugadh leanbh don dara banríon freisin.
In a few days the second queen also was delivered of a child.
**Rinne sí lena leanbh mar a rinne a deirfiúr ba shine lena
leanbh féin.**
She did with her child as her eldest sister had done with hers.
**Mar a rinne an tríú, an ceathrú, an cúigiú, agus an séú
banríon.**
So did the third, the fourth, the fifth, and the sixth queen.
Faoi dheireadh rug an seachtú banríon mac.
Eventually the seventh queen gave birth to a son.
Ach níor lean sí sampla a deirfiúracha-banríona.
But she did not follow the example of her sister-queens.
Ina áit sin, shocraigh sí an leanbh a thógáil.
Instead, she resolved to raise the child.
D'éiligh na banríona eile a gcodanna den nua-bhreith.
The other queens demanded their portions of the newly-born.
Ach bhí na codanna nár ite sí aici fós.
But she still had the portions she had not eaten.
**Agus thug sí codanna a bpáistí ar ais dá deirfiúracha-
banríona.**
And she gave her sister-queens back their children's parts.
**Thuig na banríona eile láithreach go raibh a gcuid codanna
tirim.**
The other queens at once perceived that their portions were
dry.
**Dá bhrí sin ní fhéadfadh na codanna a bheith den leanbh
nua-bhreithe.**
Therefore the parts could not be of the newly born child.
**"Tá cinneadh déanta agam gan mo leanbh a mharú," a
mhínigh sí.**
"I have decided not to kill me child," she explained.
**"Ní ithfidh mé é, ach déanfaidh mé iarracht é a thógáil ina
ionad"**
"I will not eat him, but try to raise him instead"
Bhí áthas ar na daoine eile an scéala seo a chloisteáil.
The others were glad to hear this news.
Dúirt siad go léir go gcuideoidís léi an leanbh a chothú.

They all said that they would help her in nursing the child.

Agus mar sin bhí an leanbh á chíoch ag seachtar máithreacha.

And so the child was suckled by seven mothers.

Agus ba é an páiste an buachaill ba chrua agus ba láidre a mhair riamh.

And the child became the hardiest and strongest boy that ever lived.

Idir an dá linn bhí an bhanríon Rakshasi ag déanamh urchóid gan teorainn.

In the meantime the Rakshasi-queen was doing infinite mischief.

Agus chuir sí an teaghlach ríoga i ngach sórt trioblóide.

And she got the royal household into all sorts of trouble.

Níor líon an méid a d'ith sí ag an mbord ríoga a bolg mór.

What she ate at the royal table did not fill her capacious stomach.

Dá bhrí sin, chuaigh sí ag seilg i ndorchadas na hoíche.

She therefore, in the darkness of night, went hunting.

De réir a chéile d'ith sí suas gach ball den teaghlach ríoga.

Gradually she ate up all the members of the royal family.

D'ith sí seirbhísigh uile an rí, agus a chuid freastalaithe.

She ate all the king's servants, and his attendants.

D'ith sí a chuid capaill, eilifintí agus eallach go léir.

She ate all his horses, elephants, and cattle.

Agus sa deireadh ní raibh fágtha ach a céile ríoga agus an rí.

And eventually only her royal consort and the king were left.

Ina dhiaidh sin théadh sí amach tráthnóna isteach sa chathair.

After that she used to go out in the evenings into the city.

Agus d'ith sí suas daoine fáin cibé áit a bhfuair sí iad.

And she ate up stray human beings wherever she found any.

Fágadh an rí gan aon seirbhísigh.

The king was left without any servants.

Ní raibh aon duine fágtha le cócaireacht a dhéanamh dó.

There was no person left to cook for him.

Mar ní ghlacfadh aon duine leis an bpost seo.
Because no one would accept this job.
Ach faoi dheireadh thairg duine éigin a gcuid seirbhísí go deonach.
But at last someone volunteered their services.
An buachaill a raibh seachtar máthar ag cíoch leis.
The boy who had been suckled by seven mothers.
Bhí sé fásta anois ina ógánach díograiseach.
He had now grown up to be a stalwart youth.
D'fhreastail sé ar an rí agus d'ullmhaigh sé a bhia.
He attended on the king and prepared his food.
Ach thug sé gach aire agus é leis an mbanríon.
But he took every care while with the queen.
Agus rinne sé cinnte nach slogadh sí suas é.
And he made sure that she did not swallow him up.
Ní ghabháil an bhanríon Rakshasi a híospartaigh ach san oíche.
The Rakshasi-queen seized her victims only at night.
Mar sin chuaigh an buachaill abhaile i bhfad roimh thitim na hoíche.
So the boy he went home long before nightfall.
Mar sin b'éigean di bealach eile a aimsiú chun fáil réidh leis an mbuachaill.
So she had to find another way to get rid of the boy.

Bhíodh an buachaill i gcónaí ag maíomh go bhféadfadh sé aon obair a dhéanamh.
The boy always boasted that he could do any work.
Mar sin, chum an bhanríon galar di féin.
So the queen invented a disease for herself.
Dúirt sí go raibh leigheas ann dá galar.
She said that there was a cure for her disease.
Ach dúirt sí nach raibh an leigheas éasca le fáil.
But she said the cure was not easy to get.
Chuir sé seo níos mó suime fós sa bhuachaill sa tasc.
This made the boy even more interested in the task.
Dúirt sí go raibh mealbhacán ann a leigheas a galar.

She said there was a melon which cured her disease.

Bhí an mealbhacán dhá chubhad déag ar fhad.

The melon was twelve cubits in length.

Ach bhí cloch an líomóide trí chubhad déag ar fhad.

But the stone of the lemon was thirteen cubits long.

Ní fhéadfaí an toradh a fháil ach óna máthair.

The fruit could only be gotten from her mother.

Agus bhí a máthair ina cónaí ar an taobh eile den aigéan.

And her mother lived on the other side of the ocean.

Thug sí litir réamhrá dó chuig a máthair.

She gave him a letter of introduction to her mother.

Ach i ndáiríre dúirt an nóta léi an buachaill a ithe.

But actually the note told her to eat the boy.

Bhí amhras ar an mbuachaill go raibh drochimirt éigin i gceist.

The boy had suspected there was some foul play.

Mar sin stróic sé an litir agus lean sé ar aghaidh lena thuras.

So he tore up the letter and proceeded on his journey.

Thaistil an t-óganach gan eagla trí go leor tíortha.

The dauntless youth passed through many lands.

Tar éis go leor taistil sheas sé ar bhruach na farraige.

After much travel he stood on the shore of the ocean.

Ar an taobh eile den aigéan bhí tír na Rakshasis.

On the other side of the ocean was the country of the Rakshasis.

Ansin scread sé chomh hard agus a d'fhéadfadh sé, agus dúirt sé;

He then bawled as loud as he could, and said;

"A Mhamó! A Mhamó! Tar agus sábháil d'iníon"

"Granny! granny! come and save your daughter"

"Tá do iníon, mo mháthair, go dona tinn"

"Your daughter, my mother, is dangerously ill"

Ar an taobh eile den aigéan chuala sean-Rakshasi é.

On the other side of the ocean an old Rakshasi heard him.

Chuaigh an sean-Rakshasi trasna an aigéin chuig an mbuachaill.

The old Rakshasi crossed the ocean to the boy.

D'inis an buachaill teachtaireacht na banríona di.
The boy told her the message of the queen.
Agus thóg an Rakshasi an buachaill ar a droim.
And the Rakshasi took the boy on her back.
Thrasnaigh sí an aigéan arís go tír na Rakshasi.
She re-crossed the ocean to the land of the Rakshasi.
Agus tugadh an mealbhacán míochaine don bhuachaill láithreach.
And the boy was at once given the medicinal melon.
Dúirt an Rakshasi leis deifir a dhéanamh ar ais chuig a hiníon.
The Rakshasi told him to hurry back to her daughter.
Ach dúirt an buachaill go raibh sé ró-thuirseach le leanúint ar aghaidh ag taisteal.
But the boy said he was too tired to keep travelling.
Agus d'impigh sé go gceadófaí dó scíth a ligean lá éigin.
And he begged to be allowed to rest one day.
D'aontaigh an sean-Rakshasi le mianta a garmhac.
The old Rakshasi consented to her grandson's wishes.

Thug an buachaill faoi deara rudaí suimiúla i seomra an Rakshasi.
The boy noticed interesting things in the Rakshasi's room.
Bhí club láidir agus rópa crochta sa seomra.
There was a stout club and a rope hanging in the room.
D'fhiafraigh an buachaill cad chuige an club láidir agus an rópa.
The boy inquired what the stout club and rope were for.
"A leanbh, leis an chlub agus an rópa sin trasnaím an aigéan"
"Child, with that club and rope I cross the ocean"
"Ní gá ach an club agus an rópa a thógáil ina lámha"
"One just has to take the club and the rope in his hands"
"Agus ansin caithfidh tú na focail draíochta seo a leanas a rá:"
"And then you have to say the following magical words:"
"A chlub láidir! A rópa láidir!"

"O stout club! O strong rope!"
"Tabhair liom láithreach go dtí an taobh eile"
"Take me at once to the other side"
"Ansin tabharfaidh siad go dtí an taobh eile den aigéan é"
"Then they will take him to the other side of the ocean"
Thug an buachaill faoi deara rud suimiúil eile sa seomra.
The boy noticed another interesting thing in the room.
Bhí éan i gcliabhán i gcúinne an tseomra.
There was a bird in a cage in the corner of the room.
Bhí an buachaill ag iarraidh a fháil amach freisin cad chuige a raibh an t-éan seo.
The boy also wanted to know what this bird was for.
"Tá rún ag an éan, a leanbh"
"The bird contains a secret, my child"
"Ach ní foláir an rún sin a nochtadh do dhaoine básmhara"
"But that secret must not be disclosed to mortals"
"Ach conas is féidir liom an rún seo a cheilt ó mo ghariníon féin?"
"But how can I hide this secret from my own grandchild?"
"Tá beatha do mháthar san éan sin, a leanbh."
"That bird, child, contains the life of your mother.
"Má mharaítear an t-éan, gheobhaidh do mháthair bás láithreach."
"If the bird is killed, your mother will at once die"
Agus na rúin seo aige, chuaigh an buachaill a chodladh an oíche sin.
Armed with these secrets, the boy went to bed that night.

An mhaidin dár gcionn chuaigh an sean-Rakshasi go tíortha i bhfad i gcéin.
Next morning the old Rakshasi went to distant countries.
In éineacht leis na Rakshasis eile go léir, chuaigh sí ag cuardach beatha.
Together with all the other Rakshasis, she went to forage.
Thóg an buachaill an cliabhán éan anuas ón tsíleáil.
The boy took down the bird-cage from the ceiling.
Agus thug an buachaill an club agus an rópa leis.

And the boy took the club and the rope.
Agus ansin labhair sé na focail draíochta leis an gclub agus leis an rópa.
And then he spoke the magic words to the club and rope.
"A chlub láidir! A rópa láidir!"
"O stout club! O strong rope!"
"Tabhair liom láithreach go dtí an taobh eile"
"Take me at once to the other side"
I gcnapán súl cuireadh an buachaill ar an taobh seo den aigéan.
In the twinkling of an eye the boy was put on this side of the ocean.
Ansin chuaigh sé ar ais ar a chéimeanna, ar ais go dtí an bhanríon.
He then retraced his steps, back to the queen.
Chuir sé iontas uirthi go raibh an líomóid leighis aige i ndáiríre.
To her astonishment he really had the medicinal lemon.
Ach choinnigh sé an t-éan sa chliabhán i bhfolach go cúramach.
But the bird in the cage he kept carefully concealed.

Le himeacht ama tháinig muintir na cathrach chuig an rí.
In the course of time the people of the city came to the king.
Agus d'inis siad don rí faoina dtrioblóidí.
And they told the king of their troubles.
"Tagann éan ollphéisteach ón bpálás gach tráthnóna"
"A monstrous bird comes from the palace every evening"
"Gabhann an t-éan greim ar na daoine sna sráideanna"
"The bird seizes the people in the streets"
"Agus slogann an t-éan na daoine go hiomlán"
"And the bird swallows the people up whole"
"Tá sé seo ar siúl le fada an lá"
"This has been going on for a long time"
"Agus anois tá an chathair beagnach tréigthe"
"And now the city has become almost desolate"
Ní raibh a fhios ag an rí cad é an t-éan ollmhór seo.

The king did not know what this monstrous bird was.

Ach dúirt seirbhíseach an rí, an buachaill, go raibh a fhios aige.

But the king's servant, the boy, said he knew.

"Maróidh mé an t-éan uafásach," a thairg sé.

"I will kill the monstrous bird," he offered.

"Ach caithfidh an bhanríon seasamh linn," a dúirt sé.

"But the queen has to stand beside us," he added.

Ní fhaca an rí aon chúis le cur i gcoinne an togra.

The king saw no reason to object to the proposal.

Agus mar sin cuireadh an bhanríon i seasamh taobh leis an rí.

And so the queen was made to stand beside the king.

Ansin thóg an buachaill an t-éan amach as a chliabhán.

The boy then took the bird out from its cage.

Nuair a chonaic sí an t-éan, thit sí i laige.

On seeing the bird she fell into a fainting fit.

Ansin chas an buachaill ar an rí, agus labhair sé.

Then the boy turned to the king, and spoke.

"A Rí, tuigfidh tú go luath cé hé an t-éan uafásach"

"King, you will soon perceive who the monstrous bird is"

"Feicfidh tú cad a shlogann do mhuintir gach tráthnóna"

"You will see what devours your people every evening"

"Stróicim gach géag den éan seo"

"I tear off each limb of this bird"

"Titfidh an géag chomhfhreagrach den fhear-itheoir de"

"The corresponding limb of the man-eater will fall off"

Strac an buachaill cos amháin den éin ina láimh ansin.

The boy then tore off one leg of the bird in his hand.

Bhí ionadh ar gach duine a bhí i láthair faoin méid a tharla ina dhiaidh sin.

All assembled were astonished at what happened next.

Thit ceann de chosa na banríona di.

One of the legs of the queen fell off.

Ansin bhrúigh an buachaill scornach an éin.

Then the boy squeezed the throat of the bird.

Agus é ag brú an éan, thug an bhanríon suas an taibhse.

And as he squeezed the bird, the queen gave up the ghost.
Ansin d'inis an buachaill a scéal don rí arís.
The boy then retold his history to the king.
"Bhíodh seachtar ban neamhthorrach agat"
"You used to have seven barren wives"
"Chun a n-easpa ailléirge a chóireáil, thug tú mangó dóibh uile"
"To treat their barrenness, you gave them each a mango"
"Agus thit gach duine de do mhná torrach le leanbh"
"And each of your wives fell pregnant with a child"
"Mar sin féin, phós tú an t-ochtú bean chéile ansin"
"However, you then married an eighth wife"
"D'ordaigh an bhean seo duit do mhná céile eile a dhalladh"
"This wife ordered you to blind your other wives"
"Agus d'ordaigh sí duit do mhná céile eile a mharú"
"And she ordered you to have your other wives killed"
"Dhall do mhinistir do sheacht mná céile"
"Your minister blinded your seven wives"
"Ach bhí sé ró-chroíoch chun do mhná céile a mharú"
"But he was too good hearted to kill your wives"
"Tugadh do sheacht mná céile chuig áit fholaithe"
"Your seven wives were taken to a hiding place"
"Agus sa bhfolach seo rugadh gach duine acu"
"And in this hiding place they each gave birth"
"Ach cuireadh iallach orthu a gcuid páistí nuabheirthe a ithe"
"But they were forced to eat their newly born children"
"Níor lig mo mháthair dom a bheith á ithe"
"Only my mother did not let me be eaten"
"Ina áit sin, bhí seachtar máthar ag cíoradh mé"
"Instead, I was suckled by seven mothers"
"Agus d'fhás mé aníos láidir agus cumasach"
"And I grew up strong and capable"
"Faoi dheireadh tháinig mé ag obair i do phálás"
"Eventually I came to work in your palace"
"Chuir do bhean chéile, mo leasmháthair, mé ar mhisean"
"Your wife, my stepmother, sent me on a mission"

"Chuir sí chuig a máthair mé le haghaidh leighis"
"She sent me to her mother for a medicine"
"Mar sin féin, ba Rakshasi a máthair"
"However, her mother was a Rakshasi"
"Fuair mé rún shaol do mhná céile uaithi"
"From her I found the secret of your wife's life"
"Agus mar sin thug mé an t-éan a raibh saol do mhná céile aige"
"And so I brought the bird that held your wife's life"
Bhí an rí tar éis éisteacht leis an scéal a d'inis a mhac dó.
The king had listened to the story his son told him.
Tugadh na seacht banríon ar ais chuig an bpálás.
The seven queens were brought back to the palace.
Agus athchóiríodh a súile go míorúilteach.
And their eyes were miraculously restored.
Corónaíodh an buachaill a raibh seachtar máthar ag cíoch air.
The boy that was suckled by seven mothers was crowned.
Agus d'aithin an rí é mar a oidhre dlíthiúil.
And he was recognized by the king as his rightful heir.
Agus bhí cónaí orthu le chéile go sona sásta.
And they lived together happily.

<h2 style="text-align:center">Scéal an Phrionsa Sobur</h2>
The Story of Prince Sobur

Bhí ceannaí ann fadó fadó.
Once upon a time there lived a merchant.
Bhí seachtar iníonacha ag an gceannaí seo.
This merchant had seven daughters.
Lá amháin chuir an ceannaí ceist orthu.
One day the merchant asked them a question.
"Cé leis a bhfuil tú beo?"
"From whose fortune do you live?"
D'fhreagair an iníon ba shine ar dtús.
The eldest daughter answered first.
"A Dhaidí, is as do fhortún a mhairim."
"Papa, I live from your fortune"
Thug an dara hiníon an freagra céanna.
The second daughter gave the same answer.
Thug an tríú iníon an freagra céanna.
The same answer was given by the third daughter.
Mhair a cheathrú iníon óna fhortún freisin.
His fourth daughter also lived from his fortune.
Ní raibh a chúigiú iníon aon difríocht.
His fifth daughter was no different.
Agus bhí a shéú iníon cosúil leis an gcuid eile.
And his sixth daughter was like the rest.
Ach chuir a iníon is óige iontas air.
But his youngest daughter surprised him.
Bhí freagra an-difriúil aici.
She had a very different answer.
"Maireann mé ó mo fhortún féin"
"I live from my own fortune"
Níor thaitin an freagra seo leis.
He did not like this answer.
Chuir a freagra fearg mhór ar an gceannaí.
Her answer made the merchant very angry.
"Tá tú an-mhíbhuíoch," a dúirt sé léi.
"You are very ungrateful," he told her.

"Féach cé chomh maith is a éiríonn leat leat féin"
"See how well you do on your own"
"Táim ag cur amach as mo theach thú"
"I am kicking you out of my house"
"Ní bheidh rúipí i do phóca agat"
"You will not have a rupee in your pocket"
Ghlaoigh sé ar a phalancainí teacht.
He called his palanquins to come.
Agus d'ordaigh sé dóibh an cailín a thabhairt leo.
And he ordered them to take the girl away.
"Fág í i lár foraoise"
"Leave her in the midst of a forest"
D'impigh an cailín go gceadófaí di rud amháin.
The girl begged to be allowed one thing.
"Lig dom mo bhosca oibre a thógáil, le do thoil"
"Please let me take my work-box"
"Sa bhosca tá mo shnáthaidí agus mo shnáitheanna"
"In the box are my needles and threads"
Lig a hathair di a bosca a thabhairt léi.
Her father allowed her to take her box.
Chuaigh sí isteach i suíochán na bpalancán.
She got into the seat of the palanquins.
Agus thóg na hiompróirí í suas.
And the bearers lifted her up.
Agus chuir siad ar a nguaillí í.
And they put her onto their shoulders.
De réir mar a rith na hiompróirí chan siad.
As the bearers ran they chanted.
"Hoon! Hoon! Hoon! Hoon! Hoon!"
"Hoon! Hoon! Hoon! Hoon! Hoon!"
Ach ní dheachaigh siad i bhfad.
But they didn't get very far.
Sheas seanbhean ina mbealach.
An old woman stood in their way.
Tháinig sí suas go dtí an carráiste.
She came up to the carriage.
"Cá bhfuil tú ag tabhairt mo iníne?"

"Where are you taking my daughter?"
Ba í cailín an linbh í.
She was the maid of the child.
"Thug an ceannaí orduithe dúinn"
"We have been given orders by the merchant"
"Dúirt sé linn í a thabhairt ar shiúl"
"He told us to take her away"
"Fágfaimid í i bhforaois"
"We will leave her in a forest"
"Déanfaimid a thoil"
"We are going to do his bidding"
"Caithfidh mé dul léi," arsa an bhean scothaosta.
"I must go with her," said the old woman.
Ach ní raibh na hiompróirí cinnte.
But the bearers were not sure.
Rithfidh iompróirí nuair a iompróidh siad cathaoir sedan.
Bearers run when they carry a sedan chair.
"Conas a bheidh tú in ann coinneáil suas linn?"
"How will you be able to keep pace with us?"
Níor cuireadh bac ar an tseanbhean.
The old woman was not deterred.
"Is cuma conas a dhéanaim é "
"It does not matter how I do it"
"Caithfidh mé dul san áit a dtéann mo iníon"
"I must go where my daughter goes"
D'impigh an iníon ab óige ar na hiompróirí.
The youngest daughter begged the bearers.
"Tabhair mo mháthair liom, le do thoil"
"Please carry my mother with me"
Agus d'aontaigh na hiompróirí go galánta.
And the bearers gracefully agreed.
Thug siad máthair agus leanbh go dtí an choill.
They carried mother and child to the forest.
"Hoon! Hoon! Hoon! Hoon! Hoon!"
"Hoon! Hoon! Hoon! Hoon! Hoon!"
Tráthnóna shroich siad foraois dlúth.
In the afternoon they reached a dense forest.

Chuaigh siad níos doimhne agus níos doimhne isteach sa choill.

They went deeper and deeper into the forest.

I dtreo luí na gréine shroich siad a sprioc.

Towards sunset they reached their goal.

Stop siad ag bun crainn sean.

They stopped at the foot of an old tree.

D'ísligh siad an cailín agus an bhean scothaosta.

They lowered the girl and the old woman.

Agus d'fhág siad sa choill iad.

And they left them in the forest.

Ansin d'fhill siad ar a gcéimeanna abhaile.

Then they retraced their steps home.

D'fhéach iníon ab óige an cheannaí thart.

The merchant's youngest daughter looked around.

Ní bheadh tú ag iarraidh a bheith ina bróga.

You would not have wanted to be in her shoes.

Bhí a staid fíor-thrua.

Her situation was truly pitiable.

Ní raibh sí ach ceithre bliana déag d'aois.

She was hardly fourteen years old.

Bhí sí tar éis fás aníos i só.

She had grown up in luxury.

Ach anois ní raibh aon só ann di.

But now there was no luxury for her.

Bhí sí i gcroílár foraoise dorcha.

She was in the heart of a dark forest.

Ní raibh rúipí ina póca aici.

She had not a rupee in her pocket.

Agus ní raibh aon rud aici le haghaidh cosanta.

And she had nothing for protection.

Ní raibh ann ach seanbhean, mheathlaithe.

Nothing except an old, decrepit, woman.

Bhí trua ag crainn na foraoise fiú di.

Even the trees of the forest pitied her.

Shuigh an cailín óg agus an bhean scothaosta le chéile.

The young girl and old woman sat together.
Bhí siad ag bun crainn seanchaite.
They were at the foot of an old tree.
Agus le chéile ghuil siad faoina gcás.
And together they cried over their situation.
Ba chóir dom a rá gur tharla sé seo go léir i bhfad ó shin.
I should say this all happened long ago.
Sna hamanna seo, bhí na crainn in ann labhairt.
In these times the trees could talk.
Agus labhair an seanchrann leis an gcailín.
And the old tree spoke to the girl.
"A mhná míshásta, tá trua mór agam daoibh"
"Unhappy women, I much pity you"
"Tá beithígh fhiáine sa choill seo"
"There are wild beasts in this forest"
"Go luath tiocfaidh siad amach as a n-uaimheanna"
"Soon they will come out of their lairs"
"Fánóidh siad thart ag lorg creiche"
"They will roam about for prey"
"Agus is cinnte go n-íosfaidh siad sibh beirt"
"And they are sure to devour you two"
"Ach is féidir liom cabhrú leat, más mian leat"
"But I can help you, if you want"
"Déanfaidh mé oscailt duit"
"I will make an opening for you"
"Nuair a fheiceann tú an oscailt, téigh isteach ann"
"When you see the opening, go into it"
"Agus ansin dúnfaidh mé an oscailt"
"And then I will close the opening up"
"Chomh fada agus a bheidh tú ionam beidh tú sábháilte"
"As long as you are in me you'll be safe"
**"Ar an mbealach seo ní féidir leis na hainmhithe fiáine
teagmháil a dhéanamh leat"**
"This way the wild beasts can't touch you"
Agus ansin scoilt an crann ina dhá leath.
And then the tree split itself in two.
Chuaigh an bheirt bhan isteach sa chrann.

The two women went inside the tree.
Agus d'fhill an seanchrann ar a chruth nádúrtha.
And the old tree resumed its natural shape.

Dhorchaigh scáth na hoíche an fhoraois.
The shade of night darkened the forest.
Bhí gach rud a dúirt an crann fíor.
Everything the tree had said was true.
Tháinig na beithígh fhiáine amach as a n-uaimheanna.
The wild beasts came out of their lairs.
Tháinig an tíogar fíochmhar amach san oíche.
The fierce tiger came out at night.
D'fhág an béar fiáin a uaimh.
The wild bear left his lair.
Bhí an rinoceros ag fánaíocht sa choill.
The rhinoceros roamed the forest.
Bhí an béar torach ann an oíche sin.
The bushy bear was there that night.
D'fhéadfaí an eilifint mhór a chloisteáil.
The great elephant could be heard.
Agus bhí an buabhall adharcach ann.
And there was the horned buffalo.
Rinne siad go léir drannadh agus iad ag timpeallú an chrainn.
They all growled as they circled the tree.
Bhí boladh fola daonna faighte acu.
They had gotten the scent of human blood.
D'fhéadfaidís torann na n-ainmhithe a chloisteáil.
They could hear the growls of the beasts.
Tháinig na beithígh ag rith i gcoinne an chrainn.
The beasts came dashing against the tree.
Bhris siad craobhacha an tseanchrainn.
They broke the old tree's branches.
Shleamhnaigh a n-adharca stoc an chrainn.
Their horns pierced the tree's trunk.
Scríob siad a choirt lena crúba.
They scratched its bark with their claws.

Ach bhí a gcuid iarrachtaí go léir in aisce.

But all their efforts were in vain.

Bhí an cailín agus an bhean sábháilte sa chrann.

The girl and woman were safe in the tree.

I dtreo breacadh an lae d'imigh na beithígh fhiáine.

Towards dawn the wild beasts went away.

Tar éis éirí na gréine labhair an crann maith arís.

After sunrise the good tree spoke again.

"Tá na hainmhithe fiáine imithe ar ais"

"The wild beasts have gone back"

"Tá siad ina n-áiteanna féin arís"

"They are in their lairs again"

"Ach rinne siad a ndícheall mé a chéasadh"

"But they did their best to torment me"

"Tá an ghrian tagtha suas arís"

"The sun has risen up again"

"Mar sin is féidir leat teacht amach anois"

"So you can come out now"

Scoilt an crann ina dhá leath arís.

The tree split itself into two again.

Tháinig an cailín agus an bhean scothaosta amach.

The girl and the old woman came out.

Chonaic siad méid an damáiste.

They saw the extent of the damage.

Bhí craobhacha an chrainn briste de.

The tree's branches had been broken off.

Bhí stoc an chrainn pollta.

The tree's trunk had been pierced.

Bhí an coirt bainte de.

The bark had been stripped off.

"A mháthair mhaith, gabhaimid buíochas leat"

"Good mother, we thank you"

"Bhí sibh an-chineálta linn"

"You have been very kind to us"

"Thug tú foscadh dúinn ó na beithígh"

"You gave us shelter from the beasts"

"Ach bhí costas mór ort féin mar gheall air"

"But it was at a great cost to yourself"
"Tá go leor créachta agat ó na hainmhithe fiáine"
"You have many wounds from the wilds beasts"
"Caithfidh go bhfuil tú i bpian mór?"
"You must be in great pain?"
In aice láimhe bhí abhainn ag sileadh.
Close by there was a flowing river.
Chuaigh an cailín óg go dtí bruach na habhann.
The young girl went to the river bank.
Ar bhruach na habhann fuair sí láib.
At the bank of the river she found mud.
Chlúdaigh sí an crann leis an láib.
She covered the tree with the mud.
Chlúdaigh sí go háirithe na codanna damáistithe.
She especially covered the damaged parts.
Ghabh an crann buíochas léi as an gcóireáil.
The tree thanked her for the treatment.
"A chailín mhaith, gabhaim buíochas leat"
"My good girl, I thank you"
"Táim faoiseamh mór ó mo phian"
"I am greatly relieved of my pain"
"Tá imní níos mó orm fút, áfach"
"I am, however, more concerned for you"
"Caithfidh go bhfuil ocras ort"
"You must be hungry"
"Níor ith tú ó inné"
"You have not eaten since yesterday"
"Ach cad is féidir liom a thabhairt duit?"
"But what can I give you?"
"Níl aon toradh agam féin"
"I have no fruit of my own"
"Ach tá roinnt comhairle agam"
"But I do have some advice"
"Tabhair don bhean scothaosta cibé airgead atá agat"
"Give the old woman whatever money you have"
"Lig di dul isteach sa chathair"
"Let her go into the city"

"Sa chathair is féidir léi roinnt bia a cheannach"
"In the city she can buy some food"
Mhínigh siad a gcás don chrann.
They explained their situation to the tree.
"Seoladh amach sinn gan aon airgead "
"We have been sent out with no money"
Ach chuardaigh sí a bosca oibre ar aon nós.
But she searched through her work-box anyway.
Agus sa bhosca fuair sí cúig chowrie.
And in the box she found five cowries.
Lean an crann ag tabhairt a chomhairle.
The tree continued to give its advice.
"Téigh le do choróin go dtí an chathair"
"Go with your cowries to the city"
"Úsáid na cowries chun roinnt ríse friochta a cheannach"
"Use the cowries to buy some fried rice"
Mar sin chuaigh an bhean scothaosta go dtí an chathair.
So the old woman went to the city.
Ar ámharaí an tsaoil, ní raibh an chathair i bhfad uainn.
Fortunately the city was not far away.
Chuaigh sí chuig an gcéad siopadóir a fuair sí.
She went to the first shopkeeper she found.
"Tabhair dom cúig rís cowrie le do thoil."
"Please give me five cowries worth of rice"
Rinne an siopadóir gáire fúithi.
The shopkeeper laughed at her.
"Cá bhfaighidh tú rís ar chúig choróin?"
"Where can rice be had for five cowries?"
"Imigh leat, a sheanchailleach," a dúirt sé léi.
"Be off, you old hag," he told her.
Mar sin rinne sí iarracht malartú i siopa eile.
So she tried to barter at another shop.
D'fhéadfadh an siopadóir seo a cruachás a fheiceáil.
This shopkeeper could see her distress.
Agus ghabh an siopadóir trua di.
And the shopkeeper took pity on her.
Thug sí méid mór ríse di.

She gave her a large quantity of rice.
D'fhill an bhean scothaosta leis an rís.
The old woman returned with the rice.
Agus thug an crann treoracha breise.
And the tree gave further instructions.
"Ith níos lú ná leath den rís"
"Eat less than half of the rice"
"Téigh go dtí bruach na habhann"
"Go to the embankments of the river bank"
"Caith an rís atá fágtha ar bhruach na habhann"
"Cast the remaining rice on the river bank"
Níor thuig siad ciall an ruda.
They did not understand the sense of it.
"Cén fáth a gcuirfí rís ar bhruach na habhann?"
"Why sow the riverbank with rice?"
Ach rinne siad mar a tugadh comhairle dóibh.
But they did as they were advised.
Agus chaith siad a rís ar an talamh.
And they threw their rice onto the ground.

Chaith siad an lá ag caoineadh a gcinniúint.
They spent the day lamenting their fate.
Díreach mar a tháinig na beithígh amach san oíche roimhe.
Just as before the beasts came out at night.
Chuir an crann iad taobh istigh dá stoc arís.
The tree housed them inside of its trunk again.
Arís rinne siad an crann a mhilleadh agus a chéasadh.
Again they mutilated and tortured the tree.
Ach an oíche sin tharla rud éigin eile.
But that night something else happened.
Ní fhaca na mná é ach an lá dár gcionn.
The women only saw it the next day.
Bhí na céadta péacóg meallta ag an rís.
The rice had attracted hundreds of peacocks.
Bhí na péacóga ag iomaíocht don rís.
The peacocks competed for the rice.
Agus thit a gcuid cleití ar an urlár.

And their feathers fell on the floor.
Bhí a fhios ag an gcrann cad a tharlódh.
The tree had known what would happen.
Agus thug an crann comhairle dóibh faoi cad ba cheart dóibh a dhéanamh ina dhiaidh sin.
And the tree advised them what to do next.
"Téigh ar ais go bruach na habhann"
"Go back to the bank of the river"
"Téigh go dtí an áit a chaith tú an rís"
"Go to where you cast the rice"
"Feicfidh tú go leor cleití ansin"
"There you will see many feathers"
"Bailigh na cleití go léir is féidir leat a fháil"
"Collect all the feathers you can find"
"Úsáid na cleití chun lucht leanúna álainn a dhéanamh"
"Use the feathers to make a beautiful fan"
"Agus tabhair an lucht leanúna cleití go dtí an chathair"
"And take the feather-fan to the city"
Rinne an bheirt bhan mar a tugadh comhairle dóibh.
The two women did as they were advised.
Bhí sé go maith gur thug an cailín a bosca oibre léi.
It was good the girl had taken her work-box.
Bhí roinnt sreinge ina bosca oibre.
In her work-box was some string.
Cheangail siad na cleití le chéile.
The tied the feathers together.
Agus bhí lucht leanúna déanta aici as na cleití.
And she had made a fan from the feathers.
Thug sí an lucht leanúna cleite go dtí an chathair.
She took the feather fan to the city.
Tharla go raibh mac an rí ann.
The son of the king happened to be there.
Bhí meas mór aige ar na cleití.
He admired the feathers greatly.
D'íoc sé suim mhór airgid as na cleití.
He paid a large sum of money for the feathers.
Gach maidin bailíodh méid cleití.

Each morning a quantity of feathers was collected.
Agus gach lá rinneadh agus díoladh lucht leanúna cleite.
And each day a feather fan was made and sold.
Laistigh de thréimhse ghearr d'éirigh an bheirt bhan saibhir.
Within a short time the two women got rich.
Ansin chomhairligh an crann dóibh teach a thógáil.
The tree then advised them to build a house.
"Fostaigh fir chun brící a dhó duit"
"Employ men to burn bricks for you"
"Faigh iad chun bíomaí agus rachtaí a ghearradh"
"Get them to cut beams and rafters"
"Déan iad na ballaí a phlástráil le haol"
"Make them plaster the walls with lime"
I gceann cúpla mí tógadh teach mórthaibhseach.
In a few months a stately house was built.
Bhí an crann sásta ar son na mban.
The tree was pleased for the women.
"Ba chóir duit gairdín a chur le do theach"
"You should add a garden to your house"
"Agus ba mhaith leat a bheith in ann uisce a stóráil"
"And you want to be able to store water"
"Tochail umar uisce i do ghairdín"
"Dig a water tank in your garden"

Ní raibh mórán ama ag an gcailín.
The girl had not had much time.
Mar sin níor smaoinigh sí ar a teaghlach.
So she didn't think of her family.
Bhí casadh tagtha ar ádh an cheannaí.
The merchant's luck had taken a turn.
Rinne bandia an tsaibhris nimh air.
The goddess of wealth frowned upon him.
Bhuail mí-ádh tobann é.
He was struck by a sudden misfortune.
Chaill sé a chuid airgid go léir ag an am céanna.
All at once he lost all of his money.
Cuireadh iallach air a theach a dhíol.

He was forced to sell his house.
Ach rinne sé caillteanas mór ar an maoin.
But he made a great loss on the property.
Fágadh é féin agus a theaghlach gan pingin.
He and his family were left penniless.
Mar sin b'éigean dóibh maireachtáil in áit eile.
So they were forced to live elsewhere.
Tharla gur bhog siad go sráidbhaile in aice láimhe.
They happened to move to a nearby village.
Ní raibh an pálás i bhfad óna dteach nua.
The palace was not far from their new house.
Ach ní raibh an ceannaí saibhir a thuilleadh.
But the merchant was not rich anymore.
Agus b'éigean dó fós tacú lena theaghlach.
And he still had to support his family.
Bhí sé laghdaithe go dtí obair láimhe a dhéanamh.
He had been reduced to doing manual labor.
Chuir sé isteach ar an bpost ag an bpálás.
He applied for the job at the palace.
Bhí sé chun an poll a thochailt don uisce.
He was going to dig the hole for the water.
Thairg a bhean chéile oibriú leis freisin.
His wife also offered to work with him.
Ach shroich siad an áit rómhall le bheith ag obair.
But they got there too late to work.
Bhí an umar uisce críochnaithe cheana féin.
The water tank had already been finished.
Agus ní raibh a fhios acu cé leis an teach a bhí ann.
And they did not know whose house it was.
Bhí iníon an cheannaí ag féachaint amach an fhuinneog.
The merchant's daughter was looking out the window.
Tharla sí a tuismitheoirí a fheiceáil sa ghairdín.
She happened to see her parents in the garden.
D'fhéadfadh sí na ceirteacha a bhí orthu a fheiceáil.
She could see the rags they were wearing.
Líon a súile le deora ag an radharc.
Her eyes filled with tears at the sight.

Níorbh fhéidir léi a chreidiúint cad a chonaic sí.

She could not believe what she saw.

Bhí a tuismitheoirí tagtha chuici le haghaidh oibre.

Her parents had come to her for work.

Ghlaoigh sí ar a seirbhísigh láithreach.

She immediately called her servants.

"Amuigh sa ghairdín tá mo thuismitheoirí"

"Outside in the garden are my parents"

"Tabhair na héadaí breátha seo dóibh, le do thoil"

"Please offer them these fine clothes"

"Agus iarr orthu teacht isteach sa phálás"

"And ask them to come into the palace"

Rinne a seirbhísigh mar a ordaíodh dóibh.

Her servants did as they were told.

Ach bhí eagla thar na bearta ar a tuismitheoirí.

But her parents were frightened beyond measure.

Bhí siad tar éis a fheiceáil go raibh an umar críochnaithe.

They had seen that the tank was finished.

Bhíodh traidisiún aisteach ann.

There used to be a strange tradition.

Sna laethanta sin, ofráladh íobairtí daonna.

In those days human sacrifices were offered.

Ceann de na hócáidí sin a bhí i ndiaidh linn snámha a thochailt.

One of those occasions was after digging a pool.

Is féidir leat eagla a tuismitheoirí a shamhlú.

You can imagine her parents' fear.

Bhí siad tagtha chun an umar uisce a thochailt.

They had come to dig the water tank.

Ach anois bhí seirbhísigh ag glaoch orthu.

But now servants were calling them.

Cheap siad go ndéanfaí íobairt orthu.

They thought they going to be sacrificed.

"Caith uait do cheirteacha," a dúirt siad.

"Throw away your rags" they said.

"Seo, cuir ort na héadaí breátha seo"

"Here, wear these fine clothes"

Agus mhéadaigh a n-eagla níos mó fós.
And their fears increased even more.
Ach ní raibh orthu eagla a bheith orthu i bhfad.
But they did not have to fear for long.
Tháinig a n-iníon saibhir amach chun bualadh leo.
Their rich daughter came out to meet them.
Thug sí barróg agus póg dá tuismitheoirí.
She hugged and kissed her parents.
Agus d'inis sí dóibh gach a raibh tarlaithe.
And she told them everything that had happened.
Bhraith an t-athair go raibh sí ceart.
The father felt that she had been right.
"Maireann tú as do fhortún féin"
"You do live from your own fortune"
Níor chuir an iníon an milleán ar a hathair.
The daughter did not blame her father.
Agus thug sí saibhreas mór dó.
And she gave him a large fortune.
Leis an airgead bhog sé ar ais go dtí an chathair.
With the money he moved back to the city.
Go gairid ina dhiaidh sin, bhí sé ina cheannaí arís.
Soon he became a merchant again.
Agus chuaigh sé go tíortha i bhfad i gcéin le haghaidh trádála.
And he went to distant countries for trade.

Lá amháin bhí sé réidh le haghaidh fiontar gnó eile.
One day he got ready for another business venture.
Ach an lá sin tharla rud éigin aisteach.
But that day something strange happened.
Bhí an long réidh le himeacht ón gcalafort.
The ship was ready to leave the port.
Ach ar chúis éigin níor bhog an long.
But for some reason the ship did not move.
Ní fhéadfadh aon duine a mhíniú cad a bhí ag tarlú.
No one could explain what was happening.
Ach bhí smaoineamh ag an gceannaí.

But the merchant had an idea.

"B'fhéidir gur mhaith le mo iníonacha bronntanais"

"Perhaps my daughters would like presents"

"Caithfidh mé a fhiafraí díobh cad ba mhaith leo"

"I need to ask them what they would like"

Chuaigh sé chun a iníonacha a fheiceáil.

He went to see his daughters.

D'fhiafraigh sé díobh cad ba mhaith leo.

He asked them what they would like.

Agus gheall sé bronntanais a thabhairt dóibh.

And he promised to bring them presents.

Ach ní bhogfadh an long fós.

But the ship would still not move.

Ní raibh sé tar éis ceist a chur ar a chuid iníonacha go léir.

He had not asked all his daughters.

Ní raibh a iníon is óige ann.

His youngest daughter was not there.

Bhí sí ina cónaí i gcathair eile.

She was living in a different city.

Mar sin d'ordaigh sé dá shearbhóntaí dul chuig a pálás.

So he ordered his servants go to her palace.

Tháinig an teachtaire ag an am mícheart.

The messenger came at the wrong time.

Bhí an cailín óg ag gabháil do adhradh.

The young girl was engaged in devotions.

Ach d'fhiafraigh an teachtaire di ar aon nós.

But the messenger asked her anyway.

Dúirt sí leis "sobur" díreach.

She just told him "sobur"

Ba é brí an scéil seo ná "fanacht"

The meaning of this was "wait"

Ach ní raibh a fhios seo ag an teachtaire.

But the messenger didn't know this.

Shíl sé gur theastaigh uaithi rud ar a dtugtaí "sobur"

He thought she wanted something called "sobur"

Mar sin chuaigh sé ar ais go cathair an cheannaí.

So he went back to the city of the merchant.

Agus sheachaid sé an teachtaireacht a fuair sé.
And he delivered the message he received.
"Tá rud ar a dtugtar 'sobur' ag teastáil ó d'iníon"
"Your daughter wants something called 'sobur'"
An uair seo d'fhéadfadh an long bogadh arís.
This time the ship could move again.
Mar sin thosaigh an ceannaí ar a thuras.
So the merchant started on his travels.
Thug sé cuairt ar go leor calafoirt ar a thuras.
He visited many ports on his journey.
Agus rinne sé brabúis mhaithe óna thrádáil.
And he made good profits from his trades.
Ní raibh sé deacair na bronntanais a aimsiú.
Finding the presents was not difficult.
Fuair sé gach rud a theastaigh óna iníonacha ba shine.
He found everything his oldest daughters wanted.
Ach ba dheacair mian a iníne is óige a chomhlíonadh.
But his youngest daughter's wish was difficult.
Ní raibh sé in ann an rud ar a dtugtar "sobur" a aimsiú.
He could not find the thing called "sobur"
D'fhiafraigh sé ag gach calafort a dtáinig sé chuige.
He asked at every port he came to.
"An bhfuil rud éigin agat ar a dtugtar 'sobur'?"
"Do you have something called 'sobur'?"
Ach chroith na ceannaithe go léir a gcinn.
But the merchants all shook their heads.
"Níor chuala muid trácht ar 'sobur' riamh"
"We've never heard of 'sobur'"
Bhí a thuras beagnach tagtha chun deiridh.
His voyage had almost come to its end.
Bhí sé ag dul ar ais abhaile go luath.
He was soon going to head back home.
Ach theastaigh "sobur" uaidh dá iníon.
But he wanted "sobur" for his daughter.
Mar sin chuaigh sé ag glaoch trí na sráideanna.
So he went calling through the streets.
"Sobur, an bhfuil sobur ag aon duine?!"

"Sobur, does anyone have sobur?!"
Bhí mac an Rí ina chaisleán.
The son of the King was in his castle.
Tharla sé a bheith ag féachaint amach an fhuinneog.
He happened to be looking out the window.
Agus tharraing na glaonna a aird.
And the calls attracted his attention.
Mar gurbh é Sobur a ainm.
Because his name happened to be Sobur.
Tháinig sé chuig an ceannaí le labhairt leis.
He came to the merchant to speak with him.
"Tá an Sobur atá uait agam"
"I have the Sobur that you want"
"Tóg an bosca seo, ach bí cúramach leis"
"Take this box, but be careful with it"
"Sa bhosca tá lucht leanúna cleite draíochta agus scáthán"
"In the box is a magical feather fan and mirror"
"Seo an Sobur atá d'iníon ag iarraidh"
"This is the Sobur your daughter wishes for"
Ghabh an ceannaí buíochas leis an bprionsa as an mbosca.
The merchant thanked the prince for the box.
Agus d'fhill sé ar ais go dtí a thír dhúchais.
And he returned back to his country.

Thug sé an bosca dá iníon.
He gave the box to his daughter.
Ach níor smaoinigh an iníon air.
But the daughter didn't think about it.
Shíl sí nach raibh ann ach bosca coitianta.
She thought it was just a common box.
Bhí dearmad déanta aici faoin teachtaire.
She had forgotten about the messenger.
Ach lá amháin shocraigh sí an bosca a oscailt.
But one day she decided to open the box.
Taobh istigh den bhosca fuair sí lucht leanúna álainn.
Inside the box she found a beautiful fan.
Sa lucht leanúna cleití bhí scáthán álainn.

In the feather fan there was a beautiful mirror.
Chroith sí an lucht leanúna cleite chun í féin a fhuarú.
She waved the feather fan to cool herself.
Agus bhí an Prionsa Sobur i láthair aici.
And Prince Sobur appeared before her.
"Ghlaoigh tú orm, mar sin seo mé," a dúirt sé.
"You called me, so here I am," he said.
"Cad atá uait?" a d'fhiafraigh sé.
"What is it you wish for?" he asked.
Bhí ionadh uirthi faoin méid a chonaic sí.
She was astonished at what she saw.
Bhí prionsa dathúil le feiceáil go tobann!
A handsome prince had suddenly appeared!
"Cé thusa?" a d'fhiafraigh sí den phrionsa.
"Who are you?" she asked the prince.
"Agus conas a tháinig tú chun cinn go tobann?"
"And how did you suddenly appear?"
Mhínigh an prionsa cad a tharla.
The prince explained what had happened.
Bhí d'athair ag lorg 'sobur'
"Your father was looking for 'sobur'"
"Is mise an Prionsa Sobur," a mhínigh sé.
"I am prince Sobur," he explained.
"Thug mé bosca do d'athair"
"I gave your father a box"
"Sa bhosca seo tá lucht leanúna cleite agus scáthán"
"In this box there is a feather fan and mirror"
"Nuair a chroitheann tú an lucht leanúna cleite, feicfear mé"
"When you shake the feather fan I will appear"
D'iarr sí ar an bprionsa fanacht mar aoi.
She asked the prince to stay as a guest.
Agus ar feadh dhá lá d'fhan an prionsa léi.
And for two days the prince stayed with her.
Agus chuir sí fáilte roimh ina pálás.
And she entertained him in her palace.
Le linn na tréimhse sin thit an bheirt i ngrá.
During that time the two fell in love.

Rinne siad a gcuid gealltanais do gach duine acu.
They made their vows to each.
Agus rinneadh fear céile agus bean chéile díobh.
And they became husband and wife.
Tar éis seo d'fhill an prionsa ar a athair.
After this the prince returned to his father.
Dúirt sé leis go raibh bean chéile roghnaithe aige.
He told him that he had selected a wife.
Socraíodh lá na bainise.
The day for the wedding was decided.
Tugadh cuireadh don teaghlach ar fad.
All the family was invited.
Agus bhí bainis álainn acu.
And they had a beautiful wedding.

Ach bhí bás sa leaba phósta.
But there was a death in the marriage bed.
Bhí éad ar shé iníon an cheannaí.
The six daughters of the merchant were envious.
Bhí éad orthu faoi rath a ndeirfiúr.
They were jealous of their sister's success.
Mar sin shocraigh siad a sonas a scrios.
So they decided to destroy her happiness.
Bhris siad roinnt buidéal gloine.
They broke several glass bottles.
Agus mheilt siad an ghloine ina phúdar mín.
And they ground the glass into fine powder.
Ansin scaip siad an púdar ar an leaba.
Then they scattered the powder on the bed.
Ní raibh amhras ar an bprionsa faoi aon chontúirt.
The prince suspected no danger.
Leag sé é féin síos sa leaba.
He laid himself down in the bed.
Go gairid bhraith sé pian géar.
Soon he felt an acute pain.
Bhí pian ina chorp ar fad.
All of his whole body ached.

Bhí an púdar imithe trína chraiceann.

The powder had gone through his skin.

Tháinig an prionsa chun bheith míshuaimhneach de bharr pian.

The prince became restless through pain.

Agus thosaigh sé ag ciceáil agus ag screadaíl.

And he started to kick and scream.

Tugadh ar shiúl go dtí a thír féin é.

He was taken away to his own country.

Bhí imní mhór ar an rí agus ar an mbanríon.

The king and queen were very worried.

Chuaigh siad i gcomhairle le lianna uile na ríochta.

They consulted all the kingdom's physicians.

Ach bhí a gcuid iarrachtaí gan tairbhe.

But their efforts were in vain.

Lá agus oíche bhí an prionsa óg ag screadaíl.

Day and night the young prince was screaming.

Ní fhéadfadh aon duine an galar a dhearbhú.

No one could ascertain the disease.

Mar sin ní raibh aon bhealach acu an leigheas a fháil amach.

So they had no way of knowing the remedy.

Is féidir leat a shamhlú brón a mhná céile.

You can imagine the grief of his wife.

Ní raibh an snaidhm pósta ceangailte ach anois.

The marriage knot had only just been tied.

Shíl sí go raibh galar uafásach tar éis ionsaí a dhéanamh air.

She thought a terrible disease had attacked him.

Ansin iompraíodh na céadta míle ar shiúl é.

Then he was carried hundreds of miles away.

Ní raibh sí riamh ina thír dhúchais.

She had never been to his country.

Ach bhí sí diongbháilte dul ann.

But she was determined to go there.

Agus bhí sí diongbháilte aire níos fearr a thabhairt dó.

And she was determined to nurse him better.

Chuir sí uirthi féin éadaí Sannyasi.

She put on the garb of a Sannyasi.

Agus bhí daga aici ina láimh.
And she carried a dagger in her hand.
Agus ansin chuir sí tús lena turas.
And then she set out on her journey.

Bhí an banphrionsa fós sách óg.
The princess was still relatively young.
Ní raibh sí cleachta le turais fhada.
She was unaccustomed to long journeys.
Agus ní raibh sí cleachta le siúl chomh fada sin.
And she wasn't used to walking so far.
Go luath ina dhiaidh sin, tháinig tuirse uirthi den siúl.
She soon got weary of walking.
Mar sin shuigh sí faoi chrann le scíth a ligean.
So she sat under a tree to rest.
Ar bharr an chrainn bhí nead.
On the top of the tree there was a nest.
Ba é nead dhá éan diaga é.
It was the nest of two divine birds.
Bhí Bihangami agus Bihangama ina gcónaí anseo.
Bihangami and Bihangama lived here.
Ní raibh siad ina nead ag an am.
They were not in their nest at the time.
Ach bhí beirt dá sicíní sa nead.
But two of their chicks were in the nest.
Go tobann lig na sicíní scread amach.
Suddenly the chicks gave a scream.
Dhúisigh sé seo an banphrionsa leathchodladh.
This roused the half-drowsy princess.
Bhí nathair mhór feicthe ag na héin bheaga.
The little birds had seen huge serpent.
Bhí an nathair ar tí dreapadh suas an crann.
The snake was about to climb the tree.
Bheadh deireadh leis na héin mar seo.
This would have been the end of the birds.
Ach thóg an Sannyasi a daga amach.
But the Sannyasi took out her dagger.

Agus ghearr sí an nathair ina dhá leath.

And she cut the serpent in two.

Ar ndóigh, chuir sé seo eagla ar na héin óga fiú.

Of course even this frightened the young birds.

Agus d'eitil siad ón nead ag screadaíl.

And they flew from the nest screaming.

Bhí Bihangama agus Bihangami ar a mbealach ar ais.

Bihangama and Bihangami were on their way back.

Tháinig siad ag seoltóireacht tríd an aer.

They came sailing through the air.

Cheap siad go raibh a fhios acu cheana féin cad a tharla.

They thought they already knew what had happened.

"Nílim ag súil lenár bpáistí a fheiceáil"

"I don't expect to see our children"

"Beidh an nead folamh arís"

"The nest will be empty again"

"Itheadh ár bpáistí roimhe seo go léir"

"All our previous children were eaten"

"D'ith ár namhaid mór an nathair iad"

"They were eaten by our great enemy the serpent"

"Beidh an chinniúint chéanna orthu"

"They will have met the same fate"

"Ní chloisim caoineadh mo chlann óg"

"I do not hear the cries of my young ones"

Shroich an dá éan a nead.

The two birds got to their nest.

Agus mar a tuaradh, bhí an nead folamh.

And as predicted, the nest was empty.

Is cosúil gur dheimhnigh sé seo a n-amhras.

This seemed to confirm their suspicions.

Ach go luath d'fhill na héin óga.

But soon the young birds returned.

Bhí iontas taitneamhach ar na héin dhiaga.

The divine birds were pleasantly surprised.

D'inis na héin óga dóibh cad a tharla.

The young birds told them what had happened.

"Bhí Sannyasi óg faoin gcrann"

"There was a young Sannyasi under the tree"
"Scrios sé an nathair"
"He destroyed the serpent"
"Ghearr sé an nathair ina dhá leath lena dhagaire"
"He cut the snake in two with his dagger"
Chuaigh na tuismitheoirí go bun an chrainn.
The parents went to foot of the tree.
Bhí dhá leath den nathair ann fós.
Two halves of the snake were still there.
"Shábháil an Sannyasi óg ár sliocht"
"The young Sannyasi has saved our offspring"
"Is mian liom go bhféadfaimis seirbhís éigin a dhéanamh dó mar mhalairt air sin"
"I wish we could do him some service in return"
D'fhreagair an t-éan diaga Bihangama.
The divine bird Bihangama replied.
"Déanfaimid ár seirbhís di"
"We shall do our service to HER"
"Ní fear é an Sannyasi faoin gcrann"
"The Sannyasi under the tree is not a man"
"Is bean an Sannyasi faoin gcrann"
"The Sannyasi under the tree is a woman"
"Phós sí an Prionsa Sobur aréir"
"Last night she got married to Prince Sobur"
"Go gairid i ndiaidh a bpósta, nimhíodh é"
"Shortly after their marriage he was poisoned"
"Bhí a chraiceann pollta le blúiríní beaga gloine"
"His skin was pierced with small shards of glass"
"Bhí éad ar a dheirfiúracha céile lena bhean chéile"
"His sisters-in-law envied his wife"
"Scaip a deirfiúracha an púdar ar an leaba"
"Her sisters spread the powder over the bed"
"Tá sé fós ag fulaingt óna phian"
"He is still suffering from his pain"
"Ach tá sé ina thír dhúchais"
"But he is in his native land"
"Agus anois tá sé ar tí báis"

"And now he is at the point of death"
"Faoi an gcrann tá a bhrídeog laochúil"
"Beneath the tree is his heroic bride"
"Tá sí ag caitheamh éadaí Sannyasi"
"She is wearing the garb of a Sannyasi"
"Agus tá sí chun aire a thabhairt dó"
"And she is going to nurse him"
D'iarr an Bihangami ar an Bihangama.
The Bihangami asked the Bihangama.
"Nach bhfuil aon leigheas ann don phrionsa?"
"Is there no cure for the prince?"
"Sea, tá leigheas ann," a d'fhreagair an Bihangama.
"Yes, there is a cure" replied the Bihangama.
"Tá aoileach cruaite ina luí ar an talamh"
"There is hardened dung lying on the ground"
"Caithfidh sí an aoileach cruaite seo a thógáil"
"She must take this hardened dung"
"Ansin caithfidh sí an aoileach a mhilleadh go púdar"
"Then she must reduce the dung to powder"
"Agus ansin caithfidh sí an prionsa a ní"
"And then she must bathe the prince"
"Ní mór di é a ní i seacht ngloine uisce"
"She must bathe him in seven jars of water"
"Ansin caithfidh sí é a ní i seacht ngloine bainne "
"Then she must bathe him in seven jars of milk"
"Ansin caithfidh sí an púdar a chur ar a chorp"
"Then she must apply the powder to his body"
"Tar éis seo beidh an Prionsa Sobur slán."
"After this Prince Sobur will get well"
"Níl aon amhras orm faoin leigheas seo"
"I have no doubts about this remedy"
Chonaic na Bihangami fadhb áfach.
The Bihangami saw a problem though.
"Níl an banphrionsa ach cailín óg"
"The princess is but a young girl"
"Ní féidir léi siúl achar chomh fada sin"
"She cannot walk such a distance"

"Thógfadh an turas go leor laethanta uirthi"
"The journey would take her many days"
"Faoin am sin beidh an prionsa bocht básaithe"
"By that time the poor prince will have died"
"Is féidir liom," fhreagair an Bihangama.
"I can," replied the Bihangama.
"Tógfaidh mé an bhean óg ar mo dhroim"
"I will take the young lady on my back"
"Eitleoidh mé í go cathair an Phrionsa Sobur"
"I will fly her to Prince Sobur's city"
"Mura nglacfaidh sí bronntanais ar bith, eitleoidh mé ar ais í"
"If she takes no presents, I will fly her back"
Chuala iníon an cheannaí an comhrá seo.
The merchant's daughter heard this conversation.
D'impigh sí ar an Bihangama í a thógáil ar a dhroim.
She begged the Bihangama to take her on his back.
Agus ar ndóigh, thoiligh an t-éan go toilteanach.
And of course the bird willingly consented.
Ar dtús bhailigh sí cuid de aoileach an éin.
First she gathered some of the bird's dung.
Agus ansin rinne sí an aoileach a mhionathrú go púdar mín.
And then she reduced the dung to fine powder.
Bhí an leigheas cumhachtach seo aici.
She was armed with this potent medicine.
Agus chuaigh sí ar dhroim an éin chineálta.
And she got on the back of the kind bird.

D'eitil an Bihangama chomh tapa le tintreach.
The Bihangama flew as fast as lightning.
Shroich siad cathair an Phrionsa Sobur go luath.
They soon reached Prince Sobur's city.
Chuaigh an Sannyasi óg suas go dtí an pálás.
The young Sannyasi went up to the palace.
Agus labhair sí leis na gardaí ag an ngeata.
And she spoke to the guards at the gate.
"Cuir scéala chuig an rí go bhfuil leigheas agam"

"Send word to the king that I have a medicine"
"Sábhálfaidh an leigheas seo saol an phrionsa"
"This medicine will save the prince's life"
"Laistigh de chúpla uair an chloig beidh an prionsa leigheasta agam"
"Within hours I will have cured the prince"
Bhí na dochtúirí is fearr go léir triailte ag an rí.
The king had tried all the best doctors.
Ach ní raibh aon dochtúir in ann a mhac a leigheas.
But no doctor had been able to cure his son.
Mar sin níor chreid sé focail an Sannyasi.
So he didn't believe the Sannyasi's words.
Ach thug a chomhairleoirí comhairle eile dó.
But his councilors advised him otherwise.
D'ordaigh an Sannyasi seacht ngloine uisce.
The Sannyasi ordered for seven jars of water.
Agus ordaíodh seacht ngloine bainne.
And seven jars of milk were ordered.
Dhoirt sé próca uisce ar an bprionsa.
He poured a jar of water on the prince.
Agus dhoirt sé próca bainne ar an bprionsa.
And he poured a jar of milk on the prince.
Bhí cleite aige ón éan diaga.
He had a feather from the divine bird.
Agus d'úsáid sé an cleite chun an púdar a chur i bhfeidhm.
And he used the feather to apply the powder.
Bhí corp an phrionsa ar fad clúdaithe.
All of the prince's body was covered.
Rinneadh é seo arís sé huaire eile.
This was repeated another six times.
Rinne an chóireáil dheireanach an draíocht.
The last treatment did the magic.
Thosaigh an prionsa ag mothú go maith arís.
The prince started to feel well again.
Bhí an rí níos sona ná mar is féidir a chur in iúl le focail.
The king was happier than words can describe.
"Tabhair na seoda is fearr do na Sannyasi"

"Give the Sannyasi the finest treasures"
Ach dhiúltaigh na Sannyasi bronntanais a ghlacadh.
But the Sannyasi refused to take presents.
"Lig dom an fáinne a bheith ar mhéar an phrionsa"
"Let me have the ring on the prince's finger"
Bhí an rí agus an prionsa sásta.
The king and the prince were happy.
Agus thug siad dó a raibh uaidh.
And they gave him what he wanted.
D'fhill iníon an cheannaí ar ais go tapaidh.
The merchant's daughter hastened back.
Bhí an Bihangama ag fanacht ar an gcladach.
The Bihangama was waiting at the sea-shore.
Shroich siad crann na n-éan diaga.
They reached the tree of the divine birds.
Shiúil an bhrídeog óg ar ais go dtí a pálás.
The young bride walked back to her palace.

An lá dár gcionn chroith sí an lucht leanúna cleite draíochta.
The following day she shook the magical feather fan.
Díreach mar a bhí roimhe, bhí a fear céile i láthair.
Just as before, her husband appeared.
Ar ndóigh, bhí áthas air a bhean chéile a fheiceáil.
Of course he was happy to see his wife.
Ach bhí iontas gan teorainn air.
But he was infinitely surprised.
Bhí a fáinne ar a méar aici.
She had his ring on her finger.
Ba í a bhean chéile féin a dhochtúir.
His own wife was his doctor.
Ba í a bhean chéile a leigheas é!
It was his wife that had cured him!
Thug an prionsa a bhean chéile chuig a phálás.
The prince took his bride to his palace.
Mhaith sé a dheirfiúracha céile.
He forgave his sisters-in-law.
Bhí cónaí orthu go sona sásta ar feadh blianta fada.

They lived happily for many years.
Agus bhí clann acu.
And they were blessed with children.

Bunús an Óipiam

The Origins of Opium

Bhí Rishi ann fadó fadó.
Once upon on a time there lived a Rishi.
Bhí cónaí air ar bhruach na Ganges naofa.
He lived on the banks of the holy Ganges.
Fear an-reiligiúnach ab ea an Rishi seo.
This Rishi was a very religious man.
Chaith sé a laethanta ag déanamh deasghnátha reiligiúnacha.
He spent his days performing religious rites.
Ó éirí na gréine go luí na gréine shuigh sé ar bhruach na habhann.
From sunrise to sunset he sat on the river bank.
Ar feadh an ama ar fad shuigh sé ag gabháil do dhébhacht.
For the whole time he sat engaged in devotion.
San oíche ghlac sé foscadh ina bhothán.
At night he took shelter in his hut.
Bhí a bhothán déanta as duilleoga pailme.
His hut was made from palm-leaves.
Na crainn pailme a bhí fásaithe aige ó chrainn óga.
The palms he had grown from saplings.
Ní raibh aon duine thart ar feadh mílte.
There was no one around for miles.
Mar sin féin, bhí luch sa bhothán.
However, in the hut there was a mouse.
Mhair sí ar a raibh fágtha ag an Rishi di.
She lived from what the Rishi left for her.
Fear cineálta ab ea an Rishi.
The Rishi was a kind-hearted man.
Ní dhéanfadh sé dochar d'aon rud beo.
He would not hurt any living thing.
Mar sin níor rith ár luch uaidh riamh.
So our mouse never ran away from him.
Go deimhin, chuaigh ár luch chuige.
In fact, our mouse went to him.

Bhain sí le a chosa nuair a bhí sé ina shuí.
She touched his feet when he was sitting.
Agus bhain sí taitneamh as imirt leis.
And she enjoyed playing with him.
Thaitin an luch bheag leis an Rishi freisin.
The Rishi also liked the little mouse.
Mar sin theastaigh uaidh a bheith cineálta léi.
So he wanted to be kind to her.
Agus bhí sé ag iarraidh duine éigin le labhairt leis.
And he wanted someone to talk to.
Mar sin thug sé cumhacht cainte di.
So he gave her the power of speech.

Oíche amháin sheas an luch suas.
One night the mouse stood up.
Chuaigh sí ar a cosa deiridh.
She got onto her hind legs.
Agus sheas sí os comhair an Rishi.
And she stood in front of the Rishi.
Agus chuir sí a lapaí tosaigh le chéile.
And she put her front paws together.
"A Shaoi Naofa, bhí tú cineálta liom"
"Holy Sage, you have been kind to me"
"Agus thug tú teanga dhaonna dom"
"And you have given me human language"
"Tá súil agam nach gcuirfidh sé isteach ar do urram"
"I hope it doesn't displease your reverence"
"Ach tá beannacht amháin eile le hiarraidh agam"
"But I have one more boon to ask"
D'éist an Rishi lena luch.
The Rishi listened to his mouse.
"Cad é atá ann?" a d'fhiafraigh an Rishi.
"What is it?" asked the Rishi.
"Abair cad is mian leat, a luchóg bheag"
"Say what you want, little mouse"
D'fhreagair an luch an Rishi.
The mouse answered the Rishi.

"I rith an lae téann do urraim go dtí an abhainn "
"By day your reverence goes to the river"
"Agus cleachtann tú do dhíograis ansin"
"And there you practice your devotions"
"Le linn an ama seo tagann cat chuig an bothán"
"During this time a cat comes to the hut"
"Tá an cat seo ag iarraidh mé a ghabháil"
"This cat has been trying to catch me"
"Tá eagla éigin uirthi fós roimh d'urraim"
"She still has some fear of your reverence"
"Seachas sin bheadh sí tar éis mé a ithe i bhfad ó shin"
"Otherwise she would have eaten me long ago"
"Ach tá eagla orm go n-íosfaidh an cat mé lá éigin"
"But I fear the cat will eat me someday"
"Mar sin, tá paidir amháin le cur agam ort"
"So I have one prayer to ask of you"
"Le do thoil, go n-athrófaí ina chat mé!"
"Please may I be changed into a cat!"
"Ansin bheinn i mo chluiche do mo namhaid"
"Then I would be a match for my foe"
Thuig an Rishi cruachás na luiche.
The Rishi understood the mouse's plight.
Chaith sé roinnt uisce coisricthe ar an luch.
He threw some holy water on the mouse.
Agus chas an luch ina cat láithreach.
And the mouse instantly turned into a cat.

Bhí sí ina cónaí mar chat ar feadh roinnt laethanta.
She had lived as a cat for some days.
Oíche amháin chuaigh sí go dtí an Rishi arís.
One night she went to the Rishi again.
Agus labhair an Rishi lena pheata.
And the Rishi spoke to his pet.
"Bhuel, a chaitín bhig, conas atá tú!"
"Well, little kitty, how are you!"
"Cén chaoi a thaitníonn do shaol reatha leat!"
"How do you like your present life!"

Smaoinigh an cat ar cad a déarfadh sé.

The cat thought about what to say.

Ach ní raibh uirthi aon rud a rá.

But she didn't have to say anything.

D'fhéadfadh an Rishi a rá óna léiriú.

The Rishi could tell by her expression.

"Cén fáth nach dtaitníonn sé leat?" a d'fhiafraigh an saoi.

"Why don't you like it?" asked the sage.

"Nach bhfuil tú chomh láidir leis na cait eile!"

"Are you not as strong as the other cats!"

"Sea, tá mé láidir go leor," fhreagair an cat.

"Yes, I am strong enough," answered the cat.

"Tá cat láidir déanta agam de bharr d'urraim"

"Your reverence has made me a strong cat"

"Chomh láidir le haon chat ar domhan"

"As strong as any cat in the world"

"Anois níl eagla orm roimh chait a thuilleadh"

"Now I do not fear cats anymore"

"Ach anois tá namhaid nua agam"

"But now I have got a new foe"

"I rith an lae téann do urraim go dtí an abhainn"

"By day your reverence goes to the river"

"Le linn an ama seo tagann madraí chuig an mbothán"

"During this time dogs come to the hut"

"Tá na madraí seo ag tafann orm"

"These dogs have been barking at me"

"Agus tá eagla orm go deo"

"And I have been frightened for my life"

"Mar sin, tá paidir amháin eile le cur agam ort"

"So I have one more prayer to ask of you"

"Le do thoil, go n-athrófaí ina mhadra mé!"

"Please may I be changed into a dog!"

Thuig an Rishi cruachás an chait.

The Rishi understood the cat's plight.

Chaith sé roinnt uisce coisricthe ar an gcat.

He threw some holy water on the cat.

Agus rinneadh madra den chat láithreach.

And the cat instantly became a dog.

Bhí sí ina cónaí mar mhadra ar feadh roinnt laethanta.
She lived as a dog for some days.
Ach oíche amháin labhair sí leis an Rishi.
But one night she spoke to the Rishi.
"Ní féidir liom buíochas a ghabháil go leor le do urram"
"I cannot thank your reverence enough"
"Bhí tú thar a bheith cineálta liom"
"You have been most kind to me"
"Ní raibh ionam ach luch bhocht"
"I was but a poor mouse"
"Ní hamháin gur thug tú cainte dom"
"You not only gave me speech"
"Ach rinne tú cat díom freisin"
"But you also turned me into a cat"
"Agus níor chríochnaigh do chineáltas ansin"
"And your kindness didn't end there"
"Ansin d'athraigh tú ina mhadra mé"
"Then you changed me into a dog"
"Mar mhadra, áfach, bíonn mé ag fulaingt go mór"
"As a dog, however, I suffer greatly"
"Ní fhaighim go leor le hithe"
"I do not get enough to eat"
"Is é an t-aon bhia atá agam ná an rud a fhágann tú dom"
"My only food is what you leave me"
"Bhí sin go breá nuair a bhí mé i mo luch "
"That was fine when I was a mouse"
"Ach rinne tú mé i bhfad níos mó"
"But you have made me much larger"
"Agus ní leor é chun mo bhéal a líonadh"
"And it is not enough to fill my mouth"
"Ó, a urramaigh, cé chomh héadmhar is atá na moncaithe sin"
"OH your reverence, how I envy those monkeys"
"Léimeann siad ó chrann go crann"
"They jump about from tree to tree"

"Itheann siad gach sórt torthaí blasta!"
"They eat all sorts of delicious fruits!"
"Le do thoil, ná bíodh fearg ar an urramach"
"Please may reverence not get angry"
"Guím go n-athrófaí mé i moncaí"
"I pray to be changed into a monkey"
Fear an-tuisceanach ab ea an saoi.
The sage was a very understanding man.
Bhí a chroí lán le foighne.
His heart was filled with patience.
Bhí sé sásta mian a pheata a chomhlíonadh.
He was happy to grant his pet's wish.
Chaith sé roinnt uisce coisricthe ar an madra.
He threw some holy water on the dog.
Agus rinneadh moncaí den madra láithreach.
And the dog instantly became a monkey.

Bhí ár moncaí fiáin le lúcháir ar dtús.
Our monkey was at first wild with joy.
Léim sí ó chrann amháin go crann eile.
She leaped from one tree to another.
Shúigh sí gach toradh blasta.
She sucked every luscious fruit.
Ach níor mhair a lúcháir ach gearr arís.
But her joy was short-lived again.
Thug an samhradh a thriomach leis.
Summer had brought with it its drought.
Bíonn sé deacair ar mhoncaithe dreapadh síos.
Monkeys find it hard to climb down.
Mar sin ní raibh sí in ann deoch a ól as an abhainn.
So she couldn't drink from the river.
Chonaic sí conas a mhair na torca fiáine.
She saw how the wild boars lived.
An lá ar fad bhí siad ag spalpadh san uisce.
All day they splashed in the water.
Bhí éad aici lena saol anois.
She envied their life now.

"Ó, a leithéid de lúcháir atá ar na torca fiáine sin!"
"Oh how happy those wild boars are!"
"Bíonn a gcorp fuaraithe an lá ar fad"
"All day their bodies are cooled"
"An lá ar fad bíonn siad athnuachana ag an uisce"
"All day they are refreshed by water"
"Nach mian liom a bheith i mo thorc fiáin"
"How I wish I were a wild boar"
An oíche sin chuaigh sí go dtí an Rishi.
That night she went to the Rishi.
D'inis sí a trioblóidí dó.
She recounted her troubles to him.
D'inis sí gach rud dó faoi na torca fiáine.
She told him all about the wild boars.
"Ó, cé chomh taitneamhach is a chaithfidh a saol a bheith"
"Oh how pleasant their lives must be"
Agus d'impigh sí go n-athrófaí í arís.
And she begged to be changed again.
"Guím go n-athrófaí mé i dtorc fiáin"
"I pray to be changed into a wild boar"
Ní raibh aon teorainn le cineáltas an tsaoi.
The sage's kindness knew no bounds.
agus chomhlíon sé iarratas a pheata.
and he complied with his pet's request.
Chaith sé roinnt uisce coisricthe ar an moncaí.
He threw some holy water on the monkey.
Agus d'éirigh an moncaí ina thorc fiáin láithreach.
And the monkey instantly became a wild boar.

Bhí ár dtorc an-sásta anois.
Our boar was now very content.
Choinnigh sí a corp fliuch báite.
She kept her body soaking wet.
Gach lá théadh sí go dtí an abhainn.
Every day she went to the river.
Bhí sí ag spalpadh thart ina dúil is ansa léi.
She splashed about in her favorite element.

Ach níl an saol sábháilte do thorc fiáin.
But life is not safe for wild boars.
Lá amháin bhí an rí amuigh ag seilg.
One day the king was out hunting.
Bhí sé ag marcaíocht ar eilifint ornáidithe.
He was riding on an adorned elephant.
Níor éalaigh ár torc fiáin ach le dea-ádh.
Only by luck did our wild boar escape.
Smaoinigh sí go leor ar a taithí.
She thought a lot about her experience.
Mheas sí go mór na contúirtí a bhain lena saol.
She dwelt on the dangers of her life.
Agus bhí éad aici leis an eilifint stáitse.
And she envied the stately elephant.
Bhí níos mó ádh ar an eilifint ná uirthi.
The elephant was more fortunate than her.
Fuair sé an rí a iompar ar a dhroim.
He got to carry the king on his back.
Anois bhí fonn uirthi a bheith ina heilifint.
Now she longed to be an elephant.
Agus san oíche d'impigh sí ar an Rishi.
And at night she besought the Rishi.

Bhí ár n-eilifint ag fánaíocht sa fhásach.
Our elephant was roaming the wilderness.
Ar a cuid eachtraí chonaic sí an rí.
On her adventures she saw the king.
Chuaigh ár n-eilifint i dtreo sheomra an rí.
Our elephant went towards the king's suite.
Bhí gach rún aici a bheith gafa.
She had every intention of being caught.
Chonaic an rí an eilifint ó chian.
The king saw the elephant from a distance.
Ní fhéadfadh sé gan a háilleacht a mheas.
He couldn't help but admire her beauty.
Thug sé a orduithe dá shearbhóntaí.
He gave his orders to his servants.

"Gabh agus ceansaigh an eilifint seo"
"Catch and tame this elephant"
Gabhadh ár n-eilifint go héasca.
Our elephant was easily caught.
Tugadh isteach sna stáblaí ríoga í.
She was taken into the royal stables.
Agus ceansaíodh í gan aon trioblóid.
And she was tamed without any trouble.

Lá amháin bhí mian ag an mbanríon.
One day the queen had a wish.
Bhí fonn uirthi dul go dtí an Ganges naofa.
She wished to go to the holy Ganges.
Bhí fonn uirthi folcadh sna huiscí naofa.
She wished to bathe in the holy waters.
Bhí fonn ar an rí dul in éineacht lena bhean chéile.
The king wanted to accompany his wife.
Mar sin thug sé a orduithe dá shearbhóntaí.
So he made his orders to his servants.
"Tabhair dúinn an eilifint nua-ghafa"
"Bring us the newly caught elephant"
Chuaigh an rí agus an bhanríon ar a droim.
The king and queen mounted on her back.
Bhí a mian faighte ag ár n-eilifint.
Our elephant had gotten her wish.
Bhuel... is cosúil gur bhain sí a mian amach.
Well... she seemed to have gotten her wish.
Bhí an rí suite ar a droim.
The king had mounted on her back.
Ach ní hea, ní bhfuair an eilifint a mian.
But no, the elephant didn't get her wish.
D'fhéach sí uirthi féin mar chréatúr uasal.
She looked upon herself as a lordly beast.
Ní fhéadfadh sí bean a bheith ag marcaíocht ar a droim.
She could not a woman riding on her back.
Ní leor gur banríon í.
It wasn't enough that she was a queen.

Ní fhéadfadh sí an smaoineamh air a sheasamh.
She could not bear the idea of it.
Bhraith sí go raibh sí díghrádaithe.
She felt she had been degraded.
Léim sí suas chomh foréigneach agus is féidir le heilifintí.
She jumped up as violently as elephants can.
Thit an rí agus an bhanríon araon ar an talamh.
Both the king and queen fell to the ground.
Thóg an rí an bhanríon go cúramach.
The king carefully picked up the queen.
Thóg sé an bhanríon ina bhaclainn.
He took the queen in his arms.
D'fhiafraigh sé di an raibh sí gortaithe.
He asked her whether she had been hurt.
Chuimil sé an deannach dá cuid éadaí.
He wiped off the dust from her clothes.
Agus phóg sé í go tairisceana céad uair.
And he tenderly kissed her a hundred times.
Chonaic ár n-eilifint suathaireacht an rí.
Our elephant witnessed the king's caresses.
Agus rith sí amach go dtí na coillte.
And she scampered off to the woods.
Rith sí chomh tapa agus a d'fhéadfadh a cosa í a iompar.
She ran as fast as her legs could carry her.
Agus í ag rith, smaoinigh sí inti féin;
As she ran, she thought within herself;
"Tá taithí agam ar go leor saolta éagsúla"
"I have experienced many different lives"
"Agus tá sonas difriúil taithí agam"
"And I have experienced different happiness"
"Ach ní féidir comparáid a dhéanamh idir na saolta sin"
"But those lives cannot be compared"
"Is í an bhanríon an créatúr is sona ar fad"
"A queen is the happiest creature of all"
"Cén meas gan teorainn atá uirthi!"
"Of what infinite regard is she the object of!"
"Thóg an rí í den talamh"

"The king lifted her off the ground"
"Agus thóg sé go cúramach ina bhaclainn í"
"And he carefully took her in his arms"
"Rinne sé go leor fiosrúcháin thaitneamhacha uirthi"
"He made many tender inquiries to her"
"Agus chuimil sé an deannach dá cuid éadaí "
"And he wiped off the dust from her clothes"
"Agus phóg sé í céad uair!"
"And he kissed her a hundred times!"
"Ó, an sonas a bhaineann le bheith i do bhanríon!"
"Oh, the happiness of being a queen!"
"Caithfidh mé iarraidh ar an Rishi banríon a dhéanamh díom!"
"I must ask the Rishi to make me a queen!"

Bhí an ghrian díreach ar tí dul faoi.
The sun was just about to set.
D'éirigh lenár n-eilifint ar ais go dtí an bothán.
Our elephant made it back to the hut.
Bhí an Rishi díreach tar éis a chuid urnaí a chríochnú.
The Rishi had just finished his devotions.
Thit sí ar an talamh ag a chosa.
She fell on the ground at his feet.
Bhí sí fós ina luch bheag.
She was still the little mouse.
Agus ba é an saoi naofa fós é.
And he was still the holy sage.
"Cad é an scéal?" a d'fhiafraigh an Rishi.
"What's the news?" inquired the Rishi.
"Cén fáth ar fhág tú pálás an rí!"
"Why have you left the king's palace!"
Smaoinigh ár n-eilifint ar a focail.
Our elephant thought about her words.
"Cad a déarfaidh mé le d'urraim!"
"What shall I say to your reverence!"
"Bhí tú an-chineálta liom"
"You have been very kind to me"

"D'éirigh leat gach mian a bhí agam a chomhlíonadh"
"You have granted every wish of mine"
"Bhí mé i mo luch agus thug tú cainte dom"
"I was a mouse and you gave me speech"
"Ach mar luch bhí mo shaol i mbaol"
"But as a mouse my life was in danger"
"Shábháil tú mé trí chat a dhéanamh díom"
"You saved me by turning me into a cat"
"Ach mar chat ní raibh mo shaol níos sábháilte"
"But as a cat my life was no safer"
"Agus chabhraigh tú liom a bheith i mo mhadra"
"And you helped me become a dog"
"Ach mar mhadra ní raibh go leor le hithe agam"
"But as a dog I had not enough to eat"
"Chuir tú cúnamh ar fáil dom arís"
"You provided for me again"
"Agus rinne tú moncaí díom"
"And you turned my into a monkey"
"Bhí gach a raibh uaim le hithe agam"
"I had all I could wish to eat"
"Ach ní raibh aon bhealach agam mo chorp a fhuarú"
"But I had no way of cooling my body"
"Chabhraigh tú liom leis seo freisin"
"You helped me with this too"
"Agus rinne tú torc fiáin díom"
"And you turned me into a wild boar"
"Tá saol compordach ag torca fiáine"
"Wild boars have a comfortable life"
"Ach ní mhaireann siad gan chontúirt"
"But they don't live without danger"
"Agus arís chosain tú mé"
"And again you protected me"
"Agus rinne tú eilifint díom"
"And you turned me into an elephant"
"Tá méadú tagtha ar mo mhéid mar eilifint"
"Being an elephant has increased my bulk"
"Ach níor mhéadaigh an bheith i mo eilifint mo shona"

"But being an elephant has not increased my happiness"
"Tá beannacht amháin eile le hiarraidh agam ort"
"I have one more boon to ask of you"
"Is é an bheannacht dheireanach a iarrfaidh mé é"
"It will be the last boon I ask for"
"Feicim anois cé hé an créatúr is sona"
"I see now who the happiest creature is"
"Is í an bhanríon an duine is sona ar domhan"
"A queen is the happiest in the world"
"A Athair naofa, déan banríon díom le do thoil"
"Holy father, please make me a queen"
"A leanbh amadánach," fhreagair an Rishi.
"Silly child," answered the Rishi.
"Conas is féidir liom banríon a dhéanamh díot!"
"How can I make you a queen!"
"Cá bhfaighidh mé ríocht duit!"
"Where can I get a kingdom for you!"
"Cá bhfaighfinn fear céile ríoga!"
"Where would I find a royal husband!"
Ach bhí an Rishi fós foighneach.
But the Rishi was still patient.
"Tá rud amháin is féidir liom a dhéanamh duit"
"There is one thing I can do for you"
"Is féidir liom cailín álainn a dhéanamh díot"
"I can change you into a beautiful girl"
"Beidh tú chomh hálainn le banríon"
"You will be as beautiful as a queen"
"Beidh na draíochtanna go léir a theastaíonn uait agat"
"You will possess all the charms you need"
"Is féidir le do dhraíocht croí prionsa a mhealladh"
"Your charms can captivate a prince's heart"
"Ach caithfidh tú fanacht le cinneadh na ndéithe"
"But you must wait for what the gods decide"
"Tabharfaidh siad agallamh duit "
"They will grant you an interview"
"Beidh do dheis agat le prionsa!"
"Tou will have your chance with a prince!"

D'aontaigh ár n-eilifint leis an athrú.
Our elephant agreed to the change.
Rinneadh an beithíoch a chlaochlú ag an Rishi.
The beast was transformed by the Rishi.
Agus anois ba bhean óg álainn í.
And now she was a beautiful young lady.
Thug an saoi naofa Postomani uirthi.
The holy sage named her Postomani.
Chiallaigh a hainm 'an bhean síolta poipín'.
Her name meant 'the poppy-seed lady'.

Bhí Postomani ina chónaí i mbothán na Rishi.
Postomani lived in the Rishi's hut.
Chaith sí a cuid ama ag tabhairt aire do na bláthanna.
She spent her time tending the flowers.
Agus thug sí uisce do na plandaí sa ghairdín.
And she watered the plants in the garden.
Lá amháin bhí sí ina suí ag an mbothán.
One day she was sitting at the hut.
Bhí an Rishi ag an Ganges naofa.
The Rishi was at the holy Ganges.
Tháinig fear gléasta go hálainn i dtreo an tí.
A richly dressed man came towards the cottage.
Sheas sí suas chun fáilte a chur roimh an bhfear.
She stood up to welcome the man.
Agus d'fhiafraigh sí den strainséir cé hé.
And she asked the stranger who he was.
"Cad chuige a tháinig tú?" a d'fhiafraigh sí.
"What have you come for?" she asked.
"Bhí mé ag fiach"
"I have been on a hunt"
"Ach ruaig muid na fianna go neamhbhalbh"
"But we chased the deer in vain"
"Tá tart orm anois ón teas"
"Now I am thirsty from the heat"
"Shíl mé go raibh Rishi ina chónaí anseo"
"I thought that a Rishi lives here"

"Tháinig mé chun uisce a iarraidh air"
"I had come to ask him for water"
"Ach feicim anois go bhfuil tú i do chónaí anseo"
"But now I see you live here"
D'fhreagair Postomani an strainséir.
Postomani answered the stranger.
"Féach ar an mbothán seo mar do chuid féin"
"Look upon this hut as your own"
"Tá brón orm, ach táimid bocht"
"I am sorry, but we are poor"
"Ní féidir linn aon siamsaíocht a thairiscint duit"
"We cannot offer you any entertainment"
"Ach lig dom do chuairt a dhéanamh compordach"
"But let me make your visit comfortable"
"Mar, creidim gur rí thú"
"Because, I believe you are a king"
"Mura bhfuil mé mícheart," ar sise.
"If I am not mistaken," she added.
Rinne an strainséir gáire aitheantais.
The stranger smiled in recognition.

Thug Postomani pota uisce leis ansin.
Postomani then brought a pot of water.
Chuaigh sí chun cosa a haoi ríoga a ní.
She went to wash her royal guest's feet.
Ach níor lig an cuairteoir di é seo a dhéanamh.
But the visitor did not let her do this.
"A Mhaighdean Naofa, ná bain le mo chosa"
"Holy maid, do not touch my feet"
"Níl mé ach Kshatriya," a d'admhaigh sé.
"I am only a Kshatriya," he confessed.
"Agus is iníon saoi naofa thú"
"And you are the daughter of a holy sage"
"A dhuine uasail;" thosaigh Postomani ag admháil.
"Noble sir;" Postomani begun to confess.
"Ní mise iníon an Rishi"
"I am not the daughter of the Rishi"

"Agus nach cailín Brahmani mé ach an oiread"
"And am I not a Brahmani girl either"
"Níl aon dochar ann dom do chosa a theagmháil"
"There is no harm in me touching your feet"
"Ina theannta sin, is tusa m'aoi"
"Besides, you are my guest"
"Agus táim faoi cheangal bhur gcosa a ní"
"And I am bound to wash your feet"
"Maith dom mo mhíshuaimhneas," a d'iarr an rí.
"Forgive my impertinence," the king wished.
"Cén caste lena mbaineann tú?" a d'fhiafraigh sé.
"What caste do you belong to?" he asked.
"Níl a fhios agam ach an rud a dúirt an saoi liom"
"I only know what the sage told me"
"Chuala mé gur Kshatriyas a bhí i mo thuismitheoirí"
"I heard my parents were Kshatriyas"
Bhí an strainséir ag iarraidh tuilleadh eolais a fháil.
The stranger wanted to know more.
"An féidir liom a fhiafraí an raibh d'athair ina rí!"
"May I ask whether your father was a king!"
"Tá áilleacht neamhghnách agat," a dúirt sé.
"You have an uncommon beauty," he said.
"Agus tá cuma stáitse ort"
"And you possess a stately demeanor"
"Ní féidir oibriú ar son na gcáilíochtaí seo"
"These qualities cannot be worked for"
"Léiríonn sé gur rugadh i do bhanphrionsa thú"
"It shows that you were born a princess"
Sheachain Postomani an cheist a fhreagairt.
Postomani avoided answering the question.
Ina áit sin chuaigh sí isteach sa bhothán.
Instead she went inside the hut.
Thug sí tráidire torthaí blasta amach.
She brought out a tray of delicious fruits.
Agus chuir sí na torthaí os comhair an rí.
And she set the fruits before the king.
Níor bhain an rí leis na torthaí, áfach.

The king, however, did not touch the fruits.

D'fhan sé go dtí go bhfuair sé freagra ar a cheist.

He waited until his question was answered.

"Níl a fhios agam ach an rud a deir an saoi naofa"

"I only know what the holy sage says"

"Deir sé gur rí a bhí i m'athair"

"He says that my father was a king"

"Ach buadh air i gcath"

"But he was overcome in a battle"

"Mar sin theith sé, in éineacht le mo mháthair, isteach sna coillte"

"So he, with my mother, fled into the woods"

"D'ith tíogar m'athair bocht"

"My poor father was eaten by a tiger"

"Dhún mo mháthair a súile nuair a d'oscail mé mo shúile féin"

"My mother closed her eyes as I opened mine"

"Bhí coirceog bheach ar an gcrann"

"There was a bee-hive on the tree"

"Luigh mé ag bun an chrainn sin"

"I lay at the foot of that tree"

"Thit braoiníní meala i mo bhéal"

"Drops of honey fell into my mouth"

"Choinnigh an mil an splanc istigh ionam"

"The honey maintained the spark inside me"

"Agus ansin fuair an cineál Rishi mé"

"And then the kind Rishi found me"

"Thug an saoi naofa isteach ina bhothán mé"

"The holy sage brought me into his hut"

"Seo scéal simplí na cailín trua seo"

"This is the simple story of this wretched girl"

"An cailín atá anois i láthair an rí"

"The girl who now stands before the king"

"Ná bíodh trua agat thú féin," fhreagair an rí.

"Call not yourself wretched," replied the king.

"Is tusa an bhean is áille"

"You are the most beautiful of women"

"**Agus is tusa an bhean is áille**"
"And you are the loveliest of women"
"**Dhéanfá na páláis is mó a mhaisiú**"
"You would adorn the grandest palaces"

Bhí agallamh faighte ag Postomani.
Postomani had gotten her interview.
Thit sí i ngrá leis an rí.
She fell in love with the king.
Agus thit an rí i ngrá léi.
And the king fell in love with her.
Chuaigh an Rishi isteach i bpósadh leo.
The Rishi joined them in marriage.
Ba í Postomani banríon an rí is ansa leis.
Postomani became the king's favourite queen.
Agus bhí an iar-bhainríon i náire.
And the former queen was in disgrace.
Ach níor mhair sonas Postomani ach go ceann tamaill.
But Postomani's happiness was short-lived.
Lá amháin agus í ina seasamh cois tobar.
One day as she was standing by a well.
Chuaigh meadhrán uirthi ar feadh nóiméid.
She was overcome by a moment of giddiness.
Thit Fortune san uisce í.
Fortune had her fall into the water.
Agus fuair sí bás in uisce an tobair.
And she died in the water of the well.
Tháinig an Rishi chuig an rí ansin.
The Rishi then came to the king.
"**A rí, ná bíodh brón ort faoin am atá thart**"
"O king, grieve not over the past"
"**Caithfidh an rud a shocraíonn an chinniúint tarlú**"
"What is fixed by fate must come to pass"
"**Bádh an bhanríon i do thobar**"
"The queen drowned in your well"
"**Ach ní raibh sí de shliocht ríoga**"
"But she was not of royal blood"

"Rugadh í i dteaghlach luchóg"

"She was born to a family of mice"

"Gach tráthnóna thagadh sí chuig mo bhothán"

"Each evening she came to my hut"

"Agus thug mé cumhacht na cainte di"

"And I gave her the power of speech"

"Le cainte, d'fhéadfadh sí a mianta a chur in iúl"

"With speech she could express her wishes"

"D'athraigh mé í de réir a mianta"

"I changed her according to her wishes"

"Mar luch, bhí eagla uirthi roimh an gcat"

"As a mouse she feared the cat"

"Agus mar sin d'athraigh mé ina cat í"

"And so I changed her into a cat"

"Mar chat, bhí eagla uirthi roimh na madraí "

"As a cat she feared the dogs"

"Agus mar sin d'athraigh mé ina madra í"

"And so I changed her into a dog"

"Ní raibh go leor le hithe aici mar mhadra"

"As a dog she had not enough to eat"

"Agus mar sin d'athraigh mé í ina moncaí"

"And so I changed her into a monkey"

"Mar mhoncaí ní raibh sí in ann an teas a sheasamh"

"As a monkey she couldn't bear the heat"

"Agus mar sin d'athraigh mé í ina torc fiáin"

"And so I changed her into a wild boar"

"Mar thorc, ní raibh a saol sábháilte"

"As a boar her life was not safe"

"Agus mar sin d'athraigh mé í ina heilifint"

"And so I changed her into an elephant"

"Sin an eilifint a ghabh tú"

"That was the elephant you caught"

"Ach mar eilifint ní raibh grá aici"

"But as an elephant she was not loved"

"Agus mar sin d'athraigh mé í an uair dheireanach"

"And so I changed her one last time"

"D'athraigh mé í ina cailín álainn"

"I changed her into a beautiful girl"
"Sin í an cailín a phós tú"
"That is the girl that you married"
"Agus sin í an cailín a bádh"
"And that is the girl that drowned"
"Glac fabhar do shean-bhainríon"
"Take into favor your former queen"
"Agus ná bíodh imní ort faoi mo iníon"
"And don't worry for my daughter"
"Déanfaidh mé a hainm neamhbhásmhar"
"I will make her name immortal"
"Fanfaidh a corp sa tobar"
"Let her body remain in the well"
"Líon an tobar le cré"
"Fill the well up with earth"
"Tá síol ina feoil"
"In her flesh there is a seed"
"Fásfaidh crann as a cnámha"
"From her bones a tree will grow"
"Tabharfaimid an crann seo ina diaidh"
"We will name this tree after her"
"Glaofar 'Posto' ar an gcrann"
"The tree shall be called 'Posto'"
"Ciallaíonn sé seo 'an crann poipín'"
"This means 'the Poppy tree'"
"As an gcrann seo a thiocfaidh druga"
"From this tree there will come a drug"
"Tabharfar óipiam ar an druga seo"
"This drug will be called opium"
"Beidh óipiam ina dhruga cumhachtach"
"Opium will be a powerful drug"
"Ídeoidh daoine óipiam i ngach ré"
"People will consume opium in every epoch"
"Slogfar nó deatófar óipiam"
"Opium will either be swallowed or smoked"
"Agus beidh óipiam ina dhrugaí iontach"
"And opium will be a wonderful narcotic"

"Úsáidfear óipiam go dtí deireadh an ama"
"Opium will be used till the end of time"
"Aithneoidh tú an té a chaitheann óipiam"
"You will recognize the opium smoker"
"Beidh go leor cáilíochtaí éagsúla aige"
"He will have many different qualities"
"Cáilíocht amháin do gach ainmhí"
"One quality for each of the animals"
"Na hainmhithe a raibh Postomani ina gcónaí mar"
"The animals which Postomani had lived as"
"Beidh sé dána, cosúil le luch"
"He will be mischievous, like a mouse"
"Beidh dúil aige i mbainne, cosúil le cat"
"He will be fond of milk, like a cat"
"Beidh sé connspóideach, cosúil le madra"
"He will be quarrelsome, like a dog"
"Beidh sé salach, cosúil le moncaí"
"He will be filthy, like a monkey"
"Beidh sé fiáin, cosúil le torc"
"He will be savage, like a boar"
"Beidh sé muiníneach, cosúil le heilifint"
"He will be confident, like an elephant"
"Agus beidh sé ar bís, cosúil le banríon"
"And he will be high-tempered, like a queen"

<h3 style="text-align:center">Buail, ach Éist Ar Dtús</h3>
Strike, but Listen First

Bhí rí ann tráth a raibh triúr mac aige.
There was once a king who had three sons.
Tháinig a chuid ábhar ríoga chuige lá amháin agus dúirt siad;
His royal subjects came to him one day and said;
"A chorp an cheartais! éist lenár n-achainí"
"Oh incarnation of justice! hear our plea"
"Tá an ríocht lán le gadaithe agus robálaithe"
"The kingdom is infested with thieves and robbers"
"Níl ár maoin sábháilte óna ngadaíocht"
"Our property is not safe from their thievery"
"Guímid ar do Shoilse greim a fháil ar na gadaithe seo"
"We pray your majesty to catch hold of these thieves"
"Impímid oraibh iad a phionósú go hiomlán faoin dlí"
"We beg you punish them to the full extent of the law"
Dúirt an rí lena mhic, "Ó, a mhic, táim sean."
The king said to his sons, "Oh, my sons, I am old"
"Ach tá sibh go léir i mbarr a réime fireann"
"But you are all in the prime of manhood"
"Conas atá mo ríocht lán de ghadaithe?"
"How is it that my kingdom is full of thieves?"
"Táim ag súil go ngabhfaidh tú greim ar na gadaithe seo"
"I look to you to catch hold of these thieves"
Rinne na trí phrionsaí a n-intinn suas ansin.
The three princes then made up their minds.
Bhí siad ag dul ag patról na cathrach gach oíche.
They were going to patrol the city every night.
Chuir siad faire ar bun i mbruachbhailte na cathrach.
They set up a watch out in the outskirts of the city.
Bhí tús na hoíche tagtha.
The early part of the night had arrived.
Mar sin ghlac an prionsa ba shine lena dhualgais.
So the eldest prince took on his duties.
Chuaigh sé ar a chapall tríd an gcathair ar fad.

He rode upon his horse through the whole city.
Ach ní fhaca sé gadaí amháin in aon áit a fhéach sé.
But did not see a single thief anywhere he looked.
Tháinig sé ar ais chuig an stáisiún póilíní.
He came back to the policing station.
Bhí lár na hoíche tagtha.
The middle part of the night had arrived.
Mar sin ghlac an dara prionsa lena dhualgais.
So the second prince took on his duties.
Agus chuaigh sé ar marcaíocht trí gach cuid den chathair freisin.
And he too rode through every part of the city.
Ach ní fhaca ná ní chuala sé trácht ar aon ghadaí amháin.
But he did not see or hear of a single thief.
Tháinig sé ar ais chuig an stáisiún póilíní freisin.
He came also back to the policing station.
Bhí an chuid dheireanach den oíche tagtha.
The latter part of the night had arrived.
Mar sin ghlac an prionsa ab óige lena dhualgais.
So the youngest prince took on his duties.
Chuaigh sé i ngar do gheata phálás a athar.
He went near the gate of his father's palace.
Chonaic sé bean álainn ag fágáil an pháláis ansin.
There he saw a beautiful woman leaving the palace.
D'fhiafraigh an prionsa den bhean, "Cé thusa?"
The prince asked the woman, "who are you?"
"Cá bhfuil tú ag dul ag an uair seo den oíche?"
"Where are you going at this hour of the night?"
D'fhreagair an bhean an prionsa óg.
The woman answered the young prince.
"Is mise Rajlakshmi, dia caomhnóra an pháláis seo"
"I am Rajlakshmi, the guardian deity of this palace"
"Marófar an rí an oíche seo"
"The king will be killed this night"
"Dá bhrí sin níl gá liom anseo"
"I am therefore not needed here"
"Agus sin an fáth a bhfuilim ag imeacht"

"And that is why I am going away"
Ní raibh a fhios ag an bprionsa cad a cheapfadh sé den teachtaireacht seo.
The prince did not know what to make of this message.
Tar éis tamaill machnaimh dúirt sé leis an bandia;
After a moment's reflection he said to the goddess;
"**Ach, abair nach maraítear an rí anocht**"
"But, suppose the king is not killed tonight"
"**An bhfuil aon agóid agat filleadh ar an bpálás?**"
"Have you any objection to return to the palace?"
"**Níl aon agóid agam," fhreagair an bandia.**
"I have no objection," replied the goddess.
Ansin impigh an prionsa ar an bandia filleadh.
The prince then begged the goddess to go back.
Agus gheall sé go ndéanfadh sé a dhícheall chun an rí a chosaint.
And he promised to do his best to protect the king.
Ansin chuaigh an bandia isteach sa phálás arís.
Then the goddess entered the palace again.
Laistigh de nóiméad d'imigh sí isteach sa phálás.
Within a moment she disappeared into the palace.

Chuaigh an prionsa díreach isteach sa phálás freisin.
The prince went straight into the palace too.
Agus chuaigh sé isteach i seomra leapa a athar ríoga.
And he went into the bedroom of his royal father.
Ansin luigh a athair i gcodladh domhain.
There his father lay immersed in deep sleep.
Bhí an dara bean chéile, bean níos óige, ag an rí.
The king had a second, younger wife.
Ba í an bhean seo leasmháthair ár bprionsa.
This woman was the stepmother of our prince.
Bhí sí ina codladh i leaba eile sa seomra.
She was sleeping in another bed in the room.
Bhí solas ann a bhí ag lasadh go lag.
There was a light that was burning dimly.
Ach ansin chonaic an prionsa rud a chuir iontas air!

But then the prince saw something that surprised him!
Cóbra ollmhór ag dul timpeall agus timpeall na leapa órga.
A huge cobra going round and round the golden bedstead.
An leaba ar a raibh a athair ina chodladh.
The bedstead on which his father was sleeping.
Ghearr an prionsa an nathair ina dhá leath lena chlaíomh.
The prince with his sword cut the serpent in two.
Ach ní raibh sé sásta an cobra a mharú.
But he was not satisfied with killing the cobra.
Mar sin ghearr sé an cóbra ina chéad píosa.
So he cut the cobra up into a hundred pieces.
Agus chuir sé píosaí an chóbra taobh istigh de phanna.
And he put the pieces of the cobra inside a pan.
Ach agus an cobra á ghearradh tharla mí-ádh.
But while cutting the cobra a misfortune happened.
Thit braon fola ar chíche a leasmháthar.
A drop of blood fell on the breast of his stepmother.
**Bhí an prionsa i gcruachás mór mar gheall ar an méid a
tharla.**
The prince was in great distress by what had happened.
"Shábháil mé m'athair, ach mharaigh mé mo leasmháthair"
"I have saved my father, but killed my stepmother"
Conas a d'fhéadfadh sé an braon fola a bhaint as a cíoch?
How could he remove the drop of blood from her breast?
Chuir sé píosa éadaigh seacht bhfillte timpeall a theanga.
He wrapped round his tongue a piece of cloth sevenfold.
Agus leis an éadach lig sé an braon fola.
And with the cloth he licked up the drop of blood.
Ach ní raibh codladh a leasmháthar chomh domhain sin.
But his stepmother's sleep was not so deep.
Agus ina iarracht í a shábháil dhúisigh sé í.
And in his attempt to save her he awoke her.
**Nuair a d'oscail sí a súile chonaic sí gurbh é a leasmhac a bhí
ann.**
When opening her eyes she saw it was her stepson.
Rith an prionsa óg amach as an seomra.
The young prince rushed out of the room.

Bhí fuath ag an mbanríon dá leasmhac, an prionsa ab óige.
The queen, hated her stepson, the youngest prince.
Agus bhí gach rún aici a chlú a mhilleadh.
And she had every intention to ruin his reputation.
Ghlaoigh sí ar a fear céile, "A thiarna, a thiarna."
She called out to her husband, "My lord, my lord"
"An bhfuil tú i do dhúiseacht? An bhfuil tú i do dhúiseacht?
Dúisigh tú féin"
"Are you awake? are you awake? Rouse yourself up"
"Seo píosa deas nuachta duit"
"Here is a nice piece of news for you"
Nuair a dhúisigh an rí, d'fhiafraigh sé cad a bhí ar siúl.
The king on awaking inquired what the matter was.
"Cad é an scéal, a thiarna, lig dom a insint duit"
"What the matter is, my lord, let me tell you"
"Bhí do mhac fiúntach anseo sa seomra seo díreach anois"
"Your worthy son was just here in this room"
"An prionsa is óige, a bhfuil an oiread sin airde á lua agat
air"
"The youngest prince, of whom you speak so highly"
"Rug mé air agus é ag teagmháil le mo chíoch"
"I caught him in the act of touching my breast"
"Níl amhras orm gur tháinig sé le drochintinn"
"I don't doubt he came with wicked intents"
Bhí an rí scanraithe ag a chuala sé.
The king was horror-struck by what he heard.
Chuaigh an prionsa ar ais go dtí an áit a raibh a
dheartháireacha ag faire.
The prince went back to where his brothers kept watch.
Ach níor inis sé tada dóibh faoin méid a tharla.
But he told them nothing of what had happened.

Go moch ar maidin ghlaoigh an rí ar a mhac ba shine.
Early in the morning the king called his eldest son.
"Cuirim mo shaol agus mo onóir ar iontaoibh na bhfear"
"I entrust my life and my honor to men"

"Ach cad a tharlódh dá gcruthódh duine de na fir seo neamhchreidmheach?"
"But what if one of these men prove faithless?
"Conas ba chóir fear den sórt sin a phionósú?"
"How should such a man be punished?"
D'fhreagair an prionsa ba shine a athair, an rí.
The eldest prince replied to his father, the king.
"Gan amhras ba chóir ceann a leithéid de dhuine a bhaint de"
"Doubtless such a man's head should be cut off"
"Ach ar dtús ba chóir duit na fíricí a bhunú"
"But first you should establish the facts"
"Caithfidh tú a fheiceáil an bhfuil an fear gan chreideamh i ndáiríre"
"You must see whether the man is really faithless"
"Cad atá i gceist agat?" d'fhiafraigh an rí.
"What do you mean?" inquired the king.
"Go raibh áthas ar do Shoilse éisteacht"
"Let your majesty be pleased to listen"
Bhí órcheardaí ann fadó fadó.
Once upon on a time there lived a goldsmith.
Bhí mac ag an órchearda seo a raibh bean chéile aige.
This goldsmith had a son who had a wife.
Bhí an cumas neamhchoitianta ag a bhean chéile chun beithígh a thuiscint.
His wife had the rare faculty of understanding beasts.
Ach níor inis sí d'aon duine riamh faoina bronntanas neamhchoitianta.
But she never told anyone about her uncommon gift.
Ní raibh a fhios ag a fear céile fiú go raibh tuiscint aici ar ainmhithe.
Not even her husband knew she could understand animals.
Oíche amháin bhí sí ina luí sa leaba in aice lena fear céile.
One night she was lying in bed beside her husband.
Ón abhainn cois a dtithe chuala sí seacal ag ulradh.
From the river by their house she heard a jackal howl.
"Sin corp ag snámh ar an abhainn"

"There goes a carcass floating on the river"
"Tá fáinne diamant ar mhéar an fhir mhairbh"
"There's a diamond ring on the dead man's finger"
"An nglacfaidh aon duine an fáinne agus an tabharfaidh sé an corp dom?"
"Will anyone take the ring and give me the corpse?"
Thuig an bhean teanga an tseacail.
The woman understood the jackal's language.
D'éirigh sí as an leaba agus chuaigh sí go dtí bruach na habhann.
She got up from bed and went to the river-side.
Ní raibh an fear céile ina chodladh domhain.
The husband had not been in deep sleep.
Mar sin le gluaiseachtaí a mhná céile dhúisigh sé freisin.
So with his wife's movements he woke up too.
Agus lean sé a bhean chéile le feiceáil cá ndeachaigh sí.
And he followed his wife to see where she went.
Ach choinnigh sé a achar uaidh, ionas go bhféadfadh sé breathnú uirthi.
But he kept his distance, so that he could observe her.
Chuaigh an bhean isteach san uisce in aice lena dteach.
The woman went into the water next to their house.
Tharraing sí an corp a bhí ar snámh i dtreo na trá.
She tugged the floating corpse towards the shore.
Agus chonaic sí an fáinne diamant ar an mhéar.
And she saw the diamond ring on the finger.
Ní raibh sí in ann an fáinne a scaoileadh lena lámh.
She was unable to loosen the ring with her hand.
Mar gheall go raibh méara an choirp mhairbh ata.
Because the fingers of the dead body had swelled.
Mar sin, ghreim sí an mhéar de lena fiacla.
So she bit off the finger with her teeth.
Agus chuir sí an corp marbh ar tír, don seacal.
And she put the dead body upon land, for the jackal.
Ansin d'fhill sí ar a luí, áit a raibh a fear céile cheana féin.
Then she returned to bed, where her husband already was.
Luigh an órchearda óg beagnach scanraithe le heagla.

The young goldsmith lay almost petrified with fear.

Bhí sé cinnte go raibh sé ina luí in aice le Rakshasi.

He was convinced he was lying next to a Rakshasi.

Chaith sé an chuid eile den oíche ag luí ina leaba.

He spent the rest of the night tossing in his bed.

Agus go moch ar maidin labhair sé lena athair.

And early in the morning spoke to his father.

"Ní fíorbhean í an bhean a thug tú dom"

"The woman thou hast given me is not a real woman"

"Is Rakshasi an bhean a thug tú dom mar bhean chéile"

"The woman thou hast given me to wife is a Rakshasi"

"Bhí mé i mo luí sa leaba léi aréir"

"Last night I was lying in bed with her"

"Cois na habhann chuala mé uaill seacail"

"By the river I heard the howl of a jackal"

"Chuala mo bhean chéile uaill an tseacail freisin"

"My wife too, heard the howl of the jackal"

"Ag smaoineamh go raibh mé i mo chodladh; chuaigh sí i dtreo an uaill"

"Thinking I was asleep; she went towards the howl"

"Bhí iontas orm í a fheiceáil ag dul amach as an leaba ina haonar"

"I was surprised to see her go out of bed alone"

"Agus amhras orm go raibh cineál uilc ann, lean mé amach í."

"Suspecting some sort of evil, I followed her outside"

"Ach ní raibh sí in ann a fheiceáil gur lean mé í"

"But she could not see that I had followed her"

"Cad a rinne sí, a cheapann tú? A uafás na n-uafás!"

"What did she do, do you think? O horror of horrors!"

"As an sruthán tharraing sí corp marbh amach"

"From the stream she dragged a dead body out"

"Agus cad a cheapann tú a rinne sí leis an gcorp marbh?"

"And what do you think she did with the dead body?"

"Níor chuir sí am amú ag slugadh an fhir mhairbh!"

"She wasted no time devouring the dead man!"

"Bhí an t-ádh orm é seo go léir a fheiceáil le mo shúile féin"

"All this I had the misfortune to see with my own eyes"
"Le linn di bheith ag féasta ar an gcorpán chuaigh mé ar ais a chodladh"
"While she feasted on the carcass I went back to bed"
"I gceann cúpla nóiméad d'fhill sí ar a leaba freisin"
"In a few minutes she also returned to bed"
"Dhún sí an doras go daingean, agus luigh sí in aice liom"
"She bolted the door shut, and lay beside me"
"A athair, conas is féidir liom maireachtáil le Rakshasi?"
"Oh my father, how can I live with a Rakshasi?"
"Maróidh sí mé cinnte agus íosfaidh sí mé oíche amháin"
"She will certainly kill me and eat me up one night"
Is féidir leat a shamhlú an turraing a bhain leis an sean-órchearda.
You can imagine the shock of the old goldsmith.
D'aontaigh an t-athair agus an mac araon faoi cad ba cheart a dhéanamh.
Both father and son agreed about what should be done.
Ba chóir an bhean a thabhairt go domhain isteach sa choill.
The woman should be taken deep into the forest.
Agus ba chóir í a fhágáil le haghaidh beithígh fhiáine le slogadh.
And she should be left for wild beasts to devoured.
Dá réir sin, labhair an órcheardaí óg lena bhean chéile.
Accordingly, the young goldsmith spoke to his wife.
"A ghrá geal," a dúirt sé lena bhean chéile.
"My dear love," he said to his wife.
"Is fearr duit gan mórán cócaireachta a dhéanamh ar maidin."
"You had better not cook much this morning"
"Bruith beagán ríse agus dóigh brinjal"
"Boil a little rice and burn a brinjal"
"Mar go bhfeicfimid do thuismitheoirí inniu"
"Because today we are going to see your parents"
"Tá do mháthair agus d'athair ag fáil bháis le tú a fheiceáil"
"Your mother and father are dying to see you"
Bhí an bhean lán le lúcháir ag an nuacht gan choinne.

The woman was full of joy at the unexpected news.
Thaitin sé go mór léi filleadh ar theach a hathar.
She loved returning to her father's house.
Agus chríochnaigh sí an chócaireacht gan mhoill.
And she finished the cooking in no time.
Rug an fear céile agus an bhean chéile ar bhricfeasta gasta.
The husband and wife snatched a hasty breakfast.
Agus go gairid i ndiaidh an bhricfeasta thosaigh siad ar a n-aistear.
And soon after breakfast they started their journey.
Bhí an bealach go teach a hathar trí dhúiche dlúth.
The way to her father's house was through dense jungle.
Ba é an áit iontach é chun a bhean chéile a thréigean.
It was the perfect place to abandon his wife.
Bhí sí cinnte go n-íosfadh beithígh fhiáine í ansin.
She was bound to be eaten up by wild beasts there.
Ach agus iad ag siúl chuala an bhean nathair.
But while they were walking the woman heard a snake.
"A dhuine atá ag dul thart, tá frog sa pholl sin"
"Oh passer-by, in yonder hole there is a frog"
"Nach mór an buíochas a bheinn dá ngabhfá an frog"
"How thankful I would be if you caught the frog"
"Agus tá an poll lán d'ór agus de chlocha luachmhara"
"And the hole is full of gold and precious stones"
"Tabhair dom an frog, agus tóg an stór duit féin"
"Give me the frog, and take the treasure for yourself"
Chuaigh an bhean láithreach go dtí poll an frog.
The woman forthwith went to the frog's hole.
Agus thosaigh sí ag tochailt an phoill le maide.
And she began digging the hole with a stick.
Bhí an órchearda óg ag crith le heagla anois.
The young goldsmith was now quaking with fear.
Shíl sé go raibh a bhean chéile Rakshasi ar tí é a mharú.
He thought his Rakshasi-wife was about to kill him.
Agus ansin ghlaoigh a bhean air chun cabhrú léi.
And then his wife called for him to help her.
"Glac an t-ór seo go léir agus na clocha luachmhara seo"

"Take all this gold and these precious stones"
Níor thuig an órchearda a hiarratas.
The goldsmith did not understand her request.
**Go drogallach chuaigh sé go dtí an áit a raibh an poll
tochailte aici.**
Timidly he went to where she had dug the hole.
Ach bhí iontas gan teorainn air faoin méid a chonaic sé.
But he was infinitely surprised by what he saw.
Bhí an poll lán d'ór agus de chlocha luachmhara.
The hole was full of gold and precious stones.
"Conas a raibh a fhios agat go raibh seod anseo?"
"How did you know there was a treasure here?"
Agus faoi dheireadh d'inis a bhean dó faoina bronntanas.
And finally his wife told him of her gift.
"Is féidir liom na hainmhithe go léir sa choill a thuiscint"
"I can understand all the beasts in the forest"
"Díreach thall ansin, tá nathair fillte suas"
"Just over there, there is a snake coiled up"
"Dúirt sí liom go raibh seod anseo"
"She had told me there was a treasure here"
**Bhraith an fear céile anois an-bheannaithe lena bhean
chéile.**
The husband now felt very blessed with his wife.
"A ghrá geal, tá sé an-déanach inniu"
"My love, it has gotten very late today"
"Ní dóigh liom go sroichfimid teach d'athar"
"I don't think we will reach your father's house"
"Gabhfaidh an oíche sinn sula sroichfimid ann"
"Nightfall will catch us before we get there"
**"Má fhanfaimid, d'fhéadfadh beithígh fhiáine sinn a
shlogadh"**
"If we stay we might be devoured by wild beasts"
"Molaim dá bhrí sin go bhfillfimid beirt abhaile"
"I propose therefore that we both return home"
Is féidir leat díomá na mná céile a shamhlú.
You can imagine the wife's disappointment.
Ach d'aontaigh sí le measúnú a fir chéile.

But she agreed with her husband's assessment.
Thóg sé tamall fada orthu teacht abhaile.
It took them a long time to reach home.
Bhí siad lódáilte le méid mór óir.
They were laden with a large quantity of gold.
Agus bhí go leor clocha luachmhara á n-iompar acu.
And they were carrying many precious stones.
Ach sa deireadh tháinig siad gar dá dteach.
But eventually the got close to their home.
"A ghrá geal, téigh isteach an doras cúil," arsa an órcheardaí.
"My dear, go by the back door," said the goldsmith.
"Rachaidh mé isteach go dtí an doras tosaigh agus feicfidh mé m'athair"
"I will go by the front door and see my father"
"Agus taispeánfaidh mé an stór seo go léir dó"
"And I will show him all this treasure"
Mar sin chuaigh sí isteach sa teach tríd an doras cúil.
So she entered the house by the back door.
Ach bhí cúis ag an sean-órchearda a bheith ann freisin.
But the old goldsmith had reason to be there too.
Bhí sé imithe ann chun casúr a bhailiú.
He had gone there to collect a hammer.
Chonaic an sean-órchearda a bhean chéile Rakshasi.
The old goldsmith saw his Rakshasi daughter-in-law.
Chinn sé gur shlog sí a mhac.
He concluded she had swallowed up his son.
Agus dá bhrí sin bhuail sé í leis an casúr.
And he therefore struck her with the hammer.
Mharaigh an buille a bhean chéile láithreach.
The blow immediately killed his daughter-in-law.
Ag an nóiméad sin tháinig an mac isteach sa teach.
At that moment the son came into the house.
Ach bhí sé rómhall dó míniú a thabhairt.
But it was too late for him to explain.
Agus mar sin chríochnaigh scéal an phrionsa ba shine.
And so the eldest prince's story concluded.
"B'fhéidir go mbeadh ort ceann fir a ghearradh de"

"You might have to cut a man's head off"
"Ach ar dtús ba chóir duit na fíricí a bhunú"
"But first you should establish the facts"
"Caithfidh tú a fheiceáil an bhfuil an fear gan chreideamh i ndáiríre"
"You must see whether the man is really faithless"

Ghlaoigh an rí ar a dhara mac chuige ansin.
The king then called his second son to him.
"Cuirim mo shaol agus mo onóir ar iontaoibh na bhfear "
"I entrust my life and my honor to men"
"Ach cad a tharlódh dá gcruthódh duine de na fir seo neamhchreidmheach?"
"But what if one of these men prove faithless?
"Conas ba chóir fear den sórt sin a phionósú?"
"How should such a man be punished?"
D'fhreagair an dara prionsa a athair, an rí.
The second prince replied to his father, the king.
"Gan amhras ba chóir ceann a leithéid de dhuine a bhaint de"
"Doubtless such a man's head should be cut off"
"Ach ar dtús ba chóir duit na fíricí a bhunú"
"But first you should establish the facts"
"Cad atá i gceist agat?" d'fhiafraigh an rí.
"What do you mean?" inquired the king.
"Go raibh áthas ar do Shoilse éisteacht"
"Let your majesty be pleased to listen"
Bhí rí ann fadó fadó.
Once upon a time there reigned a king.
Bhí an rí seo an-dúil ag dul amach ag fiach.
This king was very fond of going out hunting.
Lá amháin thug a chapall isteach i bhforaois dhlúth é.
One day his horse took him into a dense forest.
Chuaigh sé i bhfad óna lucht leanúna, go domhain isteach sna coillte.
He went far from his followers, deep into the woods.

Chuaigh sé ar aghaidh agus ar aghaidh tríd an bhforaois chiúin, gan teorainn.

He rode on and on through the endless, quiet forest.

Ní fhaca sé sráidbhailte ná bailte, ach crainn amháin.

He saw neither villages nor towns, only trees.

Ar an turas fada uaigneach tháinig tart mór air.

On the long, lonely journey he became very thirsty.

Ní fhaca sé lochán, ná loch, ná sruthán.

He could see no pond, nor lake, nor stream.

Ach ansin chonaic sé rud éigin ag sileadh ón gcrann.

But then he saw something dripping from a tree.

Chinn sé gur uisce báistí a bhí ina luí i gcuas a bhí ann.

He concluded it was rainwater resting in a cavity.

Sheas sé ar muin capaill faoin gcrann, cupán ina láimh.

He stood on horseback beneath the tree, cup in hand.

Rug sé ar na braoiníní ag sileadh go mall isteach sa chupán beag.

He caught the drops slowly dripping into the small cup.

Ní raibh an t-uisce, áfach, ina bháisteach ón spéir.

The water, however, was not rain from the sky.

Bhí cobra ollmhór ina shuí ar bharr an chrainn aird.

A huge cobra sat on top of the tall tree.

Bhí an nathair tar éis an crann a bhualadh le buile lena cuid fiacla géara.

The snake had struck the tree in rage with its sharp fangs.

Tháinig nimh na nathrach amach agus thit sé anuas i mbraoiníní troma.

The snake's poison came out and fell downward in heavy drops.

Shíl an rí gur uisce báistí simplí a bhí sa leacht a bhí ag titim.

The king thought the falling liquid was simple rainwater.

Bhraith an capall an baol agus rinne sé iarracht rabhadh a thabhairt dó.

The horse sensed the danger and tried to warn him.

Bhí an cupán beagnach lán leis an nimh nathrach marfach.

The cup was nearly filled with the deadly snake-poison.

Thóg an rí an cupán agus d'ullmhaigh sé le hól.
The king raised the cup and prepared to drink.
Ach bhog an capall go fiáin, agus an rí ar a dhroim.
But the horse moved wildly, with the king on its back.
Thit an cupán as a láimh, agus doirteadh an nimh.
The cup fell from his hand, and the poison spilled.
Tháinig fearg ar an rí agus bhuail sé muineál an chapaill.
The king became angry and struck the horse's neck.
Mharaigh an buille ón gclaíomh a chapall láithreach.
The blow from the sword immediately killed his horse.
Agus mar sin chríochnaigh scéal an dara prionsa.
And so the second prince's story concluded.
"B'fhéidir go mbeadh ort ceann fir a ghearradh de"
"You might have to cut a man's head off"
"Ach ar dtús ba chóir duit na fíricí a bhunú"
"But first you should establish the facts"
"Caithfidh tú a fheiceáil an bhfuil an fear gan chreideamh i ndáiríre"
"You must see whether the man is really faithless"

Ansin ghlaoigh an rí chuige a thríú mac ab óige.
The king then called to him his third youngest son.
"Cuirim mo shaol agus mo onóir ar iontaoibh na bhfear"
"I entrust my life and my honor to men"
"Ach cad a tharlódh dá gcruthódh duine de na fir seo neamhchreidmheach?"
"But what if one of these men prove faithless?
"Conas ba chóir fear den sórt sin a phionósú?"
"How should such a man be punished?"
"Gan amhras ba chóir ceann a leithéid de dhuine a bhaint de"
"Doubtless such a man's head should be cut off"
"Ach ar dtús ba chóir duit na fíricí a bhunú"
"But first you should establish the facts"
"Cad atá i gceist agat?" d'fhiafraigh an rí.
"What do you mean?" inquired the king.
"Go raibh áthas ar do Shoilse éisteacht"

"Let your majesty be pleased to listen"
Fadó, bhí rí críonna agus uasal i réim ann.
Once long ago there reigned a wise and noble king.
Choinnigh sé éan de speiceas Suka ina phálás.
In his palace he kept a bird of Suka species.
Lá amháin chuaigh an t-éan amach ag eitilt isteach sna páirceanna.
One day the bird went out flying into the fields.
Ansin chonaic sé a athair agus a mháthair ag glaoch ó thuas.
There he saw his father and mother calling from above.
D'iarr siad air teacht ar cuairt chucu ina nead.
They asked him to come visit them in their nest.
Bhí an nead i bhfad i gcéin i dtír cheilte.
The nest was far away in a distant hidden land.
an Suka , "Tiocfaidh mé má fhaighim cead an rí"
The Suka said, "I'll come if I get king's leave"
"Labhróidh mé leis an rí inniu agus fillfidh mé amárach"
"I'll speak to the king today and return tomorrow"
"Fan san áit chéanna ar maidin, le do thoil."
"Please wait at this same spot in the morning"
An lá céanna sin, labhair Suka leis an rí cineálta, séimh.
That very day, Suka spoke with the gentle, kind king.
Thug an rí cead don éan imeacht.
The king gave permission for the bird to leave.
Cé gur bhrónach é scaradh lena éan.
Although he was sad to part with his bird.
An mhaidin dár gcionn, bhuail Suka lena thuismitheoirí arís.
The next morning, Suka met his parents again.
D'eitil sé leo go dtí a nead ar chrann ard.
He flew with them to their nest on a tall tree.
Bhí na trí éan ina gcónaí le chéile go sona sásta i síocháin.
The three birds lived together happily in peaceful joy.
D'fhan siad mar seo ar feadh coicíse de laethanta áille.
They stayed like this for a fortnight of lovely days.
Ach b'éigean deireadh a chur leis na laethanta ciúine taitneamhacha sin fiú.

But even those quiet and pleasant days had to end.

Dúirt Suka, "A thuismitheoirí dílse, thug an rí dhá sheachtain dom"

Suka said, "Beloved parents, the king gave me two weeks"

"Tá an t-am sin thart anois, mar sin caithfidh mé filleadh amárach"

"That time is now over, so I must return tomorrow"

D'aontaigh a athair agus a mháthair agus bheannaigh siad a chinneadh.

His father and mother agreed and blessed his decision.

Dúirt siad leis bronntanas a thabhairt leis don rí.

They told him to carry a gift for the king.

Tar éis roinnt cainte, roghnaigh siad roinnt torthaí mar bhronntanas.

After some talk, they chose some fruit as a gift.

Bhí an toradh tar éis fás ón gCrann Neamhbhásmhaireachta.

The fruit had grown from the Immortality Tree.

Go moch ar maidin dár gcionn, chuaigh Suka go dtí an crann.

Early the next morning, Suka went to the tree.

Agus bhain sé toradh draíochta lonrach amach.

And he plucked a magical glowing fruit.

Choinnigh sé an toradh go réidh ina ghob, lán cúraim.

He held the fruit gently in his beak, full of care.

Bhí an toradh trom agus chuir sé moill ar a luas eitilte gasta.

The fruit was heavy and slowed his swift flying pace.

Ní raibh sé in ann an chathair a bhaint amach sular tháinig an oíche.

He could not reach the city before night arrived.

Stop Suka le scíth a ligean i gcrann ar an mbealach.

Suka stopped to rest in a tree along the way.

Bhí eagla air go dtitfeadh an toradh agus é ina chodladh.

He feared the fruit might drop while he slept.

Dá gcoimeádfadh sé an toradh ina ghob, d'fhéadfadh sé titim.

If he kept the fruit in his beak, it could fall.

Ach chonaic sé poll i stoc an chrainn.

But he saw a hole in the trunk of the tree.
Chuir sé an toradh go sábháilte taobh istigh den chrann dorcha.
He placed the fruit safely inside the dark tree.
Ach taobh istigh den pholl, bhí nathair dhubh nimhiúil ina cónaí.
But inside the hole, there lived a poisonous black snake.
San oíche, ghreim an nathair an toradh le nimh.
In the night, the snake bit the fruit with venom.
Agus tháinig nimh mharfach ar an toradh.
And the fruit became smeared with deadly poison.
Ag breacadh an lae thóg Suka an toradh ar ais ina ghob.
At dawn Suka took the fruit back in his beak.
D'eitil sé arís ar a thuras go pálás an rí.
He flew again on his journey to the king's palace.
Agus é ag teacht chuig an bpálás, bhí an rí ina shuí in éineacht le hairí.
As he reached the palace the king was sitting with ministers.
Bhí an rí thar a bheith sásta Suka a fheiceáil ag filleadh arís.
The king was overjoyed to see Suka return once more.
Bhí meas mór aige ar an mbronntanas torthaí álainn, lonrach.
He greatly admired the beautiful, shining fruit gift.
Bhí an toradh álainn le breathnú air agus le meas.
The fruit was lovely to look at and admire.
Ba é an toradh ab fhearr a fuarthas ar fud an domhain é.
It was the finest fruit found across the earth.
Agus bronnadh neamhbhásmhaireacht ar aon duine a d'ith an toradh.
And anyone who ate the fruit was granted immortality.
Bhí an rí ar tí an toradh álainn a ithe.
The king was about to eat the beautiful fruit.
Ach thug a airí rabhadh dó go bhféadfadh an toradh a bheith nimhithe.
But his ministers warned him the fruit might be poisoned"
"B'fhearr an toradh a thástáil sula n-itheann tú é"
"It would be better to test the fruit before you eat it"

Chaith sé an toradh chuig préachán a bhí ina shuí ar an mballa.

He threw the fruit to a crow sitting on the wall.

D'ith an préachán den toradh, agus thit sí marbh láithreach.

The crow ate from the fruit, and dropped dead instantly.

Chuaigh an rí i bhfeirg, agus cheap sé go raibh Suka ag iarraidh é a mharú.

The king, thinking Suka tried to kill him, grew furious.

Rug sé ar an éan agus mharaigh sé é lena lámha lom.

He seized the bird and killed him with his bare hands.

D'ordaigh sé an síol a chur lasmuigh den chathair.

He ordered the seed to be planted outside the city.

Rinneadh crann den síol leis an toradh lonrach céanna.

The seed became a tree with the same glowing fruit.

Bhí eagla ar an rí go dtabharfadh an toradh níos mó báis.

The king feared the fruit would bring more death.

Mar sin, bhí an crann fálaithe aige agus curtha faoi gharda aige.

So he had the tree fenced off and guarded.

Bhí seanfhear bocht Brahman ina chónaí sa chathair sin.

There lived in that city an old, poor Brahman man.

Níor mhair sé féin agus a bhean chéile ach ar charthanacht an bhaile.

He and his wife survived only on the town's charity.

Lá amháin chaoin an Brahman a shaol fada, truagh.

One day the Brahman mourned his long, miserable, life.

Dúirt sé, "In ionad déirce a lorg, íosfaidh mé torthaí nimhe."

He said, "Instead of begging, I will eat poison fruit."

"Críochnóidh mé mo shaol faoin gcrann marfach sin i dtost."

"I'll end my life beneath that deadly tree in silence."

An oíche sin féin, d'éirigh sé go ciúin agus d'fhág sé a theach.

That very night, he rose quietly and left his home.

Bhí amhras ar a bhean chéile agus lean sí ina diaidh i dtost.

His wife suspected and followed behind in silence.

Bhí cinneadh déanta aici bás a fháil freisin, in éineacht lena fear céile brónach.

She had decided to die too, alongside her sad husband.

Bhí grá mór aici dó agus ní raibh sí ag iarraidh fanacht ina diaidh.

She loved him deeply and didn't wish to stay behind.

Bhí garda an pháláis ina chodladh an oíche sin, gan a bheith ar an eolas faoi chuairteoirí.

The palace guard was asleep that night, unaware of visitors.

Shroich an Bráhman an gairdín agus bhain sé toradh crochta amach.

The Brahman reached the garden and plucked a hanging fruit.

D'fhéach sé air uair amháin agus d'ith sé an toradh iomlán.

He looked at it once and ate the entire fruit.

Ghlaodh a bhean chéile, "Má fhaigheann tú bás, ní bheidh mo shaol ina rud ar bith"

His wife cried, "If you die, my life becomes nothing"

"Ithfidh mé féin agus gheobhaidh mé bás anseo leat anois"

"I will also eat and die here with you now"

Agus í ag rá sin, phioc sí toradh agus d'ith sí é.

So saying she plucked a fruit and ate it.

Cheap siad go n-oibreodh an nimh go mall i rith na hoíche.

They thought the poison would act slowly through the night.

Mar sin chuaigh an bheirt acu abhaile agus luigh siad síos go ciúin sa leaba.

So they both went home and quietly lay down in bed.

Chreid siad nach n-éireodh siad as codladh arís choíche.

They believed they would never again rise from sleep.

Chun a n-iontais, dhúisigh siad agus iad lán le beatha.

To their surprise, they woke up feeling full of life.

Ní hamháin go raibh siad beo, ach bhí siad óg arís.

Not only were they alive, but they were young again.

Agus bhí siad láidir agus bhí fuinneamh nua-aimsithe acu.

And they were strong and had new found energy.

Is ar éigean a aithin na comharsana iad, agus mar sin bhí cuma athraithe orthu.

Neighbors hardly recognized them, so changed they looked.

Bhí an sean-Brahmán dathúil agus lán óige anois.

The old Brahman was now handsome and full of youth.

D'imigh a chuid gruaige liath, agus bhí dath air arís.

His grey hair vanished, and had colour again.

D'éirigh a leicne rocacha mín, agus lonraigh a chraiceann.

His wrinkled cheeks turned smooth, and his skin shone.

Agus maidir lena bhean chéile, d'éirigh sí thar a bheith álainn.

And as for his wife, she became extremely beautiful.

Bhí sí chomh hálainn le haon bhean eile sa ríocht.

She looked as beautiful as any lady of the kingdom.

Chuala an rí faoina gclaochlú míorúilteach.

The king heard of their miraculous transformation.

D'iarr sé ar a ghardaí an Brahman a sheoladh chuige.

He asked his guards to send the Brahman to him.

Agus d'fhiafraigh sé den Brahman foinse a óige.

And he asked the Brahman the source of his youth.

D'inis an Brahman gach mionsonra den scéal don rí.

The Brahman told the king every detail of the story.

Ansin ghuil an rí ar son a éan bocht, dílis.

The king then wept for his poor, loyal pet bird.

Bhí aiféala mór air as a éan dílis a mharú.

He deeply regretted killing his faithful bird.

Agus ba mhian leis go mbeadh a fhios aige dílseacht an éin.

And he wished he had known the bird's loyalty.

Agus mar sin chríochnaigh scéal an dara prionsa.

And so the second prince's story concluded.

"B'fhéidir go mbeadh ort ceann fir a ghearradh de"

"You might have to cut a man's head off"

"Ach ar dtús ba chóir duit na fíricí a bhunú"

"But first you should establish the facts"

"Caithfidh tú a fheiceáil an bhfuil an fear gan chreideamh i ndáiríre"

"You must see whether the man is really faithless"

"Tá a fhios agam go raibh amhras ar do Shoilse go raibh olc orm aréir"

"I know Your Majesty suspects me of evil last night"

"Lig dom mé féin a mhíniú sula ndéanann tú pionós orm."
"Please allow me to explain myself before punishing me"
"Agus mé ag dul timpeall chonaic mé bean ag fágáil an pháláis"
"While making rounds I saw a woman leave the palace"
"Stop mé í, agus dúirt sí gurbh í Rajlakshmi a hainm"
"I stopped her, and she said her name was Rajlakshmi"
"D'éiligh sí gurbh í dia caomhnóra an pháláis í"
"She claimed to be the guardian deity of the palace"
"Dúirt sí go raibh sí ag imeacht mar go raibh an bás i ngar"
"She said she was leaving because death was near"
"Marófaí an rí," a dúirt sí, "níos déanaí an oíche sin"
"The king," she said, "would be killed later that night"
"D'impigh mé uirthi dul ar ais isteach sa phálás"
"I begged her to go back into the palace"
"Agus gheall mé go ndéanfainn mo dhícheall chun tú a chosaint."
"And I promised to do my best to protect you."
"Rith mé go tapaidh isteach i seomra do Shoilse gan mhoill."
"I ran quickly into Your Majesty's chamber without delay."
"Chonaic mé cóbra ag timpeallú do leapa órga ansin."
"There I saw a cobra circling your golden bedstead."
"Throid mé leis an nathair agus mharaigh mé í le mo lann."
"I fought the snake and killed it with my blade."
"Ghearr mé an corp ina chéad phíosa go díreach."
"I chopped the body into many exactly one hundred pieces."
"Chuir mé na píosaí sin istigh sa phanna mar chruthúnas."
"I placed those pieces inside the pan for proof."
" Ach tharla rud éigin agus mé ag gearradh na nathrach."
"But something occurred as I was cutting up the snake."
"Thit braon fola ar chíoch do mhná céile."
"A drop of blood fell onto the breast of your wife."
"Bhí eagla orm gur shábháil mé m'athair, ach mharaigh mé mo leasmháthair."
"I feared I had saved my father, but killed my stepmother."
"Chuir mé éadach go docht ar mo theanga seacht n-uaire."
"I wrapped my tongue tightly with cloth seven times."

"Ansin lig mé an braon fola nimhiúil."

"Then I licked up the drop of venomous blood."

"Le linn dom a bheith ag lí na fola, dhúisigh mo leasmháthair."

"While I was licking the blood, my stepmother awoke."

"Chonaic sí mé agus d'oscail sí a súile le mearbhall."

"She saw me and opened her eyes with confusion."

"Seo fírinne an méid a rinne mé aréir."

"This is the truth of what I did last night."

"Má ordaíonn do Shoilse, gearr mo cheann díom anois."

"If Your Majesty commands, then cut off my head now."

Chuir an rí a mhac faoi gheasa, lán de ghrá agus de lúcháir.

The king, full of love and joy, embraced his son.

Ón nóiméad sin, bhí grá níos mó aige dó ná riamh roimhe.

From that moment, he loved him more than ever before.